ALICIA EN EL PAÍS DE LAS MARAVILLAS
Y A TRAVÉS DEL ESPEJO

Lewis Carroll

Con ilustraciones de sir John Tenniel

Grupo Editorial Tomo, S. A. de C. V.
Nicolás San Juan 1043
03100, México, D. F.

1a. edición, septiembre 2015.

Alice's Adventures in Wonderland and Through the Looking Glass
Lewis Carroll
Copyright © 2008 Arcturus Holding Limited
26/27 Bickels Yard, 151-153 Bermondsey Street,
London SE1 3HA

© 2015, Grupo Editorial Tomo, S. A. de C. V.
Nicolás San Juan 1043, Col. Del Valle
03100 México, D. F.
Tels. 5575-6615, 5575-8701 y 5575-0186
Fax. 5575-6695
www.grupotomo.com.mx
ISBN-13: 978-607-415-709-3
Miembro de la Cámara Nacional
de la Industria Editorial No. 2961

Traducción: Roberto Mares Ochoa
Diseño de portada: Karla Silva
Formación Tipográfica: Armando Hernández R.
Supervisor de producción: Leonardo Figueroa

Este libro se publicó conforme al contrato establecido entre
Arcturus Publishing Limited y *Grupo Editorial Tomo, S.A. de C.V.*

Impreso en China - *Printed in China*

Contenido

Alicia en el país de las maravillas

Contenido

Alicia a través del espejo

ALICIA EN EL PAÍS DE LAS MARAVILLAS

En una tarde dorada
tranquila se desliza nuestra barca;
brazos débiles de niñas impulsan ambos remos,
y es en vano que sus pequeñas manos
se esfuercen por trazar la ruta.

¡Ah, cruel destino! ¡En hora como esta,
bajo un cielo que parece un sueño,
cuando el aire no mece las hojas,
me piden que les haga un cuento!
¿Cómo podría una voz sola
oponerse a tres lenguas a un tiempo?

La primera, imperiosa, emite el veredicto:
"Empieza ahora mismo".
La segunda, benigna, me pide solamente:
"Que el cuento no tenga sentido".
La tercera se limita a interrumpirme
por lo menos una vez cada minuto.

Pronto las tres sueñan en silencio,
imaginando las idas y venidas
de una niña que viaja
por un país de extrañas maravillas,
con pájaros y animales tan reales
que ellas jurarían que todo es cierto.

De pronto al narrador
se le agota su fuente de inventiva
y propone suspender la historia
diciendo con fatiga:
"Dejemos para mañana lo que falta".
"¡Ya es mañana!", responden las tres niñas.

Así fue como nació este país de las maravillas,
y así se forjaron paso a paso
sus raras aventuras.
El cuento finalmente se acaba,
y en la penumbra
la feliz tripulación se va remando a casa.

Recibe, Alicia, el cuento,
y déjalo ahí, donde los sueños de la infancia
se abrazan en el místico lazo de la memoria,
como guirnalda deshojada
que ofreciera un peregrino
que regresa de tierra lejana.

Capítulo 1
El descenso por la madriguera

Alicia ya había comenzado a cansarse de permanecer sentada con su hermana, a la orilla del río, sin hacer nada. Un par de veces se había asomado por encima del hombro de ella para ver lo que estaba leyendo; pero el libro no tenía ilustraciones ni diálogos. "¿De qué sirve un libro —pensaba Alicia— que no tiene ilustraciones ni diálogos?".

El intenso calor la hacía sentirse torpe y somnolienta, por lo que estaba evaluando si el placer de tejer una guirnalda de margaritas le compensaría la molestia de pararse e ir a recoger las flores, cuando súbitamente saltó cerca de ella un conejo blanco que tenía los ojos rosados.

Nada extraordinario había en todo eso, y también le pareció que no era *nada* extraño el escuchar que el conejo hablara y se dijera a sí mismo: "¡Dios mío, Dios mío! ¡Voy demasiado retrasado!", (tiempo después, pensando en aquello, se sorprendió de que ese hecho no la hubiera maravillado; pero en esos momentos todo le parecía perfectamente natural). Sin embargo, al percatarse de que el conejo *sacaba un reloj del bolsillo interno del chaleco* y lo consultaba nerviosamente, Alicia reaccionó con un sobresalto, pues cayó en la cuenta de que nunca había visto a un conejo con chaleco, y mucho menos que portara un reloj en su bolsillo. Así que se levantó de un brinco y corrió a campo traviesa siguiendo al conejo, hasta que vio cómo se colaba por una gran madriguera que había debajo de unos matorrales. Un momento más tarde, Alicia se metía también en la madriguera, sin ponerse a pensar en cómo podría salir de ahí.

En su inicio, la madriguera se extendía en línea recta como un túnel, pero de pronto se torció bruscamente hacia abajo, en la tierra; tan bruscamente que Alicia no tuvo oportunidad de pensar en detenerse, sino que fue cayendo por lo que parecía un profundo pozo.

Tal vez el pozo era muy profundo, o Alicia iba cayendo muy despacio, el caso es que al irse precipitando tuvo tiempo para observar a su alrededor y preguntarse qué le podría suceder después. Lo primero que hizo fue mirar hacia abajo, para descubrir hacia dónde se dirigía, pero todo estaba demasiado oscuro y no se podía distinguir nada. Después observó las paredes del pozo y se dio cuenta de que se encontraban cubiertas por una serie de alacenas y estantes para libros, además de que en algunos claros colgaban mapas y cuadros.

Al pasar por uno de los estantes tomó al vuelo un tarro que estaba marcado con una etiqueta que decía *Mermelada de naranja*, pero cuando lo abrió sufrió un gran desencanto, pues el frasco estaba vacío. No quiso soltarlo en el aire porque le dio miedo que al caer pudiera matar a alguien; en vez de ello se las arregló para depositarlo en otro estante que encontró a su paso mientras se precipitaba por el túnel.

"¡Bueno —pensó Alicia—, después de haber vivido una caída como esta, bien puedo rodar por cualquier escalera sin hacerme daño! Seguramente en casa van a pensar que soy muy valiente. ¡Ahora yo no gritaría aunque cayera del tejado!", (lo que era muy posible). Siguió cayendo, cayendo, cayendo. ¿Es que nunca iba a terminar de caer?

—Me pregunto cuántos kilómetros he caído —dijo en voz alta—. Ya debo estar cerca del centro de la tierra. Veamos, debe estar a unos seis mil quinientos kilómetros de profundidad, según creo...

Como se podrá ver, Alicia había aprendido muchas cosas en la escuela; aunque no era esta precisamente la mejor ocasión para mostrar sus conocimientos, pues no había nadie que la escuchara. De cualquier forma era un buen ejercicio mental repetir datos como esos.

—Seguramente estoy en lo cierto en cuanto a la distancia... pero ¿cómo podría saber en qué *longitud* y *latitud* me encuentro? —desde luego, Alicia no tenía idea de lo que significaban esas medidas, pero la pronunciación de esas palabras le parecía algo muy hermoso y elegante.

Así que siguió hablando para sí misma: "Me pregunto si al caer habré de *atravesar* la tierra... Sería muy divertido aparecer de pronto entre personas que caminan al revés, ¡con los pies hacia arriba! Creo que a esa zona le llaman la *antipática*, o algo parecido (esta vez se sintió tranquila de que nadie la escuchara, pues estaba casi segura de que esa no era la palabra correcta). Supongo que al llegar tendré que preguntar el nombre del país: *Por favor, señora, ¿podría decirme si esto es Nueva Zelanda o Australia?* (al decir esto hizo una mueca de reverencia... habrá que imaginarnos lo que puede parecer una reverencia mientras uno va cayendo... ¿serían ustedes capaces de hacer algo semejante?). ¡Qué ignorante parecería yo delante de la señora...! No, nunca preguntaré algo así; sería preferible buscar el nombre del país escrito por algún lado".

Caer, caer, caer..., no había otra cosa que se pudiera hacer; así que Alicia se puso a hablar de nuevo: "¡Ay, creo que Dina me va a extrañar mucho esta noche! (hay que decir que *Dina* era una gatita). Espero que no olviden servirle su platito de leche a la hora del té. ¡Oh, mi querida Dina, ojalá estuvieras conmigo aquí abajo! Desde luego no hay ratones en el aire, pero bien podrías cazar algún murciélago, y tú sabes que eso es lo más parecido a un ratón; aunque me pregunto si los gatos comen murciélagos".

Entonces Alicia comenzó a sentir mucho sueño, sin embargo, aquella pregunta se le aparecía en la mente una y otra vez: "¿comen murciélagos los gatos?"; aunque a veces también pensaba: "¿comen gatos los murciélagos?". Como de cualquier manera sus preguntas no ten-

drían respuesta, poco importaba la manera de hacerlas. Finalmente cayó dormida y comenzó a soñar que iba de la mano con Dina y le preguntaba con mucha formalidad: "Dina, por favor dime la verdad: ¿te has comido alguna vez un murciélago...?", cuando de pronto se produjo un gran estruendo, y Alicia fue a parar sobre un montón de ramas y hojas secas... ¡Por fin había terminado la caída!

Alicia no sufrió daño alguno, y de inmediato se incorporó, mirando hacia lo alto, pero arriba estaba muy oscuro. Todo lo que podía ver es que delante de ella se abría otro largo pasadizo, pero pudo distinguir al conejo blanco que se alejaba con su habitual prisa. No había tiempo que perder, así que Alicia también se apresuró a seguirlo, y llegó justo para escuchar lo que decía al doblar una esquina: "¡Por mis orejas y mis bigotes que ya voy demasiado retrasado!".

Alicia ya se encontraba muy cerca de él, pero al dar vuelta en la esquina no vio al conejo por ningún lado. En ese momento se percató de que estaba en una sala muy larga, de techo bajo, del que colgaban una serie de lámparas que iluminaban el lugar. Había infinidad de puertas en ambas paredes de la sala y todas ellas estaban cerradas con llave; Alicia recorrió toda la sala tratando de abrir alguna de ellas, hasta que con tristeza caminó hacia el centro de aquella estancia, pensando en la manera de salir de ahí.

De pronto se encontró ante una pequeña mesa de cristal que tenía tres patas, y encima de ella no había otra cosa que una pequeña llave de oro. Lo primero que se le ocurrió a Alicia fue que aquella llavecita podría abrir alguna de las puertas de la sala, pero las cerraduras eran demasiado grandes, o la llave demasiado pequeña; el caso es que no pudo abrir ninguna de las puertas.

Pero ella insistía en su búsqueda, por lo que descubrió una cortina que no había notado antes, y detrás de esa cortina encontró una puerta tan pe-

queña que apenas tendría unos cuarenta centímetros de alto. Probó la llavecita en la cerradura de aquella puerta y descubrió con alegría que entraba perfectamente.

Entonces Alicia abrió la puerta y observó que conducía a un pasadizo tan estrecho que no era mayor que una ratonera; así que se puso de rodillas y pudo ver que ese corredor conducía a un jardín cuya belleza iba más allá de la imaginación. Sintió muchas ganas de salir de aquella sala oscura y caminar entre esos lechos de coloridas flores y esas fuentes cantarinas; pero ni siquiera la cabeza le cabía en la pequeña puerta. "Y en caso de que me pasara la cabeza —pensó Alicia—, ¿qué pasaría con los hombros? ¡Ojalá pudiera plegarme como se hace con los telescopios!, creo que podría, si supiera qué hacer para lograrlo".

Como podemos ver, a Alicia le habían pasado tantas cosas extraordinarias aquel día, que ya comenzaba a pensar que muy pocas eran realmente imposibles.

Era inútil quedarse ahí, esperando delante de la puertecita. Así que se incorporó y volvió a donde estaba la mesa, pues tenía la esperanza de encontrar sobre ella alguna otra cosa, tal vez otra llave, o al menos un libro en el que se dijera la forma de poderse plegar como un telescopio. Esta vez encontró sobre la mesa una botellita (Alicia estaba segura de que no había estado ahí antes) que tenía atada al cuello una etiqueta de papel en la que se leía en mayúsculas impresas con mucho arte: *BÉBEME*.

Eso de "*BÉBEME*" estaba muy bien, pero una niña tan precavida como Alicia no podía beberse aquella pócima así, sin más. "No, primero —pensaba— habría que ver si no se trata de un veneno", pues había leído muchas historias en las que niños imprudentes eran devorados por bestias salvajes, o quemados vivos, y todo por no haber atendido los preceptos que se les había inculcado; cosas sencillas, como que un atizador de chimenea al rojo vivo quema si se le sostiene por largo rato, o que si uno se hace una cortada en un dedo, por regla general de ahí sale sangre (eso Alicia lo tenía muy presente), o que si uno bebe de una botella cuya etiqueta dice "veneno" es muy probable que se haga daño.

Habría que considerar, sin embargo, que aquel frasco no decía "veneno", así que Alicia se dio valor para probarlo, y como tenía un sabor muy rico (le pareció que era una mezcla de natilla, pastel de cerezas, piña, pavo asado, caramelo y crujientes tostadas de pan con mantequilla), se lo bebió todo de un trago.

�֎ �֎ ✖

"¡Qué sensación más extraña! —pensó Alicia— ¡creo que ya me estoy plegando como un telescopio!".

Y así era, en efecto: ahora Alicia medía solamente veinticinco centímetros, por lo que se le iluminó el rostro al pensar que tenía la altura adecuada para pasar por la puertecita y llegar al maravilloso jardín. Aunque antes, por precaución, esperó unos minutos para ver si seguía reduciendo de tamaño; esto la inquietaba un poco, pues pensaba que si la disminución continuaba terminaría por desaparecer completamente, como una vela que acaba consumiéndose. Trató de imaginarse qué aspecto tendría la llama ya apagada, aunque le resultaba muy difícil, ya que no recordaba haber visto nunca algo así.

Pasado un rato, y viendo que no le sucedía nada, decidió entrar en el jardín; pero entonces se le presentó un problema, pues había olvidado la llavecita de oro sobre la mesa, y al intentar recuperarla se dio cuenta de que con su nuevo tamaño no lograría alcanzarla. Podía verla perfectamente a través del cristal, así que se desesperó e intentó trepar por una de las patas de la mesa, sin embargo era demasiado resbaladiza y al final acabó por agotarse. Cuando se cansó de intentarlo, la pobrecita se sentó a descansar y se echó a llorar.

"¡No sirve para nada llorar! —se dijo Alicia, mostrando una gran entereza—. ¡Es preferible que te pares de inmediato!". Así acostumbraba darse buenos consejos (aunque eran raras las veces que los ponía en práctica) y en muchas ocasiones se reprendía con tal dureza que se le saltaban las lágrimas. Se acordaba incluso de haber intentado darse una bofetada como castigo por hacer trampa en una partida de críquet cuando jugaba con ella misma, pues Alicia era propensa a actuar como si fuera dos personas a la vez. "De nada me serviría ahora pretender que soy dos personas —pensaba— ¡cuando soy tan pequeña que se me hace bastante difícil ser una sola!".

Al poco rato se dio cuenta de que bajo la mesa había una cajita de cristal; al abrirla encontró dentro de ella un pequeñísimo pastelillo que estaba bellamente decorado y tenía escrito con pasas la palabra *CÓMEME*... "Bueno, lo comeré —pensó Alicia—; es posible que eso me

haga crecer, y de esa forma podré alcanzar la mesa y coger la llave. Si, por el contrario, me hace todavía más pequeña, entonces podré colarme bajo la puerta, porque de una u otra manera lograré lo que tanto deseo, que es llegar al jardín".

No se arriesgó a comerse todo el pastelillo, sino que probó solo un poco y de inmediato trató de descubrir qué era lo que le pasaba; si el cambio era hacia arriba o hacia abajo. Pero con sorpresa se dio cuenta de que su talla no se había alterado. En realidad, esto es lo que ocurre cuando uno come pastel. Sin embargo, Alicia ya se había acostumbrado a que le pasaran cosas extraordinarias y pensaba que era demasiado aburrido el que la vida se ajustara a la realidad. Así que, puso manos a la obra y terminó por comerse el pastelillo completo.

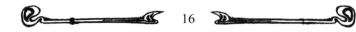

Capítulo 2
En un mar de lágrimas

"¡Más que extraño, esto es *hiperextraño!*", exclamó Alicia (pues las grandes sorpresas le habían hecho descuidar completamente la corrección en el hablar). "¡Vaya con el estirón!; ni que fuera el telescopio más grande del mundo; ¡adiós a mis pies!", (así se expresó, porque al mirar sus pies, le parecían tan lejanos que casi se le perdían de vista). ¡Ay de mis pobres piececitos!; ¿quién les pondrá ahora las calcetas y los zapatos? Seguramente no podré ser yo misma, pues me encuentro muy lejos como para ocuparme de ellos, tendrán que arreglárselas lo mejor que puedan; sin embargo debo tratarlos con amabilidad —pensaba Alicia—, pues de otra manera terminarán por negarse a caminar por donde yo quiera. ¡De ahora en adelante les regalaré un par de botines nuevos todas las Navidades!".

Y Alicia siguió discurriendo cómo se las arreglaría con eso de los botines: "Seguramente tendré que mandarlos por correo —pensaba—, ¡qué divertido será enviar regalos por correo a mis propios pies! ¡Y qué extrañas van a resultar las direcciones!: 'Señor Pie derecho de Alicia. Alfombra de la chimenea, junto a los atizadores. (Con cariño, de Alicia)'. ¡Pero qué disparates estoy diciendo!".

En ese momento se dio cuenta de que su cabeza había chocado contra el techo de la sala, pues su talla había rebasado ya los dos metros y medio; así que rápidamente tomó la llavecita y se fue corriendo hacia la puerta que conducía al jardín.

De nuevo se encontró en grandes dificultades (¡pobrecita!), pues apenas podía mirar el jardín con un solo ojo si se acostaba sobre el piso; por lo que ahora llegar al jardín era menos posible que antes. Alicia, desesperada, se sentó y volvió a llorar.

"¡Debería darte vergüenza! —se reprochaba a sí misma—, ¡siendo una niña tan grande (bien podía permitirse hablar así) y ponerse a llorar de ese modo!". Pero sus órdenes fueron desobedecidas y ella siguió llorando a mares. Litros y litros de lágrimas fueron formando un charco a su alrededor, de unos diez centímetros de profundidad, que cubría por lo menos la mitad de la habitación.

Al poco rato escuchó a lo lejos un ruido de pasos, así que de inmediato se secó los ojos para ver quién llegaba: era el conejo blanco, el mismo de antes, pero ahora elegantemente vestido, con un par de guantes blancos de cabritilla en una mano y un abanico en la otra. Se acercaba dando breves saltos y perecía seguir muy apurado, murmurando para sí: "¡Ay, la duquesa, la duquesa!, ¡no quiero imaginar lo furiosa que se va a poner si la hago esperar!".

Alicia se sentía tan desesperada que estaba decidida a pedir ayuda al primero que pasara por ahí; así que esperó a que el conejo estuviese cerca, y entonces le dijo con voz tímida:

"¡Señor… por favor…!". Pero entonces el conejo se asustó mucho; dejó caer los guantes y el abanico, y salió corriendo hacia la oscuridad lo más rápido que pudo.

Alicia se inclinó para recoger el abanico y los guantes, y como hacía mucho calor se puso a abanicarse vigorosamente, al mismo tiempo que decía: "¡Dios mío, qué cosas tan extrañas pasan el día de hoy; cuando ayer todo era normal! ¿Habré cambiado yo durante la noche? Veamos, ¿era yo la misma al levantarme esta mañana? No lo sé, creo recordar que me sentía un poco distinta; pero en caso de no ser la misma, la pregunta siguiente es: ¿quién diablos soy? ¡Ese es el gran enigma!".

Y entonces se puso a pensar en todas las niñas que eran sus amigas y que tenían su misma edad, para descubrir si acaso se había transformado en alguna de ellas.

"No soy Ada —pensó—, de eso estoy bien segura, porque ella lleva largos bucles en el pelo; pero también estoy convencida de que no soy Mabel, porque yo sé muchísimas cosas, y ella sabe muy pocas. Además de que ella es ella, y yo soy yo... ¡Ay Dios mío, qué difícil es encontrarle la razón a todo esto! Por lo menos veré si realmente sé todo lo que sabía antes: cuatro por cinco, doce, y cuatro por seis igual a trece, y cuatro por siete... ¡Al paso que voy nunca llegaré a veinte! Pero las tablas de multiplicar en realidad no significan gran cosa; probaré con la geografía: Londres es la capital de París; París es la capital de Roma; Roma... ¡No, por ahí voy muy mal!, es muy probable que me haya transformado en Mabel. Mejor probaré a recitar un poema".

Y así lo hizo, pero al pronunciar las palabras notó que estas no parecían ser las mismas y su voz sonaba hueca y ronca.

¡Pobre del inocente cocodrilo,
hay que ver cómo mueve su cola
y derrama las aguas del Nilo
donde brillan sus escamas doradas!

¡Qué alegre parece cuando muestra los dientes;
con gran rapidez extiende sus garras
y a los peces llama y recibe,
para que entren en sus sonrientes fauces!

"Estoy segura de que esta no es la letra exacta de aquel poema —pensó la pobre Alicia, y se le volvieron a llenar los ojos de lágrimas—. Finalmente resultará que en verdad soy Mabel, y cuando regrese tendré que ir a vivir a su casucha, y soportar el no tener juguetes; además voy a necesitar estudiar mucho... ¡Eso sí que no lo soportaría! En caso de ser Mabel, es preferible que me quede aquí abajo; de nada va a servir que alguien me diga: '¡Anda, niña, sube!'; yo simplemente me quedaría mirándolos y les diría que antes de ordenarme cualquier cosa me dijeran quién soy... 'Contéstenme esa pregunta, y si me gusta ser quien ustedes dicen, entonces subiré; si no es así, me quedaré aquí abajo hasta que sea otra...'. ¡Oh, por Dios —exclamó Alicia, con lágrimas en los ojos—, si por lo menos esas personas asomaran su cabeza por el pozo; estoy *muy cansada* de estar aquí sola!".

Al decir esto, se miró las manos, y se quedó sorprendida al ver que, mientras hablaba, se había puesto uno de los guantecillos del conejo blanco. "Pero, ¿cómo he podido hacer eso? —pensó—; tengo que haberme encogido de nuevo".

Se levantó y se acercó a la mesa para comprobar su estatura; según sus cálculos, ahora debía medir unos sesenta centímetros, pero continuaba achicándose. Pronto se dio cuenta de que la causa de aquello era precisamente el abanico que traía en la mano, así que lo arrojó a toda prisa, pues de seguir abanicándose hubiera podido llegar a desaparecer del todo.

"¡La libré apenas por un pelo! —dijo Alicia, muy asustada por tan súbita transformación, pero muy contenta de seguir con vida—. ¡Y ahora, al jardín!". Diciendo esto corrió hacia la puertecita, pero para su desgracia esta se encontraba cerrada, y nuevamente la llave de oro había quedado sobre la mesa de cristal. La pobre niña se sintió muy desdichada, pensando que las cosas iban de mal en peor, pues incluso ahora era más pequeña que antes.

Mientras decía: "¡Esto es realmente horrible!", se sintió resbalar y *¡plaf!*, se hundió hasta la barbilla en agua salada, por lo que su primer pensamiento fue que se había caído en el mar. "Si es así, entonces podré regresar en tren". (Alicia había ido una sola vez a la playa, y desde entonces había llegado a la conclusión de que, fuera uno a donde fuera, la costa inglesa estaba siempre llena de casetas para cambiarse de ropa y bañarse en el mar; niños cavando en la arena con palas de madera; una larga hilera de hoteles y, desde luego, una estación de ferro-

carril). Sin embargo, pronto comprendió que este mar en el que se encontraba era en realidad el charco de lágrimas que había derramado cuando medía casi tres metros de estatura.

"¡Ojalá no hubiera llorado tanto! —dijo Alicia, mientras nadaba de un lado a otro intentando encontrar la salida—. ¡Supongo que mi castigo por haber llorado tanto es ahogarme en mis propias lágrimas! ¡Esto sí que es extraño! Pero hoy todo es extraño".

Entonces escuchó que alguien chapoteaba en el charco, no muy lejos de ella, y nadó hacia allá para ver quién era. Al principio pensó que bien podría ser una morsa o un hipopótamo, pero después recordó lo pequeña que era ahora, y comprendió que solo se trataba de un ratón que también se había caído en el charco como ella.

"¿Sería prudente —pensó— dirigirle la palabra a este ratón? Aquí abajo todo es maravilloso, tanto que no me extrañaría que el ratón tuviese el don del habla; en todo caso, nada puedo perder si lo intento". Así que empezó: "¡Oh, ratón!, ¿sabes cómo salir de este charco? Si lo sabes dímelo, pues ya estoy muy fatigada de tanto nadar, ¡oh ratón!".

Alicia pensó que esa era la manera adecuada de dirigirse a un ratón; desde luego ella nunca había tenido una experiencia similar, pero recordó haber leído en la Gramática Latina de su hermano que se decía: *un ratón... de un ratón... para un ratón... oh ratón...* El ratón la miraba con un aire inquisitivo, y Alicia llegó a pensar que le guiñaba un ojo; sin embargo, no dijo nada.

"Es posible que no entienda mi lengua —pensó Alicia—; tal vez sea un ratón francés que llegó con Guillermo el Conquistador". (Aunque Alicia conocía muchos hechos de la historia, no tenía muy claro cuándo había pasado eso). Entonces se le ocurrió hablarle en francés, utilizando la primera frase de su libro de texto, que era lo único que sabía: "*¿Où est ma chatte?*". Al escuchar estas palabras, el ratón saltó de repente del agua y pareció estremecerse de terror.

—¡Ay, perdón! —exclamó Alicia, temerosa de haber herido los sentimientos del pobre ratón—; se me olvidó que a ti no te gustan los gatos.

—¡Que no me gustan los gatos! —gritó el ratón, lleno de rabia y con voz chillona—; si tú fueras yo, ¿acaso te gustarían?

—Bueno, es muy probable que tampoco me gustaran —dijo Alicia en un tono conciliador—; sin embargo, me gustaría presentarte a mi gatita Dina. Creo que no te molestarían tanto los gatos si llegaras a conocerla; ¡es tan dócil y tan amable! —siguió diciendo Alicia como para sí misma, mientras nadaba en torno del ratón—; cuando se sienta junto al fuego ronronea de contenta, y se lame las patas y la cara. Es una gatita tan dulce y suave que da gusto tomarla en los brazos y mecerla; y es tan hábil cazando ratones que... ¡Ay, perdón! —exclamó Alicia, muy avergonzada, porque ahora al ratón se le habían puesto los pelos de punta, y a ella le pareció que su cara reflejaba una verdadera indignación—, será preferible no hablar más de ella, si tanto te molesta.

—¡Sin duda será lo mejor! —gritó el ratón, que temblaba de la cabeza a la cola— ¿Por qué iba yo a querer hablar de semejante tema?; tú debes saber que nuestra estirpe *odia* a esos animales asquerosos y vulgares. ¡Que no escuche yo una sola palabra de ellos!

—Así será, no volveré a mencionarlos —dijo Alicia, y de inmediato buscó algún otro tema de conversación—. ¿Te gustan... digo, eres aficionado... a los perros?

El ratón no dijo nada, y Alicia pensó que era conveniente seguir la conversación.

—Cerca de mi casa hay un perro precioso; me gustaría mucho que algún día lo conocieras. Es un pequeño *terrier* marrón, de largo pelo y ojos muy brillantes. Y si le tiras un palo, él lo va a buscar; se sienta en sus patas traseras para pedir algo de comer, y hace muchas cosas más, tantas que no puedo recordar ni la mitad. Su dueño es un granjero que lo quiere mucho y que dice que le es tan útil que vale mucho dinero, también dice que mata todas las ratas y... ¡Ay, Dios mío! —exclamó muy afligida Alicia—, ¡ya he vuelto a ofenderte!

Y seguramente así había sido, pues el ratón ya se alejaba de ella, nadando con toda sus fuerzas y removiendo el agua con violencia. Alicia lo llamó dulcemente, mientras nadaba tras

él: "¡Mi querido ratón, por favor regresa y te aseguro que no hablaremos más de gatos ni de perros!".

Al escuchar estas palabras, el ratón dio media vuelta y nadó despacio hacia ella: tenía la cara pálida (Alicia pensó que podía ser de enfado), pero él le habló con tranquilidad, diciéndole en voz baja y temblorosa: "Vamos a la orilla y te contaré mi historia, así comprenderás por qué odio tanto a los gatos y a los perros".

Ya era hora de irse, pues el charco se estaba llenado de pájaros y otros animales que habían caído en él; había un pato, un dodo, un loro, un aguilucho y muchos otros bichos extraños. Alicia inició la marcha y resultó que todo el grupo nadó hacia la orilla.

Capítulo 3
Una competencia de grupo y un cuento largo y con cola

Ciertamente, el grupo que se congregó en la orilla era muy disímbolo; había aves que arrastraban tristemente sus plumas y animales con el pelaje pegado a las carnes, pues todos estaban empapados, enojados e incómodos.

Por supuesto, la primera cuestión era encontrar la manera de secarse: lo discutieron entre todos y a los pocos minutos Alicia se encontraba hablando de manera familiar con todos aquellos animales, como si fueran viejos conocidos de ella. Incluso, se enfrascó en una acalorada discusión con un loro que, bastante alterado, solamente repetía: "¡Soy mayor que tú, por lo que debo tener razón!". Alicia no podía aceptar el peso de ese argumento sin saber cuál era la edad del loro, pero como este se negaba a confesarla, se terminó la conversación.

El ratón era bastante respetado en ese grupo, por lo que impuso su voz, diciendo: "¡Siéntense todos y escúchenme, que yo los voy a dejar secos en unos momentos!".

Ellos obedecieron al punto, y formaron un gran círculo en torno al ratón. Alicia era de las más atentas y deseaba con gran fuerza que el ratón comenzara su relato, pues sentía el riesgo de resfriarse si no se secaba enseguida.

—¡Ejem! —dijo el ratón, dándose aires de importancia—, ¿ya están preparados? Ahora les hablaré de lo más seco y árido que yo conozco; así que hagan el favor de guardar silencio, pues comenzaré por decirles que Guillermo, el Conquistador, cuya causa era favorecida por el papa, fue aceptado muy pronto por los ingleses, que en aquellos tiempos necesitaban un dirigente y se encontraban habituados a la usurpación y a la conquista. Edwin y Morcar, duques de Mercia y Northumbria...

—¡Uf! —dijo el loro suspirando, a la vez que seguía tiritando.

—¡Perdón! —dijo el ratón con mucha cortesía, pero frunciendo el ceño—, ¿decías algo?

—¡No, no! —dijo apresuradamente el loro.

—¡Ah!, me pareció oírte hablar —dijo el ratón—, entonces seguiré con mi relato. Edwin y Morcar, duques de Mercia y Northumbria, se declararon a su favor, y también Stigand, que era el arzobispo de Canterbury, lo encontró conveniente...

—¿Encontró *qué*? —dijo el pato.

—*Lo-encontró* —repitió enfáticamente el ratón—. ¿Acaso no entiendes el significado?

—¡Claro que sé muy bien lo que significa *lo*! —replicó el pato— sobre todo cuando soy yo quien *lo* encuentra, siendo casi siempre una rana o un gusano, pero no entiendo qué fue lo que encontró el arzobispo.

El ratón hizo como si no hubiera escuchado la pregunta del pato y prosiguió su relato en donde lo había dejado.

—Lo encontró conveniente; se juntó con Edgar Atheling y ambos fueron al encuentro de Guillermo para ofrecerle la corona. La reacción de Guillermo fue mesurada en un principio, pero él no conocía el carácter de los normandos... ¿Cómo estás ahora, pequeña? —dijo, dirigiéndose a Alicia.

—Igual de mojada que antes —respondió ella, mostrándose frustrada—. Esta historia no hace que me seque para nada.

—Estando las cosas así —dijo el dodo alzándose sobre sus patas—, propongo que pongamos en receso esta asamblea, y que pasemos a la adopción inmediata de medidas más enérgicas.

—¡Procura hablar con más claridad! —dijo el aguilucho—. Yo no entiendo la mitad de las palabras que has dicho, ¡y estoy seguro de que tú tampoco!

Entonces el aguilucho bajó la cabeza para ocultar una sonrisa, mientras otras aves reían abiertamente.

—Lo que quiero decir —expresó el dodo en un tono resentido—, es que para secarnos sería más conveniente organizar una carrera conjunta.

—¿Qué cosa es una carrera conjunta? —preguntó Alicia, no porque le importara mucho saberlo, sino porque el dodo había hecho una pausa, como esperando que alguien dijera algo, y nadie parecía dispuesto a decir nada.

—¡Qué importa lo que es! —replicó el dodo— la mejor manera de explicarlo es hacerlo. (Si por casualidad uno de estos días de invierno alguien quiere practicar una carrera de este tipo, les diré cómo la organizó el dodo).

En primer lugar, diseñó la pista para la carrera, marcando una especie de círculo (sin que importara la forma exacta, según dijo él mismo); inmediatamente después se fueron colocando los participantes en esa pista. No hubo ninguna orden específica, como el tradicional "en sus marcas, listos..." sino que todo el mundo se puso a correr a su antojo, de manera que no había forma de saber cuándo había que parar. Así corrieron más de media hora, y cuando el dodo consideró que ya todos se habían secado, gritó: "¡Se acabó la carrera!".

Y entonces todos se agruparon a su alrededor, muy inquietos por saber quién había sido el ganador. Responder esa pregunta no era cosa fácil, por lo que el dodo permaneció un buen rato con un dedo en la frente (posición que en muchas de las obras de Shakespeare significa un profundo estado de reflexión) mientras los demás guardaban un respetuoso silencio. Finalmente dijo:

—Todos han resultado ganadores y recibirán premios.

—¿Y quién dará los premios? —dijeron los asistentes al mismo tiempo.

—Por supuesto que debe ser ella —dijo el dodo, señalando a Alicia con el dedo; así que todo el grupo se arremolinó en torno de la niña gritando:

—¡Premios, premios!

Alicia no sabía qué hacer; lo único que se le ocurrió fue meter la mano en su bolsillo y sacar de ahí una bolsa de caramelos que traía por casualidad y a la que afortunadamente no se le había metido agua salada. Aunque los dulces alcanzaron para todos, no sobró ninguno para Alicia.

—Yo creo que ella también debe recibir un premio —dijo el ratón.

—Así es como debe ser —reiteró el dodo con gran formalidad. ¿Qué más tienes en el bolsillo?

—Solo un dedal —respondió Alicia, en un tono de tristeza.

—Dámelo —ordenó el dodo.

Y entonces todos la rodearon una vez más, mientras el dodo tomaba el dedal y se lo volvía a ofrecer, diciendo:

—En nombre de los presentes, te rogamos que aceptes este magnífico dedal.

Cuando el dodo terminó de dar su pequeño discurso, se escucharon aplausos. Aunque Alicia pensaba que era muy absurdo todo eso, era tal la seriedad de aquella asamblea que no pudo echarse a reír; así que hizo una solemne reverencia, y tomó el dedal que se le ofrecía.

Había llegado el momento de comerse los caramelos, lo que provocó un gran alboroto, pues los animales grandes se quejaban de que eran tan pequeños que no alcanzaban a saborearlos, mientras que para los chicos eran tan grandes que más de uno se atragantó y hubo que darle palmadas en la espalda para que no se ahogara.

Finalmente, todos quedaron satisfechos y volvieron a colocarse en círculo; entonces le pidieron al ratón que les contara otra historia.

—Recuerda que me has prometido contarme tu vida —dijo Alicia—, y sobre todo por qué odias tanto a los "G" y a los "P" —dijo en un susurro, temerosa de volver a herir sus sentimientos.

—El mío es un cuento muy triste y largo como mi cola —dijo suspirando el ratón.

—En efecto tienes una *cola* muy larga —dijo Alicia, contemplando asombrada la cola del propio ratón—; pero, ¿por qué dices que es tan triste?

La furia inter-
peló a un ratón
que sorprendió
en un rincón:
"Convocaré
un juicio que
no tenga ningún
vicio… ¡y no
hay excusa,
que yo soy
quien acusa!;
y en esta
mañana
lo haré
como
me dé la
gana". Le
dijo el ratón
al perro: "Mi
querido
señor,
pero
como
no hay
juez ni
jurado,
tal juicio
deberá ser
descartado".
"Yo seré
jurado
y juez
—dijo
el perro
a su
vez—,
y el
vere-
dicto
final
será
la pena
capi-
tal".

Entonces el ratón comenzó a hablar; Alicia iba siguiendo la trama y adivinando la posible cola de la historia, que imaginó de la siguiente manera:

—¡Pero no estás poniendo atención! —dijo el ratón a Alicia, en tono de reproche— ¿En qué piensas?

—¡Perdóname! —dijo Alicia—, pero bien me he dado cuenta de que ya ibas por la quinta curva de la cola.

—¡*Menudo* error el tuyo! —gritó el ratón, hecho una furia.

—¿Acaso tienes un *nudo*? —dijo Alicia como para salir del apuro y mirando hacia los demás concurrentes—. ¡Déjame que te ayude a deshacerlo!

—¡De ninguna manera! —dijo el ratón con un chillido, y de inmediato se puso de pie y comenzó a alejarse del grupo— ¡Tus tonterías me resultan insultantes!

—¡Perdóname, no fue mi intención! —expresó la pobre niña— Pero la verdad es que tú te ofendes muy fácilmente.

El ratón solamente emitió un gruñido a manera de respuesta.

—¡Por favor regresa y termina tu historia!—dijo a Alicia en un tono suplicante, que fue coreado por todos los demás:

—¡Sí, por favor vuelve!

Pero el ratón no hacía otra cosa que sacudir la cabeza y apurar el paso.

—¡Qué lástima que no quiera quedarse! —dijo el loro en un suspiro, cuando el ratón ya había desaparecido de la vista.

Entonces una vieja madre cangrejo aprovechó la oportunidad para aconsejar a su hija:

—Aprovecha bien esta lección, hija mía: ¡nunca pierdas *la* paciencia!

—¡Mejor cierra la boca, mamá! —dijo la pequeña con molestia— ¡Tú eres capaz de hacerle perder la paciencia a una ostra!

—¡Ojalá que estuviera aquí mi preciosa Dina! —dijo Alicia en voz alta, sin dirigirse a nadie en particular—. Estoy segura de que *ella* lo obligaría a regresar.

—¿Y quién es Dina? —dijo el loro.

Como a Alicia le gustaba mucho hablar de su gatita, respondió con gran entusiasmo:

—¡Dina es mi gatita!, y ella es única cazando ratones, ¡y deberían verla atrapando pájaros!; apenas ve un pajarito, ¡y ya se lo está comiendo!

Aquellas palabras produjeron una gran conmoción entre los asistentes; algunos se marcharon de inmediato y otros se quedaron a regañadientes; finalmente una vieja urraca intervino diciendo:

—Creo que ya es hora de irme a casa, este viento de la noche es muy malo para mi garganta.

Un canario empezó a llamar a sus crías con voz temblorosa:

—¡Vámonos ya, pequeños, que es hora de ir a la cama!

Otros más fueron aduciendo pretextos, hasta que Alicia se quedó sola.

"Ojalá no les hubiera mencionado a Dina —se lamentó Alicia—; perece que a nadie le gusta aquí abajo, aunque ella sea la mejor gatita del mundo. ¡Ay, mi querida Dina, no estoy segura de volverte a ver!". Y la pobre niña se puso a llorar de nuevo, pues se sentía muy triste y sola. Al poco rato se escucharon unos pasos a lo lejos, y Alicia levantó la mirada, con la esperanza de que el ratón hubiese cambiado de opinión y regresara a terminar su historia.

Capítulo 4
La habitación del conejo blanco

Pero no era el ratón, sino el conejo blanco que regresaba dando pequeños saltos; ahora se movía con más lentitud, sin embargo seguía angustiado, murmurando: "¡La duquesa, la duquesa!... ¡Ay, mis queridas patitas! ¡Por mi piel y mis bigotes que me hará ejecutar!; ¡estoy tan cierto de ello como de que los hurones son hurones!... ¿Dónde se me habrá caído?".

Alicia comprendió al instante que el conejo se refería al abanico y al par de guantes de cabritilla, así que decidió ayudar al atribulado personaje y se puso a buscarlos; pero no se les veía por ningún lado. En realidad, todo parecía haber cambiado desde que ella cayó en el charco, además de que la gran sala con las puertas y la mesita de cristal habían desaparecido.

Entonces el conejo notó la presencia de Alicia, que seguía buscando con gran diligencia, y le gritó con enfado: "¡Eh, Mary Ann!, ¿qué estás haciendo aquí? ¡Ve a la casa y tráeme el abanico y los guantes! ¡Anda, no te demores!".

Alicia se desconcertó tanto que se fue corriendo en la dirección que le marcaba el conejo, sin pensar en aclarar el error.

"Tal parece que me ha tomado por su criada —se dijo mientras corría—. Se va a llevar una gran sorpresa cuando descubra que no es así; pero ahora será mejor que le traiga el abanico y los guantes, bueno, en caso de que los pueda encontrar". Mientras pensaba en la dificultad de hallar aquellos objetos, llegó a una casita muy limpia que tenía una pequeña puerta, y sobre ella una placa de bronce en la que se leía: C. BLANCO.

Entró sin llamar y corrió escaleras arriba, con mucho miedo de encontrarse ante la verdadera Mary Ann, pues pensaba que ella se enojaría y la echaría de la casa antes de encontrar el abanico y los guantes.

"No deja de ser muy extraño esto de hacerle esta clase de servicios a un conejo —pensó Alicia— ¡A ver si un día de estos Dina me encarga alguna cosa!". Y entonces comenzó a imaginar lo que podría ocurrir:

"¡Alicia, vístete rápido que tienes que salir...! Espera, que no puedo salir porque Dina me ha encargado que vigile la ratonera hasta que regrese, pues no quiere que se le escape ningún ratón... Aunque no creo —siguió pensando Alicia— que a Dina la soporten en casa si se pone a dar órdenes de ese tipo".

Examinando la casa, Alicia encontró un pasillo que la condujo a una pequeña habitación, muy ordenada, que tenía una mesita junto a la ventana, y sobre esa mesita, como ella esperaba, había un abanico y varios pares de guantes de cabritilla. Así que tomó el abanico y un par de guantes, pero cuando estaba a punto de salir de la habitación alcanzó a ver una botellita que se encontraba frente a un espejo. A diferencia de la que había encontrado antes, en es-

ta botellita no había ningún letrero que dijera "BÉBEME", pero Alicia de todos modos la desta-
pó y se la llevó a los labios, pues pensó que cada vez que comía o bebía algo sucedían cosas
interesantes. Le dio mucha curiosidad el efecto de esta pócima y pensó: "¡Espero que me
haga crecer otra vez, porque ya estoy harta de ser tan diminuta!".

¡Y vaya si la hizo crecer! Y mucho más rápido de lo que ella esperaba, pues antes de haber
bebido la mitad de la botella ya la cabeza le llegaba al techo y tuvo que inclinarla para no las-
timarse el cuello. De inmediato dejó la botellita, temiendo crecer todavía más y arrepintién-
dose de haber bebido tanto, pues ahora ya no cabía por la puerta.

Pero ya no había remedio; el proceso seguía su marcha y Alicia continuaba creciendo, tanto que tuvo que ponerse de rodillas. Poco después ya no cabía ni siquiera en esa posición, así
que se tumbó de lado, apoyándose en un codo junto a la puerta y con el otro brazo detrás de
la cabeza; pero seguía creciendo. Como último recurso sacó un brazo por la ventana y metió
un pie por el espacio de la chimenea, mientras pensaba: "¿Qué va a ser de mí si continúo creciendo?, ¡ya no cabré en la casa!".

Por suerte la pócima aquella ya había agotado su efecto, y Alicia dejó de crecer. De todas maneras se encontraba muy incómoda en su posición y como no parecía haber posibilidad alguna de salir del cuarto, se sintió muy desdichada.

"En casa estaba mucho mejor que ahora, pues al menos mi tamaño era siempre el mismo —pensaba Alicia—, además de que nunca estaba a merced de conejos o ratones. Casi hubiera sido preferible no haberme metido en la madriguera… aunque, bueno… ¡qué curiosa es esta vida! ¿Qué me ha pasado en realidad…? Cuando leía cuentos de hadas, pensaba que esta clase de cosas eran pura invención, que no ocurrían nunca; ¡y ahora me encuentro metida en una de esas historias! Debería escribirse un libro sobre mis aventuras; seguro sería muy interesante. Tal vez lo escriba yo misma cuando crezca… ¡Pero qué estoy diciendo!, ¡si ya he crecido! —dijo en un tono de sorpresa—He crecido tanto que, al menos aquí ya no hay sitio para crecer más".

"Pero entonces —pensó Alicia—, ¿ya nunca seré mayor de lo que soy ahora? De alguna manera, eso sería una ventaja, pues ya no me volvería vieja; pero entonces, ¿siempre seguiría siendo niña y tendría que estudiar mis lecciones? ¡Eso no me gusta nada!".

"¡Qué tonta eres Alicia! —se dijo a sí misma—, ¿cómo vas a estudiar lecciones en este lugar, si apenas hay espacio para ti?, ¿cómo podrían caber los libros y los cuadernos?".

Y así continuó conversando consigo misma un buen rato, hasta que creyó escuchar una voz que provenía de fuera de la casa.

—¡Mary Ann, Mary Ann! —decía la voz—. ¿Qué pasó con mis guantes? ¡Tráemelos ahora mismo!

Después oyó que en la escalera resonaban unos pasos leves. Alicia comprendió que se trataba del conejo que venía a buscarla, y entonces se puso a temblar al punto de hacer estremecer la casa, olvidando que ahora era unas mil veces mayor que el conejo y que no había motivo para tener miedo.

Poco después llegó el conejo a la puerta e intentó abrirla; pero como la puerta se abría hacia adentro, y el codo de Alicia estaba fuertemente apoyado contra ella, no consiguió moverla. Entonces escuchó que el conejo decía:

—¡Daré la vuelta y entraré por la ventana!

"¡*Eso* no lo voy a permitir!" —pensó Alicia— y calculó el tiempo que tardaría el conejo en estar bajo la ventana; y entonces sacó la mano y la abrió y la cerró con la intención de atraparlo en el aire…, pero no lo pudo coger. Sin embargo, escuchó un chillido, el sonido de un cuerpo que caía, y un estrépito de vidrios rotos; dedujo que probablemente el conejo había caído

en uno de esos cuartos con techo de vidrio que sirven como invernadero para la maduración de pepinos, o algo así.

Después escuchó unos gritos airados que supuso eran del conejo:

—¡Pat, Pat!, ¿dónde estás?

Y luego se escuchó una voz que Alicia no había oído antes.

—¿Y dónde podría estar?, Su Señoría; ¡estoy excavando en busca de manzanas!

—¡Pero, claro! —dijo el conejo, muy enojado—, ¡excavando! ¡Ven inmediatamente y ayúdame a salir de aquí!

Se escuchó más ruido de vidrios rotos.

—Ahora debes decirme, Pat, ¿qué cosa es eso que se ve en la ventana?

—Pues es bastante obvio, Su Señoría, se trata de un brazo.

—¿Un brazo, pedazo de animal?, ¡cuándo se ha visto un brazo de ese tamaño! ¡Si es del tamaño de toda la ventana!

—Así es, Su Señoría; pero de todas maneras es un brazo.

—Pues brazo o no, ese no es su lugar, ¡así que ve y quítalo!

Entonces se produjo un largo silencio, y Alicia solo pudo oír, de vez en cuando, un cuchicheo, y algunas frases aisladas como "Así es, Su Señoría, ¡no me gusta nada, pero nada!" y "¡Haz lo que te ordeno, cobarde!". Hasta que de pronto Alicia se decidió a extender una vez más la mano, y nuevamente la abrió y la cerró como intentando atrapar algo al vuelo. Pero esta vez se produjeron dos leves chillidos, y el ruido de vidrios rotos.

"¡Qué cantidad de invernaderos debe haber! —se dijo Alicia—Me pregunto si estarán pensando sacarme por la ventana; ¡ojalá que lo pudieran hacer!, ya estoy harta de estar aquí, encerrada".

Esperó un rato, aguzando el oído, pero no pudo escuchar nada; por fin logró distinguir el traqueteo de las ruedas de una especie de carrito y el sonido de muchas voces que hablaban

al mismo tiempo. Hasta ese momento pudo captar algunas frases aisladas: "¿Dónde está la otra escalera...? A mí solamente me encargaron una, la otra la tendrá Bill... ¡Bill, trae la escalera, apúrate! Pónganlas en el rincón... No, átenlas primero... ¡No alcanzan ni la mitad...! ¡No seas exagerado, alcanzan perfectamente!¡Eh, Bill, agárrate con fuerza de la cuerda! ¿Aguantará el tejado...? ¡Cuidado con la teja suelta...! ¡Cuidado! (gran estrépito). ¡Eh!, ¿quién hizo eso? Fue Bill, me imagino... ¿Quién va a bajar por la chimenea...? ¡Ni piensen que pueda ser yo! ¡Conmigo no cuenten! Tendrá que bajar Bill... ¡Ven, Bill! ¡El amo ordena que bajes por la chimenea!".

"Así que será Bill quien baje por la chimenea —dijo Alicia para sí misma— ¡Parece que todo se lo cargan al pobre de Bill! ¡Por nada del mundo quisiera estar en su pellejo! Esta chimenea seguro que es estrecha, pero yo creo que tendré oportunidad de dar una que otra patada". Extendió lo más que pudo el pie por el interior de la chimenea hasta advertir que el animalito llamado Bill (no pudo determinar de qué se trataba) arañaba las paredes y se abría paso por la chimenea; al sentir que ya estaba muy cerca lanzó una fuerte patada por el cubo de la chimenea y esperó a ver qué pasaba.

Entonces oyó un vocerío afuera de la casa: "¡Allá va Bill, volando!". Y luego se escuchó la voz del conejo con toda claridad: "¡Vayan a recogerlo tras la cerca!".

Se hizo un silencio y después una nueva confusión de voces que decía: "¡Sosténganle la cabeza...! Denle un poco de coñac... así, ¡sin que se atragante! ¿Qué fue lo que te ocurrió?; a ver, ¡cuéntanoslo!".

Finalmente se escuchó una vocecita debilucha y chillona, que Alicia supuso sería la voz de Bill.

—Bueno, la verdad es que casi ni me enteré... no, ya no más, gracias..., ya me siento mejor; pero demasiado aturdido como para recordarlo todo y poderlo contar. Lo

único que recuerdo es que de pronto me sentí impactado por algo como un resorte y salí volando por los aires.

—¡Sí, así sucedió realmente! —dijeron a coro todos los demás.

—¡Será necesario prenderle fuego a la casa!, —dijo una voz que parecía la del conejo. Al escuchar esto, Alicia gritó con todas sus fuerzas:

—¡Cuidado con hacer una cosa así o soltaré a Dina!

Entonces se hizo un silencio sepulcral y Alicia no supo qué pensar: "¿Qué irán a hacer ahora?, si tuvieran un poco de sensatez, se darían cuenta de que lo que procede es desprender el tejado".

Unos minutos después, Alicia escuchó cómo comenzaban a moverse, y también oyó que el conejo decía:

—Yo creo que será suficiente con una carretilla, para empezar.

"¿Una carretilla? —pensó Alicia—una carretilla, ¿de qué?". Pero sus dudas pronto fueron disipadas, porque al poco tiempo una lluvia de piedrecillas sacudió la ventana, y algunas incluso llegaron a impactarse en su cara, lo que la molestó sobremanera y decidió que debía parar todo aquello:

—¡Será preferible que esto no se repita! —gritó a todo pulmón, con lo que se produjo un nuevo silencio; sin embargo, Alicia se dio cuenta, con gran sorpresa, de que seguían lanzando piedras, pero que estas se volvían pastelillos conforme iban cayendo al suelo. Entonces se le ocurrió una brillante idea: "Si como algunos de estos pastelillos, seguramente tendrán un efecto sobre mi tamaño, como ha ocurrido antes, y como ya no puedo aumentar de tamaño, no queda otro camino que el achicarme".

Así que procedió a comer uno de los pastelillos y de inmediato se dio cuenta de que comenzaba a reducir su tamaño. En cuanto fue lo bastante pequeña para pasar por la puerta, corrió fuera de la casa y se encontró con una gran cantidad de animalitos terrestres y aves que la esperaban. Bill resultó ser una pobre lagartija que se encontraba en el centro del grupo, sostenido por dos conejillos de indias que le hacían beber de una botella, con el ánimo de aliviarlo. Al aparecer Alicia, todos se le abalanzaron, por lo que ella prefirió echarse a correr con todas sus fuerzas, hasta que sintió que se encontraba a salvo en la espesura del bosque.

Una vez que se sintió segura, se tranquilizó y se puso a meditar acerca de su actual condición: "Lo primero que tiene que suceder —se dijo—, es que yo recupere mi talla normal, y lo segundo es que pueda encontrar el camino hacia aquel bello jardín. Creo que ese es el mejor plan".

El plan era excelente, sin duda; pues era sencillo y práctico. La única dificultad radicaba en que Alicia no tenía la más remota idea de cómo llevarlo a cabo; se puso a reflexionar y mientras contemplaba los árboles a su alrededor, escuchó un débil y tímido ladrido, pero no en el bosque, sino justo encima de su cabeza, por lo que levantó bruscamente la mirada.

Ahí estaba un cachorro de grandes ojos redondos que la miraba con ternura y que, dada la talla actual de Alicia, parecía enorme; entonces él le acercó con delicadeza una de sus patas, intentando tocarla.

—¡Pobrecito —dijo Alicia, intentando silbarle como se hace con los cachorritos, pero de pronto le vino a la mente la terrorífica idea de que el perrito pudiera estar hambriento, y en vez de aceptar sus mimos y caricias, la usara como alimento.

Sin mucha conciencia de lo que hacía, tomó un palito seco y la tendió hacia el cachorro, el cual de inmediato reaccionó con un salto de alegría, ladrando y lanzándose sobre el palito, como si fuera la presa de cacería. Entonces Alicia se escondió detrás de un cedro para evitar ser arrollada, y en cuanto apareció por el otro lado, el cachorro volvió a precipitarse sobre el palito, abalanzándose para atraparlo, pero con tan mal equilibrio, que se rodó y quedó patas para arriba.

Entonces Alicia se sintió más tranquila, pues esto era como jugar con un caballo percherón, que resultaba inofensivo, pero de todas maneras peligroso a causa de su tamaño. Así que para evitar ser aplastada se volvió a refugiar tras un cedro; el cachorro reinició sus jugueteos con el palito, corriendo hacia delante y hacia atrás y emitiendo roncos ladridos, hasta que al fin se sentó a buena distancia, contento, con la lengua colgando y sus grandes ojos entrecerrados.

Alicia pensó que esta sería una buena oportunidad para escapar, así que salió corriendo lo más rápido que pudo, hasta quedar sin aliento y lograr que los ladridos del cachorro se escucharan muy lejos.

"A pesar de todo, ¡qué bonito y tierno era ese cachorrito!", pensó Alicia, mientras se acostaba sobre una flor de campanilla para descansar y al mismo tiempo se abanicaba con uno de sus pétalos. "Hubiera sido muy bonito enseñarlo a hacer una que otra monada; pero para eso hay que tener el tamaño adecuado. ¡Ay, Dios mío, casi había olvidado que debo hacer algo para volver a crecer! ¿Cómo podré lograrlo?; por lo visto, aquí eso se consigue comiendo o bebiendo ciertas cosas, pero la gran pregunta es ¿qué cosas?".

Efectivamente, todo el secreto estaba en *qué* comer o beber. Alicia pasó la mirada distraída sobre la hierba y las flores que había a su alrededor, pero no se le ocurrió que algo de eso pu-

diera ser adecuado para comer o beber; aunque cerca de un macizo de flores había una gran seta que tenía más o menos su tamaño, así que se puso a inspeccionarla por abajo y por los lados, hasta que se le ocurrió que también sería interesante observar su parte superior.

Entonces se puso de puntillas, y al mirar por encima de la cresta de la seta sus ojos se encontraron con los de una gran oruga azul, que estaba cómodamente sentada sobre la seta, con los brazos cruzados y fumando tranquilamente de un gran narguile, sin prestar la menor atención a lo que pasaba a su alrededor, incluyendo la presencia de Alicia.

Capítulo 5
El consejo de la oruga

Alicia y la oruga se miraron un rato en silencio; pero finalmente la oruga se quitó la pipa del narguile de la boca y se dirigió a Alicia, con voz lánguida:

—¿Y tú, quién eres?

Podríamos estar de acuerdo en que no es esta una manera cómoda de iniciar una conversación, así que Alicia, un poco intranquila, contestó:

—Pues mire usted... señora; en estos momentos, ni yo misma lo sé. Claro que recuerdo muy bien quién era cuando me levanté esta mañana, pero desde entonces he cambiado tantas veces que ya no sé qué pensar.

—¿Qué quieres decir con eso? —replicó la oruga con severidad— ¡Explícate con claridad!

—Me temo que no es posible, mi querida señora —dijo Alicia—, porque yo ya no soy la misma.

—No acabo de entender —dijo la oruga.

—Me gustaría poder explicar esto con claridad, pero en realidad ni yo misma entiendo qué es lo que pasa; sobre todo es muy desconcertante eso de cambiar varias veces de tamaño en un solo día.

—No es nada extraño —repuso la oruga.

—Bueno, tal vez no lo sea para usted —dijo Alicia—, por lo menos en su vida actual; pero llegará el día en que se vuelva crisálida, y más tarde mariposa. Entonces se dará cuenta de que las cosas son bastante raras, ¿no le parece?

—No me parece en lo absoluto —dijo la oruga.

—Bueno, quizá los sentimientos de usted sean distintos a los míos —replicó Alicia— porque le aseguró que a mí me parecería algo muy raro.

—¿Y quién eres tú? —dijo la oruga en un tono despreciativo, con lo cual volvían al inicio de la conversación. Alicia se molestó con aquella actitud, de modo que se puso muy seria y le dijo a la oruga con severidad:

—Creo que debería ser usted la que dijera quién es en primer lugar.

—¿Por qué? —dijo la oruga.

Aquella respuesta que era planteada como una pregunta representaba un problema para Alicia, pues no podía encontrar razones para apoyar su postura, además de que la oruga parecía estar cada vez de peor humor, por lo que Alicia decidió dar media vuelta y marcharse.

—¡Vamos, regresa! —gritó la oruga— ¡Tengo algo muy importante que decirte!

Este cambio de actitud le agradó a Alicia, por lo que regresó de inmediato.

—Es preciso que no pierdas la calma —dijo la oruga.

—¿Eso es lo que querías decirme? —dijo Alicia, sin ocultar su enojo.

—No —replicó la oruga.

Alicia pensó que podía esperar, pues la verdad era que no tenía nada que hacer; tal vez fuese interesante lo que la oruga tenía que decirle.

Durante un buen rato, la oruga estuvo fumando de su narguile sin decir palabra; pero de pronto separó la pipa de sus labios y comenzó a hablar:

—¿Así que tú crees haber cambiado?

—Estoy segura de ello, mi querida señora —respondió Alicia—; no puedo recordar las cosas que antes sabía muy bien, además de que mi tamaño cambia a cada rato.

—¿Qué es lo que no puedes recordar? —preguntó la oruga.

—Bueno, muchas cosas; intenté recitar "¡Ay, el pobre inocente!", y lo que dije fue una cosa muy distinta.

—¿Por qué no intentas recitar "Padre Guillermo"? —dijo la oruga.

Alicia cruzó los brazos y comenzó:

> *Eres muy viejo, padre —dijo el niño—;*
> *tus cabellos son escasos y grises.*
> *¿No crees que a tu edad sea indigno*
> *andar de cabeza como un payaso?*

Cuando joven —dijo el padre—,
no quería dañarme el coco;
pero ya no me da ningún miedo,
que de mis sesos queda muy poco.

Como ya dije, padre, eres muy viejo,
y te has puesto tan gordo como un globo;
Sin embargo, entras capoteando
como si fueras un bicho.

De joven —dijo el padre meneando su pelo blanco—
mantenía mi cuerpo muy ágil,
con ayuda medicinal, y si puedo ser franco;
debes probarlo para no acabar débil.

Eres muy viejo y ya tus dientes
no pueden mascar otra cosa que el cebo;

¿cómo pudiste entonces comerte entero
un ganso, sin dejar pico ni huesos?

De joven —dijo el padre—
me empeñé en ser abogado
y discutía la ley con mi esposa;
y por eso toda la vida he conservado
una mandíbula fuerte y musculosa.

Como eres tan viejo, nadie podría creer
que aún tuvieras la vista perfecta.
Es muy raro que hayas podido hacer bailar
a una anguila sobre tu nariz de forma tan recta

Ya he respondido a tres preguntas,
y con eso bien basta —dijo el padre—.
¡Modera tus ínfulas y vete de aquí!
¡O por la ventana te echaré!

—¡No lo has dicho bien! —observó la oruga.

—No, me temo que no del todo —respondió Alicia, con timidez—; creo que la letra cambió un poco.

—¡Está mal de principio a fin! —dijo enfáticamente la oruga, por lo que se abrió un silencio muy incómodo.

Finalmente, fue la oruga la que rompió ese silencio:

—¿Qué altura quisieras tener?

—¡Ah!, bueno; yo no soy muy exigente en cuanto a la altura —dijo Alicia con entusiasmo—, lo que no me gusta es cambiar tan seguido de tamaño, ya sabe usted.

—¡No, yo no sé!

Alicia permaneció en silencio, estaba desconcertada, pues nunca había platicado con alguien que la contradijera tanto, y sintió que estaba perdiendo la paciencia.

—Pero dime, ¿estás contenta con tu tamaño actual? —preguntó la oruga.

—Bueno, si usted no tiene inconveniente, me gustaría ser *un poco* más alta, después de todo siete centímetros es una altura insignificante.

—¡Pero niña!, ¡esa es una altura perfecta! —dijo la oruga en un tono de reproche, pues ella medía exactamente siete centímetros.

—¡Pero yo no estoy acostumbrada! —replicó Alicia con timidez, y pensó: "Ojalá no fueran tan susceptibles estos bichos".

—Ya te acostumbrarás, es cosa de tiempo —dijo la oruga, y se volvió a colocar la pipa en la boca para fumar de su narguile.

Alicia esperó pacientemente a que la oruga se decidiera a hablar de nuevo. Pasaron unos cuantos minutos y finalmente la oruga se retiró la pipa de la boca, bostezó un par de veces para desperezarse; después, y con toda lentitud, fue descendiendo de la seta para internarse en la hierba, mientras decía a modo de despedida.

—Un lado te hará más chica y el otro lado te hará más grande.

"¿Un *lado* de *qué*?", pensó Alicia.

—Un lado de la seta —dijo la oruga, como si hubiese escuchado la pregunta, pero de inmediato desapareció.

Alicia se quedó un rato junto a la seta, examinándola y reflexionando en cuáles serían esos dos lados; pero como la seta era perfectamente redonda, no tenía puntos de referencia. Después de pensarlo mucho, se le ocurrió extender los brazos como para abarcar la corola de la seta y con cada mano cortó un pedacito del borde.

"¿Y ahora?", se dijo, y decidió morder un poco del que tenía en la mano derecha. El efecto fue instantáneo y muy impactante, pues antes de sentir algo ya había chocado la barbilla con sus propios pies, por lo que se sintió muy asustada, pues el cambio había sido muy repentino, y además el efecto seguía con mucha rapidez, por lo que no había mucho tiempo que perder, así que rápidamente comió un poco del trozo que tenía en la mano izquierda, lo que no le resultó fácil, pues con los pies pegados a su barbilla apenas podía abrir la boca, pero desplegando su habilidad logró morder un pedacito.

✳ ✳ ✳

"¡Por fin tengo la cabeza libre!", dijo Alicia, sintiendo un gran alivio, lo que pronto se transformó en alarma, al descubrir que sus hombros simplemente habían desaparecido, pues al mirar hacia abajo solamente veía su cuello, aunque este no parecía el suyo, pues era un apéndice largo que parecía elevarse como una caña desde un lejano seto de hierba en el piso.

"¿Qué podrá ser esa hierba verde? —dijo Alicia—; ¿y qué habrá pasado con mis hombros? ¡Pobrecitas de mis manos!; ¿por qué no puedo verlas? Alicia sentía que podía mover las manos al hablar, pero apenas percibía un ligero movimiento entre las hierbas del suelo cuando suponía que estaba haciendo un ademán.

Era claro que no podía levantar sus manos para llevarlas a la cabeza, por lo que intentó bajar la cabeza hacia las manos, y fue grande su alegría al darse cuenta de que podía doblar el cuello y dirigirlo a donde quisiera, pues este se comportaba como si fuese una serpiente. Después de practicar un poco logró doblar el cuello en una especie de zigzag, y cuando estaba a punto de sumergir su cabeza en lo que pensaba que sería la hierba del suelo, con gran sorpresa se dio cuenta de que se trataba de las copas de los árboles, bajo los cuales había estado deambulando; entonces un silbido muy agudo hizo que retrocediera precipitadamente, para descubrir que una gran paloma revoloteaba en torno a su rostro, golpeándolo con sus alas.

—¡Serpiente! —chilló la paloma.

—¡Yo no soy una serpiente! —dijo Alicia indignada—¡Por favor déjame en paz!

—¡Para mí que tú sí eres una serpiente! —dijo la paloma, aunque su tono se suavizó en lo que dijo después—: ¡Ya lo he probado todo, pero con ellas nada parece servir!

—No tengo la menor idea de lo que estás hablando —dijo Alicia.

—Lo he intentado en las raíces de los árboles, y lo mismo en las riberas que en los setos —siguió diciendo la paloma, sin prestar atención a las palabras de Alicia—; pero parece que a las serpientes no hay manera de darles gusto.

Alicia estaba cada vez más extrañada, pero como la paloma no le hacía el menor caso, pensó que era preferible esperar el momento oportuno para hablar.

—¡Como si el incubar no fuese en sí mismo un trabajo demasiado pesado! —continuó diciendo la paloma—; ¡y encima estar en vigilia de día y de noche por culpa de las serpientes!; ¡hace tres semanas que no pego un ojo!

—Siento mucho que las serpientes le causen tales tribulaciones —dijo Alicia, que ya había entendido la posición de la paloma.

—Ahora resulta que cuando elijo la copa más alta de los árboles —dijo la paloma, alzando la voz hasta emitir una especie de chillido—, justo cuando pensaba que por fin me había liberado de su molesta presencia; ¡he aquí que desciende una, culebreando desde el cielo!..., ¿qué debo hacer ahora?

—Déjame repetirte que yo *no* soy una serpiente! —dijo Alicia ya muy molesta— Yo soy... yo soy una...

—Bueno, ¡decídete!, *qué* es lo que eres... ¡bien se ve que estás tratando de inventar algo!

—Lo que yo soy, bueno; yo soy... *una niña* —dijo Alicia sin mucha convicción, pues recordaba los grandes cambios que había sufrido ese día.

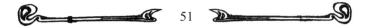

—¡A mí no me gustan los embustes! —dijo la paloma, en un tono de profundo desprecio—. En mi vida yo he visto muchas niñas, ¡y *ninguna* de ellas tenía un cuello como ese! ¡A mí no me puedes engañar!, ¡tú eres una serpiente! ¡Ahora vas a decirme que nunca has probado un huevo!

—¡Claro que sí! —confesó Alicia—; pero tú debes saber que las niñas comen huevos, igual que las serpientes.

—¡Pues yo no creo eso! —dijo altanera la paloma—, y si acaso lo hacen, es que las niñas son parecidas a las serpientes.

Esta idea era muy nueva para Alicia, por lo que permaneció callada unos momentos, y entonces la paloma añadió:

—Se ve a leguas que lo que tú estás buscando son huevos; por lo tanto, ¿qué me importa a mí si eres niña o serpiente?

—¡Pues para mí sí que es importante! —dijo Alicia enfáticamente— Puedo asegurarte que yo no estoy buscando huevos, y si así fuera, yo no quería los tuyos, pues no me gustan los huevos de paloma, ¡y mucho menos crudos!

—¡Bueno, pues entonces vete de aquí! —dijo la paloma con furia mientras se colocaba nuevamente en su nido. Alicia curveó su largo cuello para sortear los árboles lo mejor que pudo, pues fácilmente se enredaba entre las ramas, lo que le resultaba muy molesto. Cuando ya se encontraba más cómoda, recordó que aún tenía en las manos los trocitos de hongo y se puso a mordisquear con mucho cuidado de uno y de otro alternativamente, y así fue creciendo y decreciendo paulatinamente, hasta que calculó que ya tenía su estatura normal.

Le pareció muy extraño encontrarse de nuevo en el tamaño que le correspondía, pero rápidamente se acostumbró y entonces, como era común en ella, se puso a hablar sola: "Yo creo que ya se ha realizado la mitad del proyecto. ¡Cómo desconciertan estos continuos cambios! ¡Nunca sé qué pasará después!; por lo menos ya he recuperado mi tamaño, ahora no falta más que volver al hermoso jardín; pero, ¿cómo podré lograrlo?".

Mientras caminaba y hablaba para sí misma alcanzó un claro en el bosque, y en ese pequeño valle había una casita que no medía más de un metro veinte de alto. "Con mi tamaño actual, es impensable que yo llame a la puerta de esa casita para presentarme, ¡se morirían de susto! Así que Alicia comenzó a mordisquear de nuevo el trocito de hongo que portaba en la mano derecha hasta que alcanzó una talla de unos veinticinco centímetros; entonces sí, se atrevió a acercarse a la casita.

Capítulo 6
Cerdo y pimienta

Alicia se quedó unos minutos observando la casa, sin saber qué hacer a continuación; pero de pronto vio que del bosque salía un personaje que estaba ataviado como un lacayo (por lo menos así lo consideró Alicia, pues iba vestido de librea, pero si se fijaba uno en la cara, el personaje parecía un pez) que llamó repetidamente a la puerta, hasta que esta se abrió y dentro apareció otro lacayo, pero este de cara redonda y ojos grandes, con la apariencia de una rana. Alicia reparó en que ambos lacayos tenían la cabellera empolvada, y arreglada con grandes bucles que les cubrían toda la cabeza; sintió mucha curiosidad por saber qué ocurría, y sigilosamente salió del bosque, para oír lo que decían.

El lacayo que parecía pez, sacó una gran carta que llevaba debajo del brazo y se la tendió al de cara de rana, diciendo:

—Esta misiva se la envía la reina a la señora duquesa; se trata de una invitación para jugar al críquet.

El lacayo rana repitió la fórmula con un tono muy solemne, utilizando las mismas palabras, pero en diferente orden: "la reina envía a la señora duquesa una invitación para jugar al críquet".

Después se hicieron una reverencia mutua, tan prolongada que los bucles de ambos amenazaban con enredarse. Esto le produjo a Alicia un acceso de risa, por lo que tuvo que correr hacia el bosque para evitar que la descubrieran. Cuando se atrevió a volver para observar, ya el lacayo pez se había marchado, pero vio que el otro se encontraba sentado en suelo, junto a la puerta, con la mirada perdida, como absorto en la contemplación del cielo. Entonces Alicia se acercó tímidamente a la casita y llamó a la puerta.

—Es totalmente inútil llamar —dijo el lacayo, que parecía haber salido de su trance—, por dos razones principales: la

primera es que yo me encuentro del mismo lado de la puerta que tú, y la segunda es que dentro de la casa hay tanto ruido que nadie podría escucharte.

Entonces Alicia se percató de que, efectivamente, dentro se escuchaba un gran estrépito: toda clase de aullidos y estornudos, además de fuertes tronidos, como si grandes ollas o ensaladeras se hicieran añicos contra el piso.

—Hágame entonces el favor de decirme qué puedo hacer para entrar —preguntó Alicia con toda corrección.

—Llamar a la puerta no tendría ningún sentido —siguió diciendo el lacayo como para sí mismo—. Otro sería el caso si la puerta estuviese entre tú y yo, es decir, si tú estuvieras *dentro* de la casa; podrías llamar, y entonces yo te abriría la puerta para que salieras.

El lacayo parecía muy distraído, mirando hacia el infinito mientras hablaba, lo que Alicia consideró como una grosería de su parte. "Aunque tal vez no pueda evitarlo —pensó—, pues sus ojos están colocados muy alto en su cabeza; ¡pero al menos debería contestar las preguntas!".

—¿Qué se puede hacer entonces para entrar? —dijo Alicia casi gritando.

—Yo voy a permanecer aquí, sentado, hasta mañana —dijo el lacayo; pero en ese momento se abrió la puerta y un plato enorme salió volando, directo hacia su cabeza. Por fortuna no lo golpeó de lleno, sino que apenas le rozó la nariz y fue a estrellarse contra un árbol.

—...o hasta pasado mañana, tal vez —siguió diciendo el lacayo, como si no hubiera pasado nada.

—Y yo —dijo Alicia, levantando la voz— ¿cómo podré entrar?

—¿Realmente quieres entrar? —dijo el lacayo—, esa es la pregunta esencial.

Y por supuesto que eso era lo esencial, pero a Alicia le molestó que se lo dijera. "Es en verdad horrible el tipo de razonamiento que tienen estas criaturas, ¡es para volverse loca!

Entonces el lacayo se puso a repetir con ciertos cambios, lo mismo que había dicho anteriormente:

—Aquí estaré sentado, a ratos, durante días y días.

—Pero yo, ¿qué voy a hacer? —dijo Alicia.

—Tú puedes hacer lo que te dé la gana —dijo el lacayo, y se puso a silbar alegremente.

—¡Este sujeto es un idiota!, ¡no vale la pena hablar con él! —dijo Alicia, muy molesta. Y sin pensarlo dos veces abrió la puerta y entró en la casa.

La puerta daba a una gran cocina llena de humo, y ahí estaba la duquesa, sentada en el centro, sobre un pequeño banco de tres patas y meciendo a un bebé. La cocinera se encontraba inclinada sobre el fogón y revolvía un gran caldero que parecía estar lleno de sopa.

—Me parece que este guiso tiene demasiada pimienta —se dijo Alicia, pues no paraba de estornudar. Y sin duda había mucha pimienta en el aire, pues también la duquesa estornudaba constantemente, lo mismo que el bebé, quien no solamente estornudaba, sino que además berreaba. Las dos únicas criaturas que no estornudaban eran la cocinera y un enorme gato que estaba sentado frente al caldero y que sonreía de oreja a oreja.

—Por favor —dijo Alicia con cierta timidez, pues no estaba segura de que fuese lo correcto que hablara ella primero—, ¿podría decirme por qué sonríe su gato?

—¡Este es nada menos que un gato de Cheshire! —dijo la duquesa, y esa es precisamente la razón por la que sonríe... ¡cerdo!

La duquesa puso tal énfasis en la palabra "cerdo", que Alicia tuvo un sobresalto, pero de inmediato se dio cuenta de que iba dirigido al bebé y no a ella, por lo que se animó a seguir hablando:

—Yo no sabía que a los gatos de Cheshire les gustara tanto sonreír, ni siquiera que *pudieran* sonreír.

—¡Sí que pueden! —dijo la duquesa—, y casi todos practican la sonrisa.

—Yo no sabía de ningún gato que pudiese sonreír —reiteró Alicia con mucha cortesía, satisfecha por haber podido entablar una conversación.

—Si hemos de atender a la verdad —dijo la duquesa—, hay muchas cosas que tú no sabes.

Alicia se sintió ofendida por esa observación y pensó que sería preferible cambiar de tema, buscando en su interior otro que pudiera ser más adecuado. Mientras tanto la cocinera retiró del fuego el caldero de la sopa, y comenzó a lanzar toda clase de objetos contra la duquesa y el bebé; primero fueron los atizadores de la chimenea, y después las ollas, las fuentes y los platos. A la duquesa parecía no importarle aquella agresión y ni siquiera se inmutaba cuando algún proyectil la alcanzaba; el niño seguía berreando igual que antes, por lo que no se sabía si había sido golpeado o no.

—¡Por favor, tenga cuidado! —gritó Alicia, llena de miedo—, ¡cuidado con su nariz! —exclamó, al ver que una olla volaba muy cerca de la cara de la duquesa, pues se trataba de una olla tan pesada que fácilmente se la hubiese arrancado.

—Si cada cual se ocupara de sus propios asuntos —dijo la duquesa con voz de gruñido— el mundo giraría más rápido de lo que va.

—Seguramente eso *no* sería una ventaja —dijo Alicia, orgullosa de hacer gala de sus conocimientos—; piense en el problema que se armaría con el día y la noche. Como todo el mundo sabe, la Tierra tarda veinticuatro horas en ejecutar un giro completo sobre su propio *eje*.

—Pues ya que hablamos de *ejecución* —dijo la duquesa— ¡Qué le corten la cabeza!

Alicia se sintió aterrada y miró ansiosamente hacia la cocinera, pera ver su disposición a cumplir esa orden; pero ella estaba muy ocupada moviendo el caldero, por lo que Alicia se tranquilizó y siguió con su discurso:

—Bueno, no estoy muy segura de que sean veinticuatro horas... ¿o son doce?

—¡Deja ya esas cosas! —gritó la duquesa— ¡No soporto los números!

Entonces se puso a mecer al niño, cantándole algo que parecía una canción de cuna, pero sacudiéndolo con violencia al terminar cada estrofa:

Este niño merece un buen palo,
y si estornuda, ¡hay que darle duro!,
pues a él le gusta ser malo,
y remolón de seguro.

(Aquí entra el coro en el que participaban la cocinera y el propio niño)
¡Uh! ¡Uh! ¡Uh!

La duquesa siguió zarandeando con gran fuerza al niño mientras cantaba la segunda estrofa, pero el pobre berreaba con tal intensidad que Alicia apenas pudo distinguir las palabras del canto:

Con dureza hablo a mi niño,
y si estornuda le pego;
y después le doy pimienta
que él recibe con cariño.

¡Uh! ¡Uh! ¡Uh!

—Si quieres puedes mecerlo un poco —dijo de pronto la duquesa y lanzó el bebé en dirección de Alicia—. Yo tengo que arreglarme, pues tengo un juego de críquet con la reina.

Entonces la duquesa salió corriendo de la habitación; la cocinera le lanzó una sartén, pero sin acertar en el blanco.

Alicia tomó al niño con cierta dificultad, pues se trataba de una criatura de forma muy extraña, que agitaba brazos y piernas en varias direcciones ("como hacen las estrellas de mar", pensó Alicia). Además de que el bebé resoplaba como si fuera una locomotora y se retorcía con tal vigor que se volvía muy complicado poderlo sostener.

Cuando encontró por fin la manera de abrazarlo y mecerlo un poco (lo que no era una operación fácil, pues había que asirlo con fuerza de la oreja derecha, lo mismo que de la pata izquierda, para frenar un poco sus convulsiones y evitar que se cayera), lo sacó al aire libre, pensando que si ella no lo cuidaba, los de la casa terminarían por matarlo. "¡Son unos criminales!", murmuró Alicia, a lo cual respondió el niño con una especie de gruñido (afortunadamente ya había dejado de estornudar).

—¡Por favor no gruñas! —dijo Alicia—Esa no es una forma correcta de expresarse.

El niño pareció no hacer el menor caso y volvió a gruñir, lo que alarmó a Alicia, quien se puso a observarlo para descubrir qué le pasaba. La cosa era muy clara, la nariz del niño era demasiado respingada; se parecía más a un hocico que a la nariz de un niño normal. Sus ojos eran muy pequeños, impropios de un bebé. Para Alicia, el aspecto del niño no era nada agradable: "Tal vez no fue más que un lloriqueo un poco raro", pensaba, y se fijó en sus ojos, para ver si aparecía alguna lágrima... pero no, lágrimas no había.

—Si acaso vas a convertirte en cerdo, mi pequeño —dijo Alicia con toda seriedad—, mejor piénsalo dos veces, porque entonces yo no te voy a querer.

La pobre criatura emitió un ruido que bien parecía un sollozo o un gruñido; después ambos permanecieron en silencio un rato.

Alicia comenzó a pensar qué haría con el bebé si lo llevaba a su casa, cuando escuchó un gruñido tan violento que volvió a observarlo alarmada. Esta vez no cabía la menor duda: se trataba precisamente de un cerdito, por lo que le pareció que era absurdo seguirlo cargando. Lo depositó en el suelo y se sintió bastante aliviada cuando vio que él corría alegremente y se internaba en el bosque.

"Si hubiera crecido así —pensó—hubiera llegado a ser un niño muy feo, en cambio, como cerdito puede llegar a ser bastante guapo". Y empezó a pensar en otros niños que ella conocía y a los que les sentaría muy bien convertirse en cerditos: "Si supiéramos la manera de transformarlos". Entonces tuvo un ligero sobresalto, pues el gato de Cheshire se encontraba muy cerca de ella, subido en la rama de un árbol.

El gato vio a Alicia y de inmediato se puso a sonreír. "Parece que es muy amigable y está muy contento —pensó Alicia— pero tiene una garras muy largas y muchísimos dientes afilados, por lo que será mejor tratarlo con respeto".

—Minino de Cheshire —comenzó hablando tímidamente, pues no sabía con qué nombre referirse a él; pero al gato pareció gustarle, pues su sonrisa se volvió más franca y eso le permitió a Alicia seguir adelante con la conversación.

—Podrías decirme, por favor, cómo hago para salir de aquí, ¿qué camino debo tomar?

—Eso depende del lugar al que quieras ir —respondió el gato.

—La verdad es que me da igual —dijo Alicia.

—Entonces da lo mismo cualquier camino que sigas —dijo el gato.

—Bueno, siempre que llegue a alguna parte —dijo Alicia.

—¡Ah!, eso es seguro que suceda, si es que caminas lo suficiente.

Alicia entendió que ese argumento no podía ser rebatido, por lo que decidió cambiar de tema:

—¿Cómo es la gente que vive por aquí?

—En esa dirección —dijo el gato, señalando con la pata derecha— vive el *sombrerero*, y por ese lado —hizo una seña con la pata izquierda—vive la *liebre de marzo*. Puedes visitar a cualquiera de los dos, ambos están locos.

—Pero yo no quiero visitar a los locos —reclamó Alicia.

—¡Ah!, eso no podrás evitarlo —dijo el gato—, pues aquí todos estamos locos; yo estoy loco, y tú también estás loca.

—¿Por qué dices que yo estoy loca? —dijo Alicia.

—Si no estuvieras loca —dijo el gato—, no estarías aquí.

Alicia pensó que el hecho de encontrarse ahí no era prueba de locura, por lo que preguntó:

—Y tú, ¿cómo sabes que estás loco?

—Bueno, en principio, los perros no están locos, ¿verdad?

—Supongo que tienes razón —dijo Alicia.

—Bueno —siguió diciendo el gato—, pues te habrás dado cuenta de que un perro gruñe cuando está enojado y mueve la cola cuando está contento; pues resulta que yo gruño cuando estoy contento y muevo la cola cuando estoy enojado, eso prueba que estoy loco.

—Pero a eso que hacen los gatos se le llama *ronronear*, no gruñir —corrigió Alicia.

—¡Llámalo como quieras! —dijo el gato—Por cierto, ¿vas a jugar críquet con la reina hoy?

—Me encantaría —dijo Alicia—, pero la verdad es que no he sido invitada.

—¡Pues allá me verás!—dijo el gato, y desapareció.

El desvanecimiento del gato no sorprendió demasiado a Alicia, pues ya se estaba acostumbrando a que sucedieran cosas raras en estos lugares; pero todavía tenía su vista en el lugar donde había estado el gato, cuando sorpresivamente reapareció.

—Casi me olvido de preguntarte —dijo el gato—, ¿qué pasó con el niño?

—Se volvió cerdito —dijo Alicia con toda naturalidad.

—¡Me lo había imaginado! —dijo el gato, y volvió a desaparecer.

Alicia esperó un rato, pues tenía la esperanza de que volviera a aparecer, pero eso no sucedió, por lo que ella decidió encaminarse hacia donde el gato le había señalado que vivía la liebre de marzo. En ese momento pensó que los sombrereros eran gente de lo más común, en cambio una "liebre de marzo" podía ser mucho más interesante, y como estaban en mayo,

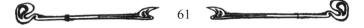

consideró que tal vez no estaría tan loca como los demás: "Al menos no tan loca como lo estaría en marzo".

Mientras decía estas palabras miró hacia arriba y se dio cuenta de que ahí estaba de nuevo el gato, trepado en la rama de un árbol.

—No entendí bien si dijiste *cerdito* o *lerdito* —preguntó el gato.

—Dije *cerdo* —respondió Alicia—; y a ver si dejas de aparecer y desaparecer por todos lados, ¡es un fastidio!

—Está bien —respondió el gato—, pero esta vez se fue esfumando lentamente, comenzando con la punta de la cola y terminando con la sonrisa, que permaneció unos instantes como suspendida en el aire hasta que también se desvaneció

—¡Vaya! —exclamó Alicia—, ya no me sorprende ver un gato que sonríe, ¡pero ver una sonrisa sin gato!, es una de las cosas más raras que he visto en mi vida.

Después de un rato, divisó la casa de la liebre de marzo; de inmediato supo cuál era porque tenía dos chimeneas en forma de orejas y el tejado estaba cubierto de piel. Sin embargo, era una casa tan grande, que se le ocurrió que sería conveniente mordisquear un pedacito de la seta que tenía en la mano izquierda, con lo que creció hasta unos sesenta centímetros de altura. Aún así, tomó sus precauciones, pues pensaba que era posible que la liebre estuviera loca de atar. Y entonces se dijo a sí misma: "¿No hubiera sido preferible visitar al sombrerero?".

Capítulo 7
Una cena de locos

Delante de la casa había un árbol frondoso, y debajo de ese árbol había una mesa bien puesta, frente a la que se encontraban instalados la liebre de marzo y el sombrerero en amigable tertulia, tomando el té. Entre ellos estaba un lirón profundamente dormido; ambos apoyaban sus codos en él, como si fuera un cojín, y se miraban por encima de su cabeza.

Alicia pensó que aquello era muy incómodo para el lirón; "aunque, como está dormido —se dijo—, lo más probable es que no se entere".

La mesa era muy grande, pero los tres se apretujaban en un extremo. Cuando vieron llegar a Alicia, ambos exclamaron:

—¡No hay lugar!, ¡ya no hay lugar!

—¡Pero cómo! —dijo Alicia indignada—, ¡si lo que *sobra* es el espacio!; y sin esperar respuesta se sentó en un sillón en un extremo de la mesa.

—Sírvete algo de vino —le dijo la liebre de marzo, en un tono de amable invitación.

Alicia buscó el vino, pero sobre la mesa no había otra cosa sino té.

—¡No veo ningún vino! —dijo Alicia, desconcertada.

—No, vino no hay —dijo la liebre con toda naturalidad.

—Pues es una descortesía de su parte el ofrecer algo que no hay —dijo Alicia, con mucha frialdad.

—Pues también lo es de tu parte el sentarte con nosotros sin haber sido invitada —respondió la liebre de marzo.

—Yo no pensé que la mesa fuese de su *propiedad* —respondió Alicia—, además de que está puesta para más de tres personas.

—Lo que tú necesitas es un buen corte de pelo —dijo el sombrerero, quien había estado observando a Alicia con gran detenimiento.

—¡Y usted debería aprender a no hacer esa clase de comentarios! —dijo Alicia, mostrándose muy molesta—, ¡eso es una falta de respeto!

Entonces el sombrerero abrió desmesuradamente los ojos, e hizo el siguiente comentario:

—¿En qué se parece un cuervo a un escritorio?

"¡Vaya!, pues parece que ya empezamos con las adivinanzas —pensó Alicia—; eso está muy bien, es un bonito juego, a mí me gustan los acertijos". Entonces dijo en voz alta:

—Creo que sé de lo que se trata.

—¿Quieres decir que tienes la solución? —dijo la liebre de marzo.

—Así es —dijo Alicia.

—Es necesario que digas lo que piensas.

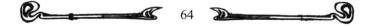

—Eso es precisamente lo que estoy haciendo —respondió Alicia—, o al menos pienso lo que digo, que es lo mismo, ¿no?

—¡De ningún modo! —dijo el sombrerero—. Puestas las cosas así, también podrías decir "veo lo que como", como si fuera lo mismo que "como lo que veo".

—Y también podrías decir —dijo ahora la liebre de marzo—: "Me gusta lo que tengo", como si fuera lo mismo que "tengo lo que me gusta".

—Y también podrías decir —dijo el lirón como en sueños— que "respiro cuando duermo" es lo mismo que "duermo cuando respiro".

—Bueno, tratándose de ti, es la misma cosa —dijo el sombrerero, y con ello cesó la abigarrada conversación. Entonces el grupo permaneció un rato callado, mientras Alicia pasaba revista a todo cuanto podía recordar sobre cuervos y escritorios, que desde luego no era gran cosa.

Finalmente, habló el sombrerero:

—¿Qué día del mes es hoy? —se dirigió a Alicia mientras sacaba del bolsillo el reloj y lo miraba con inquietud, agitándolo continuamente y llevándoselo al oído.

Alicia reflexionó un rato y dijo:

—Es día cuatro.

—¡Dos días de retraso! —dijo el sombrerero en un suspiro— ¡Recuerda que te dije que la mantequilla y la maquinaria no se llevan! —dijo con severidad, dirigiéndose a la liebre de marzo.

—¡Pero era mantequilla de la mejor calidad! —replicó la liebre.

—¡Pues seguramente tendría algunas migajas dentro! —dijo el sombrerero con un gruñido— fue muy imprudente de tu parte el ponerla junto con el cuchillo del pan.

Entonces la liebre de marzo tomó el reloj, y mirándolo con tristeza, lo sumergió en su taza de té, pero no se le ocurrió cosa mejor que repetir su primera observación:

—Era mantequilla de la mejor calidad, y tú lo sabes.

Alicia había seguido la escena, mirando de puntillas con gran curiosidad.

—¡Es un reloj muy curioso! —dijo Alicia—Da solamente el día del mes y no la hora.

—¡Y qué! —replicó el sombrerero— ¿Acaso tú tienes un reloj que dice el año?

—¡Claro que no! —replicó Alicia—, eso no tendría sentido, pues un año dura mucho tiempo.

—Dime exactamente qué es lo que pasa con mi reloj —dijo el sombrerero.

Alicia se quedó desconcertada, pues no entendía en absoluto la pregunta del sombrerero, aunque de alguna manera sentía que era correcta.

—No acabo de entender —dijo con toda cortesía.

—Pues sucede que el lirón se ha vuelto a dormir —dijo el sombrerero, y derramó un poco de té caliente sobre la nariz del lirón, quien sacudió la cabeza, aunque no abrió los ojos, pero dijo:

—¡Claro, eso es justo lo que iba a decir yo!

—¿Todavía no logras resolver el acertijo? —dijo el sombrerero, dirigiéndose a Alicia.

—No, la verdad es que no encuentro la solución, ¡mejor me rindo!

—Yo no tengo la menor idea de cuál sea la solución —dijo el sombrerero.

—¡Y yo menos! —dijo la liebre de marzo.

Alicia no supo qué contestar y simplemente suspiró con aburrimiento, aunque al final se decidió a decir:

—Creo que podrían emplear mejor su tiempo, y no perderlo en acertijos sin solución.

—Si conocieras el tiempo como lo conozco yo —dijo el sombrerero—, no te referirías a él como *emplearlo* o *perderlo*. El tiempo es muy *suyo*.

—No entiendo lo que quiere decir —dijo Alicia.

—¡Pues claro que no! —dijo el sombrerero, con un tono arrogante— me atrevería a decir que ni siquiera le has dirigido la palabra.

—Bueno, creo que no —replicó Alicia con prudencia—¡aunque en las clases de música me enseñaban a marcar los tiempos!

—¡Ah!, pues ahí está el problema —dijo el sombrerero—, el tiempo no soporta que lo marquen ni que lo clasifiquen, pero si estuvieras en buenas relaciones con él, podrías hacer lo que quisieras con el reloj; por ejemplo, imagínate que marca las ocho de la mañana y es la hora de comenzar tus lecciones en la escuela, pues bastaría girar las manecillas un poco y ya sería la una y media ¡hora de comer!

"¡Ojalá eso fuera verdad!", —dijo la liebre de marzo para sus adentros.

—Eso sería maravilloso —dijo Alicia en tono reflexivo—; pero entonces yo no tendría hambre.

—Bueno, por supuesto que al principio no tendrías hambre —dijo el sombrerero—pero podrías quedarte en la misma hora hasta que tuvieras hambre.

—¿Es así como usted maneja el tiempo? —preguntó Alicia.

—En realidad no —respondió el sombrerero con un dejo de tristeza—. Fue precisamente por eso que nos peleamos el pasado marzo, antes de que *esta* se volviera loca —dijo, señalando con la cucharilla a la liebre de marzo—. Eso ocurrió en el gran concierto que ofreció la *reina de corazones*; en aquella ocasión a mí me tocaba cantar:

¡Ven y lúcete vampiro!
¡Cuál será tu alado giro!

—Seguramente tú conoces esa canción.

—Bueno, no estoy segura, pero algo me suena —dijo Alicia, para salir del paso.

—Tal vez recuerdes que continúa así:

Sobre el mundo, que en su vuelo
salva el té que está en el cielo.
Titila, titila y luce.

El sombrerero estaba embelesado con su propio canto, y siguió diciendo las estrofas como en sueños: "titila, titila y luce"…, hasta que la liebre de marzo lo hizo callar con un pellizco.

—Recuerdo aquella memorable ocasión —siguió diciendo el sombrerero—: apenas había entonado la primera estrofa cuando la reina se puso a gritar: "¡Está matando el tiempo! ¡Que le corten la cabeza!".

—¡Qué horror! —exclamó Alicia.

—Y desde entonces —siguió el sombrerero, con tono amargo— el tiempo parece estar siempre en mi contra, pues para mí son siempre las seis.

Entonces Alicia concibió una brillante idea:

—¿Es por eso que hay tanto servicio de té sobre esta mesa?

—Así es —dijo el sombrerero con un suspiro—, para nosotros siempre es la hora del té, y no tenemos tiempo siquiera para lavar los platos.

—Supongo entonces —dijo Alicia con agudeza—, que en esta mesa tan grande ustedes van cambiando de sitio de un rato al otro.

—Así es —dijo el sombrerero—, nos movemos cuando se ensucian las tazas.

—Pero, ¿qué ocurre cuando llegan otra vez al principio? —preguntó Alicia.

—Yo prefiero que cambiemos de tema —interrumpió la liebre de marzo—, pues estas cosas ya me tienen harta; propongo que esta niña nos cuente un cuento.

—La verdad es que no me sé ningún cuento —dijo Alicia, asustada por la propuesta.

—Entonces, ¡qué sea el lirón el que lo cuente! —dijeron los dos compañeros a coro— ¡Vamos, lirón, despierta! —le gritaron, pellizcándolo al mismo tiempo.

El lirón pareció desperezarse y abrió los ojos con mucha lentitud.

—No estaba durmiendo profundamente —dijo con voz ronca—, estuve escuchando todo lo que han dicho ustedes.

—¡Queremos que nos cuentes un cuento! —dijo la liebre de marzo.

—¡Sí, por favor! —dijo Alicia, uniéndose a la petición.

—Pero procura que sea rápido —dijo el sombrerero—, o te dormirás nuevamente antes de terminarlo.

—Bueno, pues han de saber que había una vez tres hermanitas —comenzó a narrar el lirón— que tenían por nombres Elsie, Lasie y Tillie, y todas ellas vivían en el fondo de un pozo.

—¿Y de qué vivían? —dijo Alicia, que siempre se interesaba en la alimentación.

Después de pensarlo unos minutos, dijo el lirón:

—Vivían de maleza.

—¡Yo no puedo creer eso! —objetó Alicia—, no se puede vivir de pasto, ¡se habrían enfermado!

—Y así fue —dijo el lirón—, se pusieron malísimas.

Alicia intentó imaginarse cómo sería esa extraña manera de vivir, pero el tema de la alimentación la angustiaba un poco, por lo que prefirió cambiarlo.

—¿Por qué vivían en el fondo de un pozo?

—¿Quieres tomar un poquito más de té? —le dijo a Alicia la liebre de marzo.

—¡Pero si todavía no he tomado nada! —dijo Alicia en un tono de reproche—; ¿cómo podría tomar *más* de lo que no he tomado nada?

—Seguramente quieres decir que no puedes tomar *menos* —dijo el sombrerero—; es más fácil tomar *más* de algo que no tomar nada.

—A usted nadie le ha pedido su opinión —dijo Alicia.

—¡Miren quién está haciendo observaciones personales ahora! —dijo el sombrerero en tono triunfal.

Alicia no encontró la manera de responder a esos planteamientos tan complicados, así que prefirió servirse un poco de té y pan con mantequilla, pero le repitió su pregunta al lirón:

—¿Por qué vivían en el fondo de un pozo?

El lirón se tomó un largo rato para meditar acerca de esa pregunta y finalmente dijo:

—Es que era un pozo de melaza.

—¡No existen pozos de melaza! —replicó Alicia, bastante molesta, pero tanto el sombrerero como la liebre de marzo la callaron a silbidos, y el lirón le dijo en un tono malhumorado:

—¡Si no eres capaz de comportarte, es preferible que seas tú la que cuente el cuento!

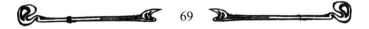

—¡No, por favor, continúa! —le suplicó Alicia, con humildad— Te prometo no interrumpir más, y ahora hasta me parece que podría existir un pozo de melaza.

—¡Podría existir! —dijo el lirón con indignación, pero se dispuso a continuar su cuento.

—Y estas tres hermanitas aprendían en sus lecciones extra...

—¿*Extra* a qué? —interrumpió Alicia, olvidando por un momento su compromiso.

—... a *extraer* melaza —dijo el lirón.

—Yo quiero una taza limpia —dijo el sombrerero—; además es conveniente que nos cambiemos de lugar.

Al decir esto, el sombrerero ya se cambiaba de sitio en la mesa, y el lirón hizo lo mismo, la liebre de marzo ocupó el lugar del lirón y Alicia, de mala gana, ocupó el lugar de la liebre. El más beneficiado con estos cambios fue el sombrerero, y para Alicia fue una mala colocación, pues la liebre había volcado la leche sobre su plato.

Alicia no quería ofender al lirón, por lo que dijo con prudencia:

—No entiendo bien, ¿de dónde sacaban la melaza?

—¿De dónde se saca el petróleo?, ¡pues de un pozo de petróleo! —dijo sarcásticamente el sombrerero—; es de suponerse, entonces, que de un pozo de melaza se extrae la melaza. ¿Te parece comprensible ahora, tontita?

—¿Pero cómo podían sacar ellas la melaza, si se encontraban hundidas en ella? —replicó Alicia, sin hacer caso de los insultos del sombrerero.

—¡Pues sí que estaban bien hundidas!, y con todo su *gozo en el pozo*.

Esta respuesta produjo una mayor confusión en la pobre Alicia, por lo que prefirió guardar silencio y permitir que el lirón continuara con su relato sin ser interrumpido.

—Y por cierto, ellas tomaban clases de dibujo —siguió diciendo el lirón, bostezando y frotándose los ojos, pues seguía teniendo mucho sueño—, y dibujaban toda clase de cosas, sobre todo aquellas que empezaban con M.

—¿Y por qué con M? —preguntó Alicia.

—¿Y por qué no? —dijo abruptamente la liebre de marzo.

El lirón ya no soportaba más; había cerrado los ojos y comenzado a dormitar. Pero el sombrerero lo despertó con muchos pellizcos, por lo que emitió un chillido y siguió su relato:

—Sí, cosas que empiezan con M, como *musaraña, mundo, memoria, magnitud*..., de muchas cosas se dice que son *de la misma magnitud*, pero ¿quién ha visto que se dibuje una magnitud?

—Bueno, ahora que lo dices —dijo Alicia muy desconcertada—, no, creo que... no pienso...

—Pues si no piensas es preferible que no hables —dijo el sombrerero.

Ya era demasiada la grosería del sombrerero, por lo que Alicia ya no lo pudo tolerar, así que se levantó bruscamente y se marchó. Al ver que ella se iba, el lirón cayó dormido, y los otros parecieron ser totalmente indiferentes, aunque Alicia volvió la mirada algunas veces con la

esperanza de ser llamada por ellos; la última vez que los vio estaban muy ocupados tratando de meter al lirón dentro de la tetera.

"¡No me importa!, de todas maneras yo no quisiera volver ahí nunca más —pensó Alicia, y siguió caminando en busca de un sendero para salir del bosque—; ¡es la tertulia de té más desagradable de mi vida!". Entonces delante de sus ojos se presentó algo muy curioso, pues uno de los árboles tenía una puertecita que, aparentemente, conducía a su interior; "¡qué cosa tan extraña! —pensó—; pero aquí todo es así de raro, así que lo mejor será entrar".

Al traspasar la puerta le pareció que aquello era conocido, y efectivamente, pues se encontraba en la gran sala donde había estado antes, cerca de la mesita de cristal. "A ver si ahora me va mejor" —pensó— y tomó la llavecita de oro con la intención de abrir la puerta que conducía al jardín; después mordió un pedacito de la seta que correspondía al decrecimiento, hasta que llegó a una altura de unos treinta centímetros. Entonces pudo atravesar el pequeño corredor, hasta que, por fin, se encontró en el delicioso jardín de sus sueños, entre los setos de brillantes flores y la frescura de las fuentes.

Capítulo 8
El críquet de la reina

A la entrada del jardín se encontraba un enorme rosal, cuyas rosas eran originalmente blancas, pero había tres jardineros que estaban ocupados en pintarlas de rojo. Alicia pensó que esto era muy raro, por lo que se acercó para ver mejor y entonces escuchó lo que decían:

—¡Pon más atención en lo que haces, *cinco*, me estás salpicando de pintura!

—Discúlpame, fue sin querer —dijo cinco, en un tono malhumorado—; fue culpa de *siete* que me dio un codazo

Al oír esto, siete dejó lo que estaba haciendo y dijo:

—¡Vaya, tú como siempre, echándole la culpa a los demás!

—¡Es mejor que te calles!, —dijo cinco—; apenas ayer dijo la reina que merecías ser decapitado.

—¿Y por qué razón? —dijo el primero que había hablado.

—Eso no te incumbe, *dos* —dijo siete.

—¡Pues sí que le incumbe! —dijo cinco airadamente—Y yo le voy a explicar qué fue lo que pasó: él le llevó a la cocinera bulbos de tulipán en vez de cebollas.

Siete arrojó su pincel al piso, y comenzó a decir: "De todas las injusticias...", pero entonces se dio cuenta de la presencia de Alicia, quien llevaba un buen rato parada delante de ellos, observándolos sin decir nada; los demás la miraron con desconcierto, pero terminaron por hacerle una caravana en señal de saludo.

—Por favor —dijo Alicia—, ¿podrían decirme por qué están pintando las rosas?

Cinco y siete no dijeron nada, pero volvieron la mirada hacia dos; él comenzó a hablar en voz baja:

—Bueno, señorita, sucede que estaba planeado que en este lugar debía estar un rosal de rosas rojas, pero nosotros plantamos uno blanco por equivocación. El asunto es tan grave que si nos descubre la reina mandaría que nos cortaran la cabeza. Así que ya ve usted, señorita, nosotros estamos haciendo lo conveniente, entes de que venga la reina, para...

Entonces, cinco, quien hacía de vigía, se puso a gritar: "¡La reina!, ¡ya viene la reina!". De inmediato los tres jardineros, que tenían un cuerpo bastante plano, se echaron al suelo boca abajo. Se escuchaba cercano el sonido de muchos pasos, así que Alicia recorrió todo el entorno con la mirada, ansiosa por conocer a la reina.

Lo primero que apareció fueron diez soldados, armados con bastos; ellos tenían la misma forma que los jardineros, pues eran planos y rectangulares, sus manos y sus pies se encontraban en los ángulos; enseguida venían diez cortesanos, caminando por parejas y adornados con diamantes; después seguían los infantes, que también eran diez y también venían en parejas, pero tomados de la mano y saltando alegremente; ellos estaban adornados de corazones. Más atrás venían todos los invitados, la mayoría de ellos eran reyes y reinas, pero en el séquito Alicia vio al conejo blanco, quien venía hablando atropelladamente, con gestos de gran nerviosismo y sonriendo por todos lados; sin embargo, no advirtió la presencia de Alicia. Después venía la sota de corazones, que llevaba la corona del rey sobre un cojín de terciopelo carmesí y por fin, cerrando la comitiva, venían el rey y la reina de corazones.

Alicia no sabía si era conveniente tenderse boca abajo, como lo habían hecho los jardineros, ya que nunca había oído hablar del protocolo para estos casos y no sabía si aquello era obligatorio; además pensaba que un desfile no tendría sentido si todo mundo se echaba boca abajo, pues entonces nadie podría ver nada. Así que se mantuvo en su lugar y esperó.

Cuando el cortejo llegó a la altura de Alicia, todo el mundo se detuvo para mirarla, y la reina dijo severamente:

—¿Quién es esta?

La sota de corazones pareció decirle de quién se trataba, pero la reina pareció molesta por sus explicaciones.

—¡Idiota! —dijo la reina sacudiendo la cabeza, pero un momento más tarde se dirigió a Alicia:

—¿Cuál es tu nombre, niña?

—Me llamo Alicia, su majestad —dijo ella con la mayor cortesía, pero en su interior se decía: "¡Pero si no son más que una baraja de naipes! No hay por qué tenerles miedo".

—¿Y quiénes son estos! —dijo la reina, señalando a los tres jardineros que seguían echados al pie del rosal. Como ellos estaban boca abajo, el diseño de sus cuerpos era el mismo del resto de la baraja, por lo que la reina no podía saber si eran jardineros, o soldados, o cortesanos, o tal vez tres de sus propios hijos.

—¿Por qué habría de saberlo yo? —respondió Alicia, sorprendida ella misma de su atrevimiento— No es asunto mío.

El rostro de la reina se encendió de ira, y lanzando una mirada feroz a su alrededor, comenzó a gritar:

—¡Que le corten la cabeza! ¡Que le corten...!

—Eso es completamente absurdo —dijo Alicia en un tono fuerte, y tan decidido que la misma reina calló. Entonces el rey la tomó del brazo y le dijo al oído:

—¡Piénsalo bien, querida, mira que es solo una niña!

La reina hizo a un lado a su consorte y ordenó a la sota:

—¡Dales la vuelta!

De inmediato la sota obedeció, volteando a los jardineros con el pie.

—¡Vamos, de pie! —ordenó la reina con voz estridente, los jardineros se incorporaron de inmediato y comenzaron a hacer reverencias a la reina, al rey, a los infantes y a todo el séquito.

—¡Basta ya! —gritó la reina, que me *producís* mareos.

Y volviéndose hacia donde estaba el rosal, agregó:

—¿Qué *estabais* haciendo aquí?

—Con el permiso de Su Majestad —dijo dos, postrado de rodillas, estábamos intentando...

—¡Ah, ya veo! —interrumpió la reina, que había observado las rosas— ¡Qué les corten la cabeza!

El cortejo siguió avanzando, mientras tres soldados se quedaron en el sitio para ejecutar la sentencia de la reina; entonces los desgraciados jardineros corrieron hacia donde estaba Alicia para solicitar su protección.

—¡No dejaré que los decapiten! —dijo Alicia enfáticamente, y los metió en una gran maceta; entonces los soldados estuvieron buscándolos de un lado a otro por un buen rato, hasta que se cansaron y se marcharon tras el cortejo.

—¿Les cortaron la cabeza? —gritó la reina a los soldados cuando los vio llegar.

—¡No ha quedado ni rastro! —respondieron los soldados.

—¡Perfecto! —dijo la reina complacida—; ¿sabes jugar al críquet?

Los soldados se miraron unos a otros, desconcertados, pero rápidamente se dieron cuenta de que la pregunta iba dirigida a Alicia.

—¡Sí! —gritó Alicia.

—Bueno, pues no perdamos tiempo —dijo la reina, y Alicia se unió al cortejo, inquieta por lo que pudiera pasar después.

—Hace... ¡hace un día muy bonito! —dijo con timidez el conejo blanco, quien caminaba al lado de Alicia y la miraba con ansiedad.

—Sí, muy bonito —dijo Alicia—; y, por cierto, ¿dónde está la duquesa?

—¡Chst, chst! —le silbó discretamente el conejo, mostrándose temeroso, luego se puso a observar sobre su hombro y después pegó su boca al oído de Alicia para susurrarle:

—La han condenado a muerte.

—¿Por qué? —dijo Alicia, consternada—, ¿ha cometido algún error?

—¿Dijiste *horror*? —dijo el conejo.

—No, no dije eso, aunque desde luego sería un horror; pero yo quiero saber por qué...

—¡Ah!, es que dio una bofetada a la reina —dijo el conejo, y Alicia no pudo contener la risa.

—¡Chst! —dijo el conejo, muy asustado— ¡La reina puede oírte! Lo que sucedió es que la duquesa llegó con un cierto retraso, y entonces la reina dijo...

—¡Cada uno a su sitio! —se escuchó la voz de la reina como un estruendo, y todos se pusieron a correr en cualquier dirección, tropezando unos con otros, a pesar de lo cual, al poco tiempo cada uno se encontraba donde le correspondía, por lo que todo estaba listo para que comenzara la partida.

Alicia nunca había visto un campo de críquet tan raro: el terreno era impropio, pues estaba lleno de hondonadas y montículos; erizos y flamencos vivos servían de bolas y de mazos, y los arcos eran formados por soldados que se curvaban sobre sí mismos.

Alicia se unió al juego, pero la primera dificultad con la que se encontró fue el manejo del flamenco: trató de encajar el cuerpo del flamenco en el hueco que formó con su brazo, y las patas quedaron allá abajo; pero cuando ya lo tenía a punto para realizar el tiro, con el cuello bien estirado, como para dar el golpe sobre el erizo, el ave de inmediato se giraba, y levantando el cuello la miraba directamente a la cara, con una expresión de tal perplejidad que Alicia no podía contener la risa, y cuando lograba que volviera a estirar el cuello hacia abajo, disponiéndose a tirar, se daba cuenta de que el erizo se había desenrollado y se alejaba caminando.

Además de estas graves dificultades, siempre se interponían las zanjas y los montículos por los que se debía lanzar el erizo, eso sin contar que los soldados que formaban los arcos frecuentemente se levantaban y caminaban de un lado a otro por el campo de juego,

por lo que sus posiciones nunca eran las mismas; por todo ello, Alicia pensó que en estas condiciones era en verdad difícil jugar.

Los jugadores jugaban todos a la vez, sin esperar su turno, discutiendo continuamente y disputándose los erizos. Al poco rato la reina estaba hecha una furia, y comenzó a patalear y a gritar: "A ese: ¡que le corten la cabeza!...: ¡y a ese también!".

En medio de esta situación, Alicia empezó a sentirse muy intranquila, pues aunque no había tenido ningún problema con la reina, en cualquier momento podría surgir alguna complicación: "¡Qué será de mí! —pensaba con amargura—; parece que aquí son terriblemente propensos a decapitar a la gente, tanto que es sorprendente que aún quede gente con vida".

Miró en derredor, buscando algún camino para escapar, y cuestionándose si podría escabullirse sin ser vista; cuando de pronto se produjo una extraña aparición en el aire. Al principio no lo reconoció, pero al fijarse mejor se dio cuenta de que era una sonrisa, por lo que dedujo que no podía ser otro que el gato de Cheshire, lo que le dio mucho gusto, pues ahora tendría con quien hablar.

—¡Hola!, ¿cómo te va? —dijo el gato, y apenas se le conformó la boca en el aire.

Alicia no contestó de inmediato, sino que esperó a que se le conformaran los ojos y entonces solamente le hizo una seña con los ojos, pues pensaba que si todavía no tenía orejas, era inútil hablarle. Pero al poco tiempo apareció la cabeza entera; así que Alicia dejó libre a su flamenco y comenzó a contarle las peripecias del juego, muy satisfecha de tener alguien con quien desahogarse. Tal vez el gato pensó que no necesitaba aparecer completamente, pues ya era perfectamente reconocible, así que se quedó a medias.

—Yo creo que no están jugando limpio —dijo Alicia, en un tono de queja—; todos discuten de una manera tan ruidosa que apenas puede una escucharse a sí misma; y tal parece que no existen reglas precisas, o si las hay, la verdad es que nadie las sigue... ¡y el jugar con un equipo viviente!; incluso el arco que me tocaría traspasar, ¡ahora corre por el otro lado del campo...! Yo te aseguro que le hubiera dado un buen golpe al erizo, pero parece que él va buscando al erizo de la reina.

—¿Y qué opinión tienes de la reina? —preguntó en voz baja el gato.

—¡No me gusta nada! —dijo Alicia—es tan... —advirtiendo que la reina se encontraba muy cerca, cambió el tema—; es muy probable que sea ella la que gane, así que no vale la pena seguir jugando.

La reina solamente sonrió y pasó de largo.

—¿Con quién estás hablando? —dijo el rey, acercándose a Alicia y mirando con curiosidad la cabeza del gato.

—¡Ah!, es un amigo mío —respondió Alicia—; es un gato de Cheshire; permita su majestad que se lo presente.

—Aunque no me gusta nada su aspecto —dijo el rey—, le permitiré que me bese la mano, si así lo desea.

—No me interesa —dijo el gato.

—¡No seas irreverente, y no me mires de ese modo! —dijo el rey, ocultándose detrás de Alicia.

—Es justo que un gato mire a un rey —dijo Alicia—eso lo leí en un libro, pero no me acuerdo cuál.

—Entonces lo mejor será suprimirlo —dijo el rey con gran parsimonia, y llamó a la reina que pasaba por ahí.

—¡Querida!, me gustaría que me hicieras el favor de *suprimir* a este gato.

La reina asintió y utilizó el único método que conocía:

—¡Que le corten la cabeza! —ordenó, sin siquiera mirarlo.

—Yo mismo traeré al verdugo —dijo el rey, satisfecho e impaciente, y se alejó rápidamente.

Alicia pensó que sería bueno ver cómo seguía el juego y decidió dar una vuelta, pero escuchó a lo lejos la voz de la reina, que gritaba enfurecida su habitual sentencia; Alicia ya había escuchado antes que la reina había condenado a muerte a tres jugadores por el solo hecho de pasárseles el turno, y no le gustaba nada el giro que iban tomando las cosas, pues no había manera de tener cuidado, porque el juego era tan confuso que no se sabía cuándo tocaba el turno; sin embargo le pareció prudente ir en busca de su erizo.

El erizo que le tocaba a Alicia se había enfrascado en una pelea con otro erizo, lo que le pareció a Alicia una gran oportunidad para hacerlos chocar y con ello marcar un tanto, el único problema que tenía era que el flamenco ya no estaba donde lo había dejado, sino que ahora se encontraba en el otro extremo del jardín; Alicia podía ver cómo intentaba subirse a uno de los árboles.

Finalmente consiguió recuperar a su flamenco y regresó a su posición; la pelea de los erizos había terminado, pero ellos se habían perdido de vista. "Eso no importa demasiado —pensó Alicia—, porque los soldados que hacían de arcos también se han ido de esta parte del campo". Así que se echó el flamenco bajo el brazo para que no se le volviera a escapar, y regresó para conversar otro rato con su amigo el gato.

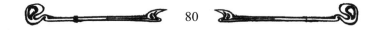

Al llegar se dio cuenta de que había una gran multitud reunida en derredor del gato de Cheshire, y escuchó que el verdugo, el rey y la reina discutían entre sí, hablando todos a la vez, mientras los demás observaban en silencio y parecían muy tensos.

Al ver que Alicia se acercaba, los tres que discutían la llamaron para que actuara de mediadora, y todos se pusieron a exponerle sus argumentos, pero como hablaban todos al mismo tiempo, le resultó muy difícil enterarse de lo que decían. Sin embargo pudo discernir que el alegato del verdugo era que no se podía cortar una cabeza a menos que hubiera un cuerpo desde donde cortarla; que a él nunca se le había presentado un caso de esa índole, y no podía cambiar sus normas, pues era un profesional.

El rey afirmaba que era al contrario, pues todo ser provisto de una cabeza podía ser desprovisto de ella, y que dejara de decir tonterías.

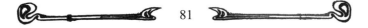

La reina argumentaba que si no se tomaba rápidamente una decisión, lo que procedería sería ejecutar a todos los presentes (este alegato era el que tenía más preocupados a los que escuchaban).

Alicia lo pensó un rato, y solo se le ocurrió decir:

—El gato es propiedad de la duquesa, sería conveniente que se le preguntara a ella.

—La duquesa está en la cárcel —dijo la reina, dirigiéndose al verdugo—: ¡tráela de inmediato!

El verdugo obedeció la orden, pero apenas se hubo marchado, la cabeza del gato comenzó a desvanecerse. Cuando volvió, trayendo a la duquesa, el gato ya había desaparecido completamente. Entonces tanto el rey como el verdugo se pusieron a buscarlo, corriendo de un lado para otro; sin embargo, los asistentes sintieron que la tensión había cedido y retomaron sus lugares para continuar con el juego.

Capítulo 9
Historia de la falsa tortuga

—¡No te imaginas, querida, el gusto que me da volverte a ver! —le dijo la duquesa a Alicia, tomándola del brazo para que caminaran juntas.

Alicia también se sentía encantada de verla de tan buen humor, y pensó que tan solo había sido la pimienta lo que la había enojado tanto cuando se la encontró en la cocina.

"Cuando yo sea duquesa —se dijo, aunque sin creérselo demasiado—, no dejaré que en mi cocina exista un solo gramo de pimienta; de cualquier manera, la sopa queda muy sustanciosa sin pimienta, es posible que sea la pimienta lo que hace que las personas tengan tan mal carácter —dijo, muy satisfecha de haber elaborado un conocimiento nuevo—; y es el vinagre

lo que las pone tan agrias, y la manzanilla las vuelve amargas..., tal vez sea el azúcar y en general las golosinas lo que hace que los niños sean tan dulces; sería bueno que las personas se enteraran de esto, entonces no serían tan tacañas con los dulces para los niños".

Pensando en estas cosas, se había olvidado por completo de la duquesa, y se sobresaltó un poco al sentir que le decía al oído:

—Seguramente estás pensando en algo muy importante, querida, y eso hace que te olvides de hablar. Por ahora yo no podría decirte cuál es la moraleja de todo esto, pero te aseguro que enseguida me acordaré.

—Es posible que no haya moraleja en estas cosas —dijo Alicia.

—¡Qué va!; no existe nada que no tenga una moraleja —dijo la duquesa, solamente se necesita dar con ella, y se acercó más a Alicia.

Alicia estaba molesta de que la duquesa estuviera tan pegada a ella; en primer lugar porque era feísima, y en segundo lugar, porque la altura de ella hacía que su barbilla se apoyara en el hombro de Alicia, y su mentón era muy puntiagudo, lo que le causaba una sensación muy desagradable; pero no quería ser grosera con la duquesa, así que se resignó a soportarla.

—El juego va muy bien ahora, ¿no cree usted? —dijo Alicia, solamente por dar pie para la conversación.

—Así parece —dijo la duquesa—y eso tiene una moraleja, que es: ¡ah, el amor! ¡El amor es lo que mueve al mundo!

—Pues yo recuerdo que alguien dijo que el mundo marcharía mejor si cada quien se ocupara de sus asuntos —dijo Alicia, en un susurro.

—Bueno, ¡es la misma cosa! —dijo la duquesa, hundiendo su barbilla puntiaguda en el hombro de Alicia, y siguió diciendo—: pero esto también tiene una moraleja, que es: "Tú cuida tus sentidos, que los sonidos se cuidan ellos mismos".

"Qué manía de sacar moralejas de todas las cosas", pensó Alicia.

—Estoy segura de que ahora estás pensando por qué no paso mi brazo por tu cintura —dijo la duquesa—, la respuesta a eso es que desconfío del carácter de tu flamenco. ¿Te parece que haga la prueba?

—¡Cuidado, porque es capaz de picarla! —se apresuró a contestar Alicia, pues no la hacía feliz que hiciera esa prueba.

—Sí, eso es muy cierto —dijo la duquesa—, tanto pica el flamenco como la mostaza; y la moraleja de esto es: "Pájaros de igual plumaje, hacen buen maridaje".

—Bueno, pero la mostaza no es un ave —replicó Alicia.

—Como siempre tienes razón —observó la duquesa—; ¡vaya claridad de pensamiento que tienes, niña!

—La pimienta es un mineral, creo —dijo Alicia.

—¡Por supuesto! —dijo la duquesa, que parecía dispuesta a dar por bueno todo lo que dijera Alicia—; yo sé que cerca de aquí hay una gran mina de mostaza. Y la moraleja de esto es: "A más provecho mío, más ganga para ti".

—¡Ah, sí, ya lo tengo! —exclamó Alicia, sin hacer caso de la última observación—. ¡Es un vegetal, no lo parece, pero lo es!

—¡Estoy completamente de acuerdo contigo —reiteró la duquesa—; y la moraleja de esto es: "Procura ser lo que quisieras ser"; o dicho de una manera sencilla y clara: "Nunca te imagines que eres distinto de lo que a los demás pudieras parecer , o hubieras parecido ser, si les hubiera parecido que no fueses lo que eres".

—Yo creo que entendería mejor eso si lo viera escrito —dijo Alicia, con toda cortesía— pues el significado se me escapa mientras lo voy escuchando.

—¡Ah!, pues eso no es nada comparado con lo que podría decirte, si quisiera —replicó la duquesa, en un tono de orgullo.

—Pues yo le suplico que no se moleste en decirlo —dijo Alicia.

—¡Para mí no es ninguna molestia —replicó la duquesa—. ¡Te regalo cuanto he dicho hasta el momento!

"¡Ese es un regalo muy barato! —pensó Alicia—¡Qué bueno que no se hagan regalos de cumpleaños como ese!"; sin embargo no se atrevió a expresar nada de eso en voz alta.

—¿Otra vez pensando? —preguntó la duquesa, de nuevo recargándose en su hombro y clavándole la barbilla

—¡Tengo todo el derecho de pensar! —dijo enfáticamente Alicia, que ya empezaba a sentirse incómoda.

—Bueno, pues el mismo derecho tienen los cerdos a volar; y la mo...

Para sorpresa de Alicia, la voz de la duquesa se extinguió en mitad de su palabra favorita (que por supuesto era "moraleja"), y el brazo con el que la tomaba de la cintura comenzó a temblar; Alicia se sintió extrañada por aquella actitud y levantó la mirada, entonces se percató de que ahí, delante de ellas, se encontraba nada menos que la reina, con el ceño fruncido y con una expresión de auténtica furia.

—¡Hermoso día, su majestad! —dijo la duquesa, con voz temblorosa.

—¡Es preferible que calles, y escuches esta saludable advertencia! —dijo la reina en un grito, y pateando furiosamente el piso—: ¡O sales tú volando de aquí inmediatamente, o es tu cabeza la que volará!

Sin pensarlo, la duquesa eligió la opción de salir volando.

—¡Continuemos la partida! —le dijo la reina a Alicia.

Alicia estaba demasiado asustada; la siguió mansamente hasta el campo de críquet, sin decir palabra.

Muchos de los invitados habían aprovechado la ausencia de la reina y descansaban a la sombra de los árboles; pero cuando vieron que se aproximaba, se apresuraron a tomar sus posiciones; la reina les hizo saber que un segundo de retraso les costaría la cabeza.

La partida siguió su curso, y durante todo el tiempo la reina no dejaba de gritar: "A ese, ¡que le corten la cabeza!, y a esa también". A todos los que iba condenando los tomaban como prisioneros en custodia los soldados, lo que hacía que ellos tuvieran que dejar sus puestos, de manera que, al cabo de un rato, ya no quedaban arcos, y los únicos jugadores eran el rey, la reina y Alicia, pues todos los demás jugadores estaban en custodia, sentenciados a muerte.

De momento la reina se detuvo, pues se encontraba cansada, y se dirigió a Alicia diciendo:

—¿Conoces a la falsa tortuga?

—No —respondió Alicia—, ni siquiera sé qué cosa es eso.

—Pues es precisamente de ella que se hace la *sopa de falsa tortuga* —dijo la reina.

—Pues yo nunca he visto una, ni siquiera he oído hablar de ella —dijo Alicia.

—Ven entonces —dijo la reina—, será ella misma la que te cuente su historia.

Mientras caminaban juntas, Alicia alcanzó a escuchar que el rey decía en voz baja al grupo de los condenados:

—¡Todos ustedes están perdonados!

"¡Pues esta sí que es una buena acción!", se dijo Alicia, quien se sentía muy alarmada por las numerosas ejecuciones que decretaba la reina.

Caminaron un buen rato, y finalmente llegaron adonde se encontraba un gran grifo, que dormía plácidamente bajo el sol.

—¡Arriba, perezoso! —gritó la reina—, pues debes llevar a esta señorita hasta donde está la falsa tortuga, para que ella le cuente su historia. Yo tengo que regresar, pues tengo muchas ejecuciones pendientes.

Entonces la reina se marchó, dejando a Alicia sola con el grifo. A pesar de que a ella no le gustaba nada el aspecto de aquel animal, de todas maneras consideró que cualquier cosa era

preferible que andar en compañía de una persona tan peligrosa como la reina; así que se conformó con su situación.

El grifo terminó de despertarse frotándose los ojos, luego observó a la reina hasta que ella desapareció de su vista, y entonces se puso a reír.

—¡Es muy gracioso! —dijo el grifo, en parte para sí mismo y en parte para Alicia.

—¿Qué es lo divertido? —preguntó Alicia.

—Todo en *ella* es chistoso —dijo el grifo—. Tú debes saber que eso de las ejecuciones es pura imaginación; aquí no se ejecuta a nadie. ¡Ven!

"Aquí todo el mundo dice *ven* —pensaba Alicia mientras seguía al grifo—; yo nunca había recibido tantas órdenes en mi vida".

Caminaron un rato, hasta que vieron a la distancia a la falsa tortuga sentada en una roca; ella estaba sola y parecía muy triste, pues cuando estuvieron cerca, Alicia escuchó que suspiraba profundamente, y entonces sintió una gran lástima por ella.

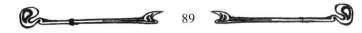

—¿Cuál es su pena? —le preguntó al grifo, y este le contestó casi en los mismos términos que antes:

—¡Aquí todo es pura imaginación!, ella no tiene ninguna pena; ¡ven!

Cuando estuvieron delante de la falsa tortuga, ella los miró con sus grandes ojos llenos de lágrimas, pero no se atrevió a decir nada.

—Esta gentil señorita —dijo el grifo— tiene muchas ganas de conocer tu historia.

—Pues entonces se la contaré —dijo la falsa tortuga con voz profunda y en un tono de amargura—; siéntense junto a mí y por favor no me interrumpan, esperen a que termine.

Entonces se sentaron, pero pasó un buen rato sin que nadie hablara. "No entiendo cómo va a terminar una historia que nunca empieza", pensó Alicia, pero esperó con gran paciencia.

—En otro tiempo —dijo al fin en un profundo suspiro—, yo fui una tortuga verdadera... —Después de esta patética entrada de la historia, se hizo un largo silencio, solamente roto por uno que otro *Hjckrrh* que emitía el grifo y el sollozo de la falsa tortuga.

Alicia ya estaba desesperada, tanto que consideraba la posibilidad de levantarse y decir: "¡Muchas gracias, señora, por su interesante historia!", pero por otro lado también se le había despertado la curiosidad de saber lo que le había ocurrido a la tortuga, así que permaneció muda y en su sitio.

—Cuando éramos pequeñas —dijo por fin la falsa tortuga, con mayor aplomo, aunque con cierta melancolía—, íbamos a la escuela, que se encontraba en el mar. Recuerdo que la maestra era una vieja tortuga a la que llamábamos *tortura*.

—¿Y por qué la llamaban de esa manera? —preguntó Alicia.

—Pues la llamábamos así porque era tortuosa —dijo la falsa tortuga, en un tono de disgusto—, y más que enseñar, se ensañaba con nosotros... ¡No preguntes tonterías!

—¡Niña, te debería dar vergüenza preguntar cosas tan simples —añadió el grifo, y junto con la tortuga se quedó mirando por un buen rato a Alicia, que en esos momentos hubiera querido que se la tragase la tierra; fue un tiempo que pareció interminable, pero por fin el grifo se dirigió a la falsa tortuga:

—¡Ya sigue con tu historia, vieja, no vamos a pasar todo el día aquí!

—Pues nosotros íbamos a la escuela submarina, por increíble que te parezca.

—¡Yo nunca he dicho que no creyera eso de la escuela en el mar! —se defendió Alicia.

—¡Sí que lo has dicho! —replicó la falsa tortuga, como un reproche.

—¡Basta ya! —dijo el grifo, antes de que Alicia pudiese contestar.

—Nosotras recibíamos una excelente educación, de hecho íbamos todos los días a la escuela.

—¡Yo también iba todos los días a la escuela! —dijo Alicia—; no hay razón para presumir de eso.

—¿Con clases extras? —comentó algo nerviosa la falsa tortuga.

—Sí, también estudiábamos francés y música.

—¡Acaso también lavado? —preguntó la falsa tortuga.

—¡Claro que no! —dijo Alicia, indignada.

—¡Entonces no era realmente muy buena tu escuela —dijo la falsa tortuga con un tono triunfalista—; en cambio, en nuestra escuela, al final se ponía en las boletas: "Francés, música y *lavado* extras".

—Pues seguramente el lavado les hacía mucha falta, ¡viviendo en el fondo del mar! —dijo Alicia, sarcástica.

—Yo no me pude matricular en las clases extraordinarias —aclaró la falsa tortuga—, yo solamente seguía los cursos ordinarios.

—¿Y qué estudiaban en esos cursos? —preguntó Alicia.

—Estudiábamos la *legua,* con o sin taxis, y la gramática *parda,* además de las distintas ramas de la aritmética: *ambición, distracción, multicomplicación y diversión.*

—Yo nunca había oído hablar de la "multicomplicación"—dijo Alicia—; ¿Qué cosa es eso? El grifo levantó las patas en señal de sorpresa.

—¡Cómo que no sabes nada de la Multicomplicación! —exclamó—; seguramente sabrás lo que es la *complicación.*

—Sí —contestó Alicia, aunque con cierta inseguridad.

—Pues si lo sabes, sabrás también que las complicaciones nunca llegan solas —sentenció el grifo—; la verdad es que eres bastante tonta.

Alicia ya no quiso hacer más preguntas, prefirió volverse hacia la falsa tortuga y preguntarle:

—¿Qué otras materias estudiaban?

—Bueno, llevábamos la materia de *escoria* —respondió la falsa tortuga, quien parecía llevar la cuenta de las materias tocando las puntas de sus aletas—. Veíamos la escoria antigua y moderna, y también *mareografía,* además cursábamos las *bellas tardes...* recuerdo que el profesor de esta materia era un cangrejo anciano que venía una vez por semana, después de comer; él nos enseñaba toda clase de *tapujos,* y también a *escupir* y a *pitar* al estilo *eolio.*

—¿Y qué es eso de *pitar al estilo eolio*? —preguntó Alicia.

—Bueno, me sería difícil hacerte ahora una demostración —señaló la falsa tortuga—, pues me encuentro sin fuerzas; y el grifo no puede ayudar mucho, pues no sabe nada de eso.

—Bueno, pues yo no tuve tiempo de aprender esas cosas —dijo el grifo—. Yo estudié *clásicas*, y mi maestro era también un cangrejo muy viejo.

—Yo nunca seguí sus cursos —dijo la falsa tortuga—; pero me han dicho que enseñaba *lata sin fin* y rudimentos de *riego*.

—¡Eso es muy cierto! —confirmó el grifo, emitiendo un suspiro evocativo, y entonces ambos ocultaron el rostro entre las patas.

—¿Cuántas horas al día tenían de clase? —dijo Alicia, más que por interés, para cambiar de tema.

—Diez horas el primer día —dijo la falsa tortuga—, nueve el siguiente, y así sucesivamente.

—¡Pues vaya que era un sistema raro! —exclamó Alicia.

—Era por eso que se llamaban *cursos*, porque se disminuía un *escorzo* de un día para otro, es como si gradualmente se cortara el horario.

Esta idea era difícil de comprender para Alicia, pues le resultaba completamente nueva, por lo que le dio un poco de vueltas al asunto antes de pasar a la siguiente pregunta.

—Entonces el onceavo día sería de asueto… supongo.

—¡Claro que sí! —afirmó la falsa tortuga.

—¿Y qué pasaba el doceavo día? —preguntó Alicia, muy intrigada.

—¡Ya basta por hoy de cursos! —interrumpió el grifo en un tono cortante—. Ahora cuéntale acerca de los juegos.

Capítulo 10
La cuadrilla de la langosta

La falsa tortuga suspiró profundamente y se limpió los ojos con el dorso de una aleta; miró a Alicia con un aire melancólico e intentó proseguir su relato, pero los sollozos se lo impidieron durante varios minutos.

—¡Parece que se hubiera atragantado con un hueso —dijo el grifo, y se puso a sacudirla y darle golpes en la espalda, con lo que la falsa tortuga recobró la voz, y aunque la inundaban las lágrimas, valientemente prosiguió:

—Seguramente no has vivido mucho tiempo en el fondo del mar.

—¡Claro que no! —dijo Alicia.

—Y no creo que te hayan presentado nunca a una langosta.

—Bueno, una vez la probé... —empezó a decir Alicia, pero rápidamente se dio cuenta de lo impropio de su comentario, así que rectificó—. No, nunca.

—Pues por eso no puedes siquiera imaginar qué cosa más perfecta es una cuadrilla de langostas.

—Pues no, realmente no —dijo Alicia—. ¿Qué tipo de baile practican ellas?

—Bueno —explicó el grifo—; primero te formas en línea a lo largo de la orilla.

—¡Se hacen dos líneas! —exclamó la falsa tortuga—: focas, tortugas, salmones, etcétera; y después se limpia la pista de medusas.

—Lo que siempre toma un buen tiempo —interrumpió el grifo.

—Entonces avanzas dos pasos.

—Cada cual con una langosta de pareja —aclaró el grifo.

—¡Por supuesto, eso se entiende! —dijo la falsa tortuga— Avanzas dos pasos con la pareja...

—Y cambias de langosta y te retiras, siguiendo el mismo orden —continuó el grifo.

—Luego —siguió la falsa tortuga—, lanzas las...

—¡Las langostas! —dijo el grifo, dando un gran salto— ¡Y te vas a alta mar, lo más lejos posible.

—¡Das un salto mortal en pleno mar! —dijo la falsa tortuga, dando muestras de gran entusiasmo.

—Luego viene un nuevo cambio de langosta —dijo el grifo.

—Entonces se vuelve uno a tierra otra vez; y con esto termina la primera figura —dijo la falsa tortuga, bajando la voz; entonces ambas bestias, que hasta el momento habían estado saltando y manoteando como locas, se volvieron a sentar con toda formalidad, frente a Alicia, y se pusieron a mirarla.

—Debe ser un baile muy hermoso —dijo Alicia, con cierta timidez.

—¿Te gustaría verlo en la práctica?, dijo la falsa tortuga.

—¡Sí, me gustaría mucho! —respondió Alicia, entusiasmada.

—¿Qué te parece si intentamos la primera figura? —dijo la falsa tortuga al grifo—; se puede hacer sin langostas, ¿no?... pero, ¿quién cantará?

—Canta tú —dijo el grifo—, la verdad es que yo no recuerdo bien la letra.

Entonces los dos compañeros se pusieron a cantar y a bailar con toda formalidad delante de Alicia, pisándole los pies cada vez que pasaban cerca y marcando el compás con sus patas delanteras. Esta fue la canción que entonó la falsa tortuga, con una voz tristona y una cadencia lenta:

¡Apúrate caracol!, le decía una pescadilla,
¡que nos persigue un delfín! ¡La cola casi me pisa!
¡Con qué gracia avanzan tortugas y langostas!;
se colocan en la arena y aguardan.
¿Quieres unirte a la danza?

¡Que sí, que no, que sí, que no...
La danza sí!
¡Que no, que sí, que no, que sí...
la danza no!

No puedes imaginar lo bello que será cuando
nos alcen y arrojen con las langostas al mar.
El caracol agradece, pero no se lanza al mar.
"¡Está muy lejos, muy lejos!,
no quiero unirme a la danza".

¡Que sí, que no, que sí, que no...
La danza sí!
¡Que no, que sí, que no, que sí...
la danza no!

Bien sabes que hay una orilla al otro lado del mar,
más te alejas de Inglaterra, más cerca de Francia estás.
Al caracol dijo ella, la de brillantes escamas:
no palidezcas, querido, mejor únete a la danza.

¡Que sí, que no, que sí, que no...
La danza sí!
¡Que no, que sí, que no, que sí...
La danza no!

—Gracias por mostrarme ese baile tan interesante —dijo Alicia, muy satisfecha de que hubiera terminado—; y también es muy bonita esa canción sobre la pescadilla.

—¡Ah!, y hablando de pescadillas —dijo la falsa tortuga—; seguramente tú las conoces.

—Sí —afirmó Alicia—, muchas veces en la comi... —apenas alcanzó a detenerse.

—Yo no sé dónde queda "Lacomi" —dijo la falsa tortuga—, pero si realmente las has visto muchas veces, sabrás cómo son.

—Creo que sí —dijo Alicia, reflexiva—, tienen la cola en la boca, están cubiertas de pan molido.

—En eso del pan molido te equivocas —dijo la falsa tortuga—, el mar se lo llevaría todo; pero en que tienen la cabeza en la boca sí estás en lo cierto, y eso se debe a... —la falsa tortuga se puso a bostezar y se le cerraban los ojos, por lo que le pidió al grifo que fuera él quien contara eso.

—La razón es que ellas sí *querían* ir a bailar con las langostas —explicó el grifo—, así que se lanzaron al mar; pero temían caer a gran profundidad, por lo que se sujetaban la cola con la boca; desde entonces ya no pudieron soltarla nunca.

—Gracias —dijo Alicia—, eso es muy interesante. Yo nunca había escuchado tantas cosas sobre las pescadillas

—Y también te puedo contar algunas otras cosas, si quieres —dijo el grifo— ¿Sabes por qué se llaman pescadillas?

—No, nunca había pensado en ello —dijo Alicia.

—El nombre tiene que ver, por un lado con la escasez, y por el otro con la antigüedad —explicó el grifo en un tono doctoral.

Alicia quedó muy intrigada:

—¿Escasez y antigüedad?

—¡Claro! —reiteró el grifo—; tú sabes que las pescadillas son muy delgadas, ¿no es cierto?

—Por supuesto —dijo Alicia.

—Pues es precisamente ahí donde radica su diferencia con el llamado "pez gordo", que es una variedad que se precia de ser muy acaudalada.

—Esa distinción no tiene nada de interesante —replicó Alicia.

—No, pero es fuente de muchas pescadillas económicas. Así que las pescadillas no han podido superar la primera fase del desarrollo, lo que en realidad es un problema tan antiguo como la lengua, de modo que en su nombre también se puede usar la *cedilla*, con lo que quedaría *pecedilla;* ahora ya lo sabes.

—¿Y de qué están hechas? —preguntó Alicia.

—¡Pues de escamas por fuera y pura pacotilla por dentro! —replicó el grifo, con exasperación—; ¡cualquier renacuajo te lo diría!

Por cambiar de tema, Alicia se puso a recordar la canción, y expresó:

—Si yo fuera una pescadilla, le hubiese dicho al delfín: "¡Retírate, que no te queremos con nosotras!".

—Pero ellas estaban obligadas a llevarlo —intervino la falsa tortuga—. No hay pez que se arriesgue a ir a alta mar sin la compañía de un delfín.

—¿Pero es cierto eso? —dijo Alicia muy sorprendida.

—¡Pues claro que sí! —dijo la falsa tortuga— Si un pez me viniera a contar que se va de viaje, yo le preguntaría que con qué delfín.

—¿No quiere decir "con qué fin"? —dijo Alicia.

—Yo siempre quiero decir lo que digo y digo lo que quiero decir —respondió la falsa tortuga, muy ofendida.

—¡Vamos, ahora cuéntanos tú algunas de tus aventuras! —dijo el grifo, como para romper la tensión.

—Las únicas aventuras que podría contarles serían desde esta mañana hasta ahora —dijo Alicia—; las de ayer no son mis propias aventuras, porque yo era otra persona.

—Explícanos eso —pidió la falsa tortuga.

—¡No!, antes de explicarnos nada, cuéntanos tus aventuras —dijo el grifo impaciente—. Las explicaciones se llevan demasiado tiempo y son muy aburridas.

Así que Alicia comenzó a contarles sus aventuras, comenzando por su primer encuentro con el conejo blanco. Como los dos personajes que la acompañaban se encontraban muy

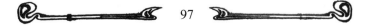

cerca de ella, al principio se puso muy nerviosa, pues la miraban con los ojos y las bocas muy abiertos, pero al avanzar con su relato, fue cobrando valor, y sus oyentes guardaron un respetuoso silencio hasta que llegó al pasaje en el que recitó el poema "Padre Guillermo" frente a la oruga, cuando la letra le había salido tan diferente. Entonces la falsa tortuga lanzó un hondo suspiro y dijo:

—¡Es muy extraño todo esto!

—¡Sí, es lo más extraño del mundo! —reiteró el grifo.

—¡Todo le salió diferente! —dijo en voz alta la falsa tortuga, pero como para sí—; me gustaría que recitara algo diferente ahora; por favor dile que lo haga —miró al grifo, como atribuyéndole alguna autoridad sobre Alicia.

—Levántate y recita *Es la voz del haragán* —dijo el grifo, en un tono muy autoritario.

"A estas bestias les encanta dar órdenes y hacer que una repita lecciones, como si estuviéramos en la escuela" —pensó Alicia—; sin embargo se puso de pie y comenzó a recitar el poema que se le había ordenado; pero su imaginación constantemente se desviaba hacia la "Cuadrilla de la langosta", tanto que apenas se daba cuenta de lo que decía, por lo que la letra le salió bastante rara.

Es la voz de la langosta, yo bien lo puedo decir:
"Ya que me has tostado el cuerpo, el pelo voy a endulzar".
Ella con la nariz hace lo que el pato con sus párpados:
se abotona, se acintura, los dedos del pie endereza.

Cuando la playa está seca, como una alondra se alegra,
y al tiburón considera como bestia despreciable;
mas cuando la marea sube y merodean los tiburones,
su voz revela en temblores todas sus turbaciones.

—Eso es bastante diferente de cómo *yo* lo recitaba de niño —dijo el grifo

—La verdad es que *yo* nunca lo había escuchado —dijo la falsa tortuga—, pero me parece un disparate descomunal.

Alicia no dijo nada, se sentó y cubriéndose el rostro con las manos se preguntó si ya *nunca* volverían a suceder las cosas de un modo natural.

—Me gustaría que esta niña me lo explicara —dijo la falsa tortuga.

—Eso no será posible —respondió el grifo—, ella no puede explicar nada; mejor pasemos a la estrofa siguiente.

—Pero, ¿y lo de los dedos de los pies? —replicó la falsa tortuga—, ¿cómo *podría* alinearlos con la nariz?

—Se trata de la primera posición del baile —dijo Alicia como para salir del paso, pues la verdad es que para ella misma todo era un enigma y lo único que quería era cambiar de tema.

—Vamos a la estrofa siguiente —dijo el grifo—, la que empieza con las palabras *Al pasar por el jardín.*

Alicia estaba segura de que al decir el poema todo saldría cambiado, pero algo la obligaba a obedecer las órdenes del grifo, por lo que comenzó a recitar con temblorosa voz:

> *Al pasar por el jardín, apenas pude observar*
> *que el búho y la pantera comían un pastel.*
> *Ella tomó la corteza, el relleno y el betún,*
> *y a él le tocaba el plato, pues eso habían pactado.*
> *Cuando el pastel se acabó, el búho con la cuchara se quedó,*
> *mas la pantera, gruñendo, tomó el tenedor y el cuchillo,*
> *y el banquete concluyó.*

—¿De qué nos sirve escuchar todas estas tonterías, si no vamos a saber la explicación? —dijo la falsa tortuga—. ¡Esta es la cosa más confusa que he oído en mi vida!

—Así es —reiteró el grifo—; creo que es preferible que lo dejemos así.

—¿Por qué no intentamos otra figura de la *Cuadrilla de la langosta*? —siguió diciendo el grifo—, ¿o prefieres que la falsa tortuga te cante una canción?

—¡Sí, por favor, yo prefiero una canción!; bueno, siempre que la falsa tortuga esté de acuerdo —dijo Alicia, con tanta vehemencia que el grifo pareció molestarse un poco, y entonces dijo:

—¡No cabe duda, sobre gustos no hay nada escrito!; a ver, amiga mía, por qué no le cantas *sopa de tortuga*?

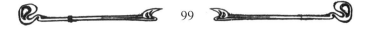

La falsa tortuga suspiró hondamente y se puso a entonar la canción que se le había pedido, pero era tal su sentimiento que no podía reprimir los sollozos y las lágrimas.

¡Oh sopa rica!, tan verde y sabrosa,
que hierve en la olla.
¿A quién no gusta el sabor?;
Sopa de la noche, de grata textura.
¡Oh beeella sooopa!
¡Qué hermosa sooopa!
¡Sooopa de noooche!
¡Riquíííísiima sooopa!

Teniendo esta sopa, nadie quiere pescado,
ni pieza de caza o cualquier bocado.
¿Quién no daría todo por tan solo un poco
de esta rica sopa?
¡Oh beeella sooopa!
¡Qué hermosa esta sooopa!
¡Sooopa de noooche!
¡Riquíííísiima sooopa!

—¡Bravo, bravo!... ¡el coro otra vez! —exclamó el grifo, y la falsa tortuga ya había comenzado a entonar el *encore*, cuando a lo lejos se escuchó una voz que decía: "¡Ahora comienza el juicio!".

—¡Vamos! —dijo el grifo en un tono autoritario, tomando a Alicia de la mano y llevándosela a toda prisa, sin esperar a que terminara la canción de la tortuga.

—¿Qué es eso? —preguntó Alicia— ¿De qué juicio se trata? —pero el grifo, que la jalaba a toda prisa, solamente mencionó:

—¡Vamos! —y corrió todavía más rápido, mientras el melancólico estribillo de la tortuga se escuchaba en lontananza.

¡Sooopa de noooche!
¡Riquíííísiima sooopa!

Capítulo 11
¿Quién robó los pasteles?

El rey y la reina de corazones ya se encontraban en sus tronos cuando llegaron Alicia y el grifo. Se encontraban rodeados por una serie de aves, animales, y por el mazo entero de la baraja. Frente a ellos estaba la sota, encadenada y con un soldado a cada lado, a modo de custodia. A un lado del rey se encontraba el conejo blanco, quien aparentemente haría de vocero, pues tenía una trompeta en una mano y un rollo de pergamino en la otra. En el centro de la sala había una mesa, y sobre esa mesa se disponía una gran cantidad de pasteles, que parecían tan sabrosos que se le hacía agua la boca a Alicia con solo mirarlos. "Ojalá acabe pronto el juicio, pues después seguramente se invitarán los pasteles", pensaba, pero como la cosa parecía que iba a durar un buen rato, decidió inspeccionar el lugar para matar el tiempo.

Alicia nunca había asistido a un juicio; pero había leído al respecto y se sintió muy orgullosa de conocer los nombres de todo lo que ahí se manejaba: "Ese que porta una gran peluca, debe ser el juez"—discurría—. Aunque hay que decir que el de la peluca era el propio rey, y llevaba la corona encajada en la propia peluca, por lo que, además de verse muy ridículo, perecía bastante incómodo.

"Seguramente ese es el estrado que corresponde al jurado —pensó Alicia—, y esas doce *criaturas* (lo pensó así, en forma genérica, porque ahí había de todo, aunque predominaban los pájaros) deben ser los *miembros del jurado*"—lo pensó en estos términos y se lo repitió varias veces, pues sentía gran orgullo de que una niña de su edad pudiese manejar esos conceptos tan elaborados (hubiera podido referirse a ellos simplemente como *jurados*).

Los doce "jurados" iban anotando todo en las pizarras, y lo hacían con gran rapidez y nerviosismo.

—¿Por qué hacen eso? —preguntó discretamente Alicia al grifo—. No tienen nada que anotar todavía, si no ha empezado el juicio.

—Están anotando sus nombres —contestó el grifo, en un susurro—, pues temen que se les olviden antes de terminar el juicio

—¡Pero eso es completamente idiota! —comenzó a decir Alicia, en voz tan alta, que motivó la intervención del conejo blanco, que gritó:

—¡Silencio en la sala!

Entonces el rey se caló los anteojos y lanzó una severa mirada en derredor para descubrir quién había hablado.

Alicia pudo ver, por encima de los hombros de los concurrentes, que los miembros del jurado escribían en su pizarrón "completamente idiota", y se dio cuenta de que uno de ellos

no sabía deletrear "completamente", por lo que se lo preguntaba a su compañero. "¡Vaya lío que habrá en sus pizarras cuando termine el juicio", pensaba Alicia.

Uno de los jurados tenía una tiza que rechinaba sobre la superficie de la pizarra, y eso era algo que Alicia no podía soportar, por lo que discretamente se desplazó por la sala hasta que se colocó detrás de él, y en la primera oportunidad que tuvo, le quitó la tiza; pero lo hizo con tal habilidad que el jurado (que era nada menos que Bill, la lagartija), no se dio cuenta de lo que había pasado, y después de buscar por todos lados, se resignó a escribir con el dedo, lo que en realidad no tenía sentido, pues el dedo no podía marcar la pizarra, y ahí no quedaba ninguna anotación.

—¡Heraldo, lee la acusación! —ordenó enfáticamente el rey.

Entonces el conejo blanco dio tres toques de trompeta, después desenrolló el pergamino y se dio a la lectura:

La reina de corazones
un buen día de verano
preparó muchos pasteles.
La sota de corazones
se robó dichos pasteles
y los llevó muy lejos.

—¡Ya es tiempo de emitir vuestro veredicto! —ordenó el rey al jurado.

—¡Todavía no! —gritó el conejo—; hay muchas cosas que se deben considerar antes.

—Entonces, ¡que comparezca el primer testigo! —dijo el rey.

Entonces el conejo dio tres largos toques de trompeta y gritó:

—¡Se llama al primer testigo!

Este testigo era nada menos que el sombrerero, que se presentó con una taza de té en la mano y un pedazo de pan con mantequilla en la otra.

—Ruego que me perdone su majestad —comenzó diciendo—, por comparecer en estas condiciones, pero estaba tomando el té cuando me vinieron a buscar.

—Deberías haberlo terminado —dijo el rey— ¿cuándo fue que lo empezaste?

El sombrerero lanzó una mirada cómplice hacia la liebre de marzo, que lo había seguido hasta la sala y traía al lirón bajo el brazo.

—*Creo* que fue el catorce de marzo —dijo el sombrerero.

—¡No, fue el quince! —corrigió la liebre de marzo.

—El dieciséis —dijo el lirón.

—¡Anotad esos datos! —dijo el rey a los jurados, y todos se apresuraron a anotar esas tres fechas en sus pizarras, y después las sumaron, para convertir el total en chelines y peniques.

—¡Debes quitarte el sombrero! —ordenó el rey.

—No es mío —dijo el sombrerero.

—¡Entonces lo has *robado*! —exclamó el rey, mirando hacia el jurado, que de inmediato consignó el hecho.

—Yo llevo los sombreros con la intención de venderlos, ninguno de ellos me pertenece, pues yo soy un sombrerero.

Entonces la reina se colocó sus gafas y se puso a mirar fijamente al sombrerero, quien de inmediato palideció y se puso a temblar.

—Ahora deberás prestar declaración —dijo el rey—, y procura controlar tus nervios, pues de otra manera te mandaré ejecutar en el acto.

El comentario del rey desalentó aún más al testigo, quien, además de temblar, bailoteaba sobre sus pies, sin poder soportar la mirada inquisitiva de la reina; él luchaba por parecer tranquilo, pero en su confusión llegó a morder un pedazo de la taza en vez del pan con mantequilla.

Al observar todo esto, Alicia tuvo una sensación muy extraña, que al principio la desconcertó mucho, pues no

podía identificarla, pero más tarde se dio cuenta de lo que se trataba, y era que había comenzado a crecer nuevamente. Al principio pensó que sería preferible levantarse y abandonar la sala, pero estaba segura de que eso llamaría mucho la atención, por lo que prefirió permanecer sentada mientras cupiera en el espacio.

—¡Me siento mal de que me opriman tanto —dijo el lirón, que estaba sentado junto a Alicia—; ¡casi no puedo respirar!

—Por mi parte no puedo remediarlo —dijo Alicia en tono de disculpa—, lo que pasa es que estoy creciendo.

—¡Pues ningún derecho tienes de crecer aquí! —dijo el lirón.

—¡No digas tonterías! —dijo Alicia como un reproche— La verdad es que tú también estás creciendo, y eso lo sabes muy bien.

—Sí, pero mi crecimiento se produce a un ritmo razonable, ¡no de esa manera! —replicó el lirón, y prefirió marcharse al otro lado de la sala.

La reina seguía acosando con la mirada al sombrerero; sin embargo se había fijado en el desplazamiento del lirón, y le dijo a uno de los ujieres:

—¡Traedme la lista de los cantantes de los últimos conciertos!

—Al escuchar esta orden, el sombrerero tembló de tal manera que hasta los zapatos se le salieron de los pies.

—Presta declaración —dijo el rey, o te haré ejecutar, sin importar lo nervioso que te encuentres.

—Yo soy solamente un pobre hombre —dijo el sombrerero en voz muy baja y temblorosa—; hace más o menos una semana, cuando aún no había comenzado la hora del té... con unas pocas tostadas y el titilar del té

—¿El *titilar* de qué cosa? —dijo el rey.

—Bueno, eso empezó con té y... —dijo atropelladamente el sombrerero.

—¿*Titilar*?, ¡claro que empieza con T! —dijo el rey—. ¿Acaso me tomas por un tonto?; ¡sigue adelante!

—Soy un pobre hombre —siguió diciendo el sombrerero—, y la mayor parte de las cosas titilaban después de... solo que la liebre de marzo dijo...

—¡Yo no dije nada! —interrumpió indignada la liebre de marzo.

—¡Bien que lo dijiste! —afirmó el sombrerero.

—¡Pues lo niego categóricamente —replicó la liebre de marzo.

—Ella lo niega —dijo el rey—, ¡que se omita eso en el acta!

—Bueno, pues en todo caso, fue el lirón el que dijo... —afirmó el sombrerero, mirando por todos lados para localizar al lirón y ver si este también lo negaba; pero el lirón ya estaba profundamente dormido, y no negó nada.

—Después de eso —prosiguió el sombrerero—, corté un poco más de pan con mantequilla...

—¿Pero qué fue lo que dijo el lirón? —preguntó uno de los jurados.

—Eso es precisamente lo que no puedo recordar —dijo el sombrerero muy apenado

—Pues debes recordarlo —sentenció el rey—, ya que de lo contrario te haré ejecutar.

La impresión de aquella declaración del rey fue tan fuerte para el pobre sombrerero que dejó caer la taza de té y el pan con mantequilla, y se postró de rodillas, para suplicar:

—¡Por favor, Su Majestad, yo soy solamente un pobre hombre!

—Tú eres un *pobre orador* —dijo el rey.

Al escuchar esto, un conejillo de indias se entusiasmó tanto que se puso a aplaudir, pero inmediatamente fue *sofocado* por los guardias (como pudiera pensarse que el término correcto sería *reprimido*, es necesario dar alguna explicación: lo que hicieron los guardias fue meter la cabeza del conejillo de indias en una gran bolsa de lona, que se cerraba con cuerdas, y después se le sentaron encima, con lo que lo *sofocaron*.

"Realmente me hubiera gustado ver eso —pensó Alicia—, pues con frecuencia se lee en los periódicos que los aplausos fueron *sofocados* por los ujieres de la sala, y hasta ahora no había entendido bien el término".

—Pues bien, si eso es todo lo que sabes del asunto —dijo el rey—, puedes bajar del estrado.

—Lo siento, Su Majestad, pero no puedo bajar de este estrado, pues se encuentra al ras del suelo.

—Entonces ve y siéntate —dijo el rey.

Ante estas palabras, otro conejillo de indias se puso a aplaudir, pero también fue sofocado.

"Parece que ya no hay más conejillos de indias en la sala —pensó Alicia—; es mejor así, todo estará bien sin ellos".

—Si me es permitido, quisiera terminar mi té —dijo el sombrerero, mirando suplicante a la reina, que leía la lista de los cantantes.

—¡Puedes marcharte! —dijo el rey, y el sombrerero se fue apresuradamente, sin fijarse siquiera en ponerse los zapatos.

—Y al salir de la sala, ¡que le corten la cabeza! —ordenó la reina, de una manera un poco distraída, por lo que su sentencia no causó efecto. Cuando el guardia llegó a la puerta, el sombrerero ya había desaparecido.

—¡Que comparezca el siguiente testigo! —ordenó el rey.

Ahora el testigo era la cocinera de la duquesa, y ella traía en la mano una caja llena de pimienta, por lo que Alicia adivinó que era ella aun antes de verla, pues la gente comenzaba a estornudar cuando pasaba junto.

—¡Te ordeno que digas lo que tienes que declarar ! —dijo el rey.

—¡No me da la gana! —dijo la cocinera.

El rey se volvió para mirar al conejo blanco, quien le susurró al oído: "Su majestad debe interrogar a la testigo con mucha severidad".

—Bueno, ¡así es el deber! —dijo el rey con un dejo de resignación; cruzó los brazos y frunció el ceño lo más que pudo, tanto que casi no se le veían los ojos; entonces le preguntó a la cocinera:

—¿De qué están hechos estos pasteles?

—Su ingrediente principal es la pimienta —respondió la cocinera con toda tranquilidad.

—Y también la melaza —dijo una voz somnolienta de entre el público.

—¡Ese es un lirón! ¡Guardias, prendedlo! —gritó la reina—, ¡Decapitad a ese lirón! ¡Hacedlo pedazos! ¡Pellizcadlo! ¡Cortadle uno a uno los bigotes!

Los guardias atraparon al lirón, y mientras se lo llevaban reinó la confusión en la sala. Cuando se restableció el orden y todos volvieron a sus puestos, la cocinera había desaparecido.

—¡No importa, tal vez sea mejor así! —dijo el rey con un dejo de alivio en la voz— ¡Qué comparezca el siguiente testigo! —y añadió en voz baja, dirigiéndose a la reina—: Querida, yo creo que debes ser tú la que interrogue con toda severidad al siguiente testigo; la verdad es que a mí me duele la cabeza con estas cosas.

Alicia observó cómo el conejo blanco examinaba la lista que tenía y se preguntó con curiosidad quién sería el próximo testigo. Era claro que en todo el juicio no se habían obtenido muchas pruebas. Sin embargo, se llevó una gran sorpresa cuando el conejo blanco pronunció con chillona voz el nombre del siguiente testigo:

—¡Alicia!

Capítulo 12
La declaración de Alicia

—¡Presente! —dijo Alicia sin pensarlo, llevada por la emoción del momento, y se levantó abruptamente, causando una gran calamidad, pues había crecido tanto que con el borde de la falda volcó la mesa que hacía de estrado y a los propios jurados que se encontraban ante ella, por lo que muchos de ellos se precipitaron sobre la concurrencia.

Al verlos rodando por el suelo, Alicia no pudo menos que recordar la pecera de los pececillos dorados que ella había volcado accidentalmente la semana anterior.

—¡Lo siento mucho! —dijo, muy apenada, y se puso a ayudarlos a incorporarse con toda diligencia, pues el incidente de los peces dorados le rondaba por la cabeza y por ello tenía la sensación de que si no volvían a su lugar en el estrado, se ahogarían.

—¡Este juicio no puede continuar! —dijo el rey con toda gravedad, y mirando severamente a Alicia—, mientras los señores miembros del jurado no retomen sus puestos en el estrado.

Alicia se afanó en ayudar a los jurados, pero cuando todo parecía en orden, se dio cuenta de que, con las prisas, había colocado a Bill, la lagartija, cabeza abajo sobre su escaño, y que este se agitaba desesperadamente, incapaz de acomodarse por sí mismo; así que de inmediato lo tomó y le dio la vuelta; "aunque eso no es demasiado importante —pensaba— pues para este juicio, da lo mismo que se encuentre al derecho o al revés".

Cuando los jurados se recuperaron del susto, retomaron sus tizas y sus pizarras y se pusieron a redactar a toda prisa la reseña del accidente. Solamente la lagartija Bill no escribía nada, pues parecía todavía trastornada y no hacía otra cosa que mirar al techo con la boca semiabierta.

—Y bien —dijo el rey—, ¿qué sabes tú de este asunto?

—Nada —respondió escuetamente Alicia.

—¿*Absolutamente* nada? —dijo el rey.

—¡Absolutamente nada! —reiteró Alicia, enfáticamente.

—Esto debe ser consignado —ordenó el rey, dirigiéndose a los jurados; pero apenas habían comenzado a escribir en sus pizarras cuando el conejo blanco interrumpió su trabajo en forma respetuosa, pero frunciendo el ceño y haciendo continuos gestos al rey mientras hablaba:

—Si duda Su Majestad habrá querido decir que esto *no* es importante.

—Bueno, naturalmente —dijo el rey—, yo quise decir que esto no es importante —dijo en voz baja, pero de inmediato comenzó a susurrar como para sí: "Importante, no importante, importante, no importante...", como si estuviese evaluando cuál expresión sonaba mejor.

Dada esta confusión, una parte del jurado escribió *importante*, y la otra *no importante*; Alicia pudo observar eso pues se estaba cerca del estrado y en una posición de altura. "De cualquier manera, la cosa carece de importancia", dijo para sí.

El rey también había estado escribiendo en su cuaderno de notas, hasta que de pronto gritó: "¡Silencio!", y se puso a leer lo que había escrito: "Artículo cuarenta y dos: *Toda persona que mida más de un kilómetro y medio deberá abandonar la sala*".

Todos se volvieron para mirar a Alicia.

—Yo no mido un kilómetro y medio —dijo Alicia con toda tranquilidad.

—Yo creo que por lo menos mide eso —afirmó el rey.

—¡Seguramente más de dos kilómetros! —añadió la reina.

—Bueno, da lo mismo, pues de todas maneras no me iré —dijo Alicia—; además de que ese artículo no tiene validez legal, pues se acaba de inventar.

—Es el artículo más antiguo del código —dijo el rey.

—¡No puede ser! —replicó Alicia—, si lo fuera sería el número uno.

El rey se descompuso un poco y cerró su cuaderno:

—¿Cuál es vuestro veredicto? —dijo a los jurados, con voz baja y temblorosa.

—Con la venia de Vuestra Majestad, pero todavía hay más pruebas —dijo el conejo blanco, saltando de su asiento—, pues sucede que acabamos de interceptar una carta.

—¿Y qué contiene esa carta? —preguntó la reina.

—No lo sé, Su Majestad —dijo el conejo blanco—, pues todavía no la he abierto; pero parece que ha sido escrita por el prisionero y dirigida a..., a alguien.

—Así debe ser —dijo el rey—, pues no es muy común que una carta sea dirigida *a nadie*.

—¿A quién va dirigida entonces? —preguntó uno de los jurados.

—Pues la verdad es que no se sabe —dijo el conejo blanco—, pues por fuera no contiene dirección alguna; pero cuando desdoblamos el papel, nos dimos cuenta de que en realidad no se trata de una misiva, sino de un conjunto de versos.

—¿Acaso esos versos han sido escritos a mano por el prisionero? —preguntó otro de los jurados.

—No —dijo el conejo blanco—, y ese es el mayor enigma de todo este asunto.

Un rumor de extrañamiento se difundió por todo el jurado.

—Tal vez el autor de la carta imitó la letra de otro —dijo el rey, con lo que el jurado se tranquilizó un poco.

Entonces la sota pidió la palabra:

—Con la venia de su majestad —dijo la sota—, yo declaro delante de este jurado que no escribí esa carta, y nadie podría probar lo contrario, pues no hay ninguna firma al final.

—Si no firmaste la carta —dijo el rey— tu culpa es aún más grave; alguien que no firma una carta sin duda tiene una mala intención.

Las palabras del rey provocaron un gran aplauso en la sala, pues era la primera y única cosa inteligente que había dicho durante el juicio.

—Está claro que el hecho de no firmar la carta es prueba de su culpabilidad —intervino la reina—. ¡Que le corten la ca...

—¡Un momento! —dijo Alicia—; eso no prueba nada; además ni siquiera se ha leído el escrito, por lo que no se sabe qué dicen los versos.

—¡Que sean leídos! —ordenó el rey.

Entonces el conejo blanco, calándose sus anteojos, se dirigió al rey.

—Con la venia de Su Majestad —dijo el conejo—, ¿por dónde empiezo?

—Lo prudente es comenzar por el principio —dijo el rey con mucha gravedad—, y sigue de largo hasta llegar al final, entonces dejas de leer.

Se hizo un gran silencio en la sala, y el conejo blanco leyó los siguientes versos:

> *Me dijeron que habías estado con ella,*
> *y que a él le hablaste muy bien de mí,*
> *y que ella dio también una opinión muy buena,*
> *aunque también dijo que yo no sabía nadar.*
>
> *Él les confesó que yo no había ido,*
> *lo que desde luego es verdad,*
> *de haber ella seguido en el asunto*
> *¿qué habría sido de ti?*
>
> *Yo le di uno a ella, y a él le dieron dos;*
> *nos diste tres y muchos más,*

y los que antes habían sido míos
volvieron todos a tu propiedad.

Si por extraño azar, en dicho asunto
nos viéramos envueltos ella y yo,
él piensa que tú vas a librar
lo que concierne a los dos.

He aquí mi opinión: fuiste tú mismo,
antes que a ella se le permitiera entrar,
el mayor e imprevisto obstáculo
entre nosotros, ellos, y todo lo demás.

Que nunca sepa él que ella lo amaba,
pues esto siempre es, o debe ser,
un gran secreto, y un pacto que se sella
entre tú y yo, un pacto entre dos. Guárdalo bien.

—Esta es sin duda la declaración más importante que hemos escuchado hasta el momento —dijo el rey, frotándose las manos—; así que ahora los señores jurados...

—Si es que alguno de ustedes es capaz de explicar esos versos —dijo Alicia, quien había crecido tanto que ya no tenía miedo de interrumpir al rey— le daré seis peniques de premio. Por mi parte, yo no creo que exista nada razonable en todo el poema.

Los jurados anotaron en sus pizarras: "Ella no cree que exista nada razonable en el poema"; pero ninguno de ellos intentó siquiera un esbozo de explicación.

—Si el poema no tiene sentido, mejor —dijo el rey—, pues así nos ahorraremos la molestia de las indagaciones. Sin embargo —siguió diciendo, mientras tomaba el documento y lo inspeccionaba con un ojo cerrado—, al observarlo detenidamente, me parece descubrir en él cierto sentido; por ejemplo, en el verso que dice "...y también dijo que yo no sabía nadar", hay algo muy interesante, porque *tú no sabes nadar,* ¿no es cierto? —le preguntó directamente a la sota.

La sota, sorprendida, asintió resignada con la cabeza, y después de un breve silencio, dijo:

—¿Es que acaso tengo el aspecto de saber nadar? (Aquello era bastante obvio, pues la sota estaba hecha de cartulina).

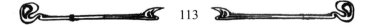

—Pues hasta aquí todo concuerda —dijo el rey, y continuó murmurando las palabras de los versos... *sabemos que... fue así...*; yo creo que en estas palabras se alude a los jurados. *De haber... persistido... ella...* ¡pues claro, aquí se refiere a la reina!... *Dio uno a ella, a él le dieron dos...* ¿A qué otra cosa podría referirse sino a los pasteles?; ¡la lógica es impecable!

Entonces intervino Alicia:

—Hay que considerar que el poema dice: *los que antes habían sido míos, volvieron todos a tu propiedad.*

—Pues sí, en efecto, ahí están —dijo el rey en un tono triunfalista y señalando los pasteles sobre la mesa—; nada podría ser más claro que esto; des-

pués dice: *...antes de que a ella se le permitiera entrar;* esto es "tener acceso"; que yo sepa, querida, tú nunca has tenido accesos de ira, ¿verdad? —dijo el rey, dirigiéndose a la reina.

—¡Jamás! —dijo la reina, arrojando furiosamente el tintero hacia la lagartija (el pobre Bill había dejado de escribir en la pizarra al comprobar que con el dedo no quedaba marca permanente; pero ahora que le chorreaba tinta por la cara, pudo escribir de manera adecuada, por lo menos hasta que le acabó de chorrear).

—Así que el hecho de *entrar* o *tener acceso*, nada tiene que ver con la reina, y su uso en el poema es completamente accesorio —dijo el rey, mirando con arrogante sonrisa hacia el público. Entonces se produjo un silencio mortal.

—¡Todo esto no es más que un simple juego de palabras! —dijo el rey en un tono festivo, y todo mundo se puso a reír junto con él—. Así que ya no queda más que hacer sino que el jurado considere su veredicto —volvió a decir.

—¡No, no! —dijo la reina— primero la sentencia, el veredicto vendrá después.

—¡Que absurdo! —mencionó Alicia en voz muy alta—¿cómo es posible que se dicte una sentencia antes de emitir un veredicto?

—¡Tú, niña, cierra la boca! —dijo la reina, con el rostro encendido de ira.

—¡Pues no lo haré! —gritó Alicia.

—¡Que le corten la cabeza! —chilló a pleno pulmón la reina, pero nadie se movió.

—¿Pero quién habría de hacerle caso? —dijo Alicia, que ya había recuperado su estatura normal— ¡si son solamente de piezas de baraja!

Al decir esto, todas las cartas volaron por los aires y cayeron sobre Alicia, quien lanzó un grito no solo de miedo, sino también de indignación. Al tratar de rechazar el acoso de las cartas por medio de manotazos, sintió un breve desvanecimiento. De repente se encontró nuevamente recostada a la orilla del río, con la cabeza en el regazo de su hermana, quien en ese momento separaba con delicadeza algunas hojas secas que habían caído sobre el rostro de Alicia.

—¡Despierta, mi querida Alicia —dijo su hermana— ¡te has quedado profundamente dormida!

—¡Ah, si supieras el sueño que tuve! —dijo Alicia, y de inmediato se puso a contarle todo lo que podía recordar de estas extrañas aventuras que acabamos de leer. Cuando Alicia terminó su relato, la hermana le dio un beso y dijo:

—¡Pues vaya que fue un sueño extraño!, querida, pero ya es tiempo de que nos vayamos, pues es la hora del té.

Entonces Alicia se levantó y echó a correr, y mientras corría no pensaba en otra cosa, sino en lo maravilloso que había sido aquel sueño.

❈ ❈ ❈

Pero la hermana de Alicia se quedó sentada allí, en la misma posición en la que la había dejado: con la cabeza apoyada en una mano contemplaba la puesta de sol, y pensaba en su pequeña Ali-

cia y en todas aquellas maravillas que le había contado. Al poco tiempo ella también estaba soñando a su manera.

Primero soñó que de nuevo las pequeñitas manos de Alicia se apoyaban en sus rodillas y la miraba hacia arriba con los ojos brillantes y ansiosos. Ella escuchaba perfectamente el tono de su voz y podía ver aquellos extraños movimientos de su cabeza, que producían el deseado efecto de apartar los cabellos que constantemente le cubrían la cara por efecto de la brisa. Y escuchando, o imaginando, aquellas cosas antes vividas, todo el espacio a su derredor pareció animarse con las fantásticas criaturas que habían poblado el sueño de su hermanita.

La hierba parecía murmurar bajo sus pies, y el conejo blanco andaba por ahí, siempre apresurado... de pronto un ratón temeroso chapoteaba en un charco... y más allá podía escucharse el titileo de las tazas del té, con las que la liebre de marzo y sus compañeros celebraban su interminable tertulia, mientras la voz chillona y prepotente de la reina ordenaba la ejecución de todos los que se encontraban cerca de ella... Por otro lado, el bebé cerdito estornudaba sobre el regazo de la duquesa, al tiempo que volaban ollas y platos, estrellándose por todos lados. También pudo sentir los graznidos del grifo y el rechinar de la tiza sobre la pizarra de una lagartija llamada Bill, y los resoplidos de los conejillos de indias al ser sofocados. Y estos ahogos se mezclaban con los lejanos sollozos de la falsa tortuga, perdida en sus tristes recuerdos.

Con los ojos cerrados y sentada sobre la hierba, la muchacha se creía en el país de las maravillas; aunque ella bien sabía que con solo abrir los ojos, las cosas volverían a ser parte de la insulsa realidad, y la hierba sería agitada por el simple efecto del viento, y si el estanque se agitaba, sería solamente por el ondular de los juncos. El tintinear de las tazas de té se transformaría en el sonido dulce de los cencerros de las ovejas, y los gritos del joven pastor en los chillidos de la reina. Los estornudos del niño, el graznido del grifo y todos aquellos ruidos tan raros no serían otra cosa que el bullicio del corral de la granja, y seguramente el mugido del ganado se parecería mucho a los melancólicos sollozos de la falsa tortuga.

Al final, ella imaginó a su tierna hermanita en el futuro, convertida en mujer; seguramente conservaría, aun siendo adulta, el corazón fresco y afectivo de la niñez, y tal vez congregaría a los niños a su alrededor, y a ellos les brillarían los ojos al escuchar de sus labios muchas historias extrañas y fascinantes; a lo mejor incluso este mismo sueño que los transportaría al país de las maravillas, y entonces compartiría las tribulaciones y los juegos sencillos de los chicos, y de este modo podría recordar su propia infancia y aquellos días felices del verano.

FIN

Un saludo de pascua para todos los niños a los que les gusta Alicia

Querido niño:

Por favor imagina, si puedes, que estás leyendo una carta de verdad; una carta de un amigo de verdad que tú has visto y en este momento pareces escuchar su voz deseándote felices pascuas, como yo lo hago ahora con todo el corazón.

¿Recuerdas esa deliciosa sensación somnolienta cuando despiertas en una mañana de verano con el canto de los pájaros en el aire y con la brisa fresca entrando por la ventana... cuando estás acostado perezosamente con los ojos medio cerrados y ves, como en un sueño, las verdes ramas de los árboles ondeando o el agua de un riachuelo que resplandece en la luz dorada del sol? Es un placer muy cercano a la tristeza que hace que nuestros ojos se llenen de lágrimas como cuando vemos una imagen bonita o leemos un poema que nos enternece. ¿No se parece esto a las manos amorosas de una madre que corren las cortinas y a la voz dulce de una madre que te pide que te levantes de la cama? Que te levantes y olvides, con la luz brillante del sol, las pesadillas que te asustaron cuando todo estaba oscuro... que te levantes y disfrutes de otro día feliz. Primero te pones de rodillas y le das las gracias a ese amigo invisible que te envió el hermoso sol.

¿Son estas las palabras extrañas de un escritor como el que escribió el libro de "Alicia"? ¿Y es extraño encontrar una carta como esta en un libro de disparates? Tal vez. Quizás algunas personas me culpen de mezclar cosas serias y alegres; otros podrían sonreír y pensar que es extraño que alguien hable de cosas solemnes si no está en la iglesia y no es domingo. Pero yo creo... mejor dicho, estoy seguro de que algunos niños y niñas van a leer esto con dulzura y con amor, y en el espíritu con el cual lo escribí.

Porque yo no creo que Dios quiera que dividamos la vida en dos mitades, que pongamos una cara seria el domingo y creamos que no es adecuado mencionar a Dios entre semana. ¿Crees que Dios solo quiere ver personas arrodilladas y escuchar voces de oración... y que no le gusta también ver ovejas saltando a la luz del sol y escuchar las voces alegres de los niños mientras juegan entre la paja? Seguramente la risa inocente de los niños es tan dulce para sus

oídos como el himno más grandioso que alguna vez se escuchó en la "suave luz religiosa" de una catedral solemne.

Y si yo he escrito algo que pueda añadirse a esos cuentos de diversión inocente y sana que aparecen en los libros para niños que me gustan tanto, seguramente es algo me gustaría recordar sin vergüenza y sin tristeza (¡como tantas cosas de la vida tendrían que recordarse!) cuando llegue mi turno de caminar por el valle de las tinieblas.

Este día de pascua el sol brillará sobre ti, querido niño, sintiendo tu "vida en cada parte de tu cuerpo", y sentirás el deseo de correr en el aire fresco de la mañana... y muchos días de pascua vendrán y se irán, antes de que seas débil y tengas el cabello blanco... antes de que salgas despacio para volver a disfrutar el calor del sol. Pero a veces es bueno, incluso ahora, pensar en esa grandiosa mañana en que "nacerá el sol de justicia, y en sus alas traerá salvación".

Seguramente tu alegría no debe ser menor solo porque creas que algún día verás un amanecer más radiante que este... cuando lleguen a tus ojos paisajes más hermosos que los árboles movidos por el viento o las aguas de un arroyo... cuando las manos de los ángeles abran tus cortinas y voces más dulces que la de una madre siempre amorosa te despierten a un día nuevo y glorioso... y cuando puedas olvidar toda la tristeza y el pecado que oscurecieron la vida en esta pequeña tierra, ¡se olviden como los sueños de una noche que acaba de pasar!

Tu amigo que te quiere,
Lewis Carroll
Pascua, 1876

Saludos navideños de un hada a un niño

Damita querida, si las hadas pudieran
dejar a un lado por un momento
sus trucos hábiles y sus juegos de elfos,
sería en las fiestas navideñas.

Hemos escuchado a los niños decir...
a los niños dulces que tanto queremos...
que hace mucho tiempo, el día de Navidad,
llegó un mensaje desde las alturas.

Y aún ahora, cuando llegan las fiestas navideñas,
lo vuelven a recordar...
todavía se escucha el eco gozoso de:

"Paz en la Tierra a los hombres de buena voluntad".

Pero en los lugares donde llegan los visitantes del cielo,
los corazones deben ser
como los corazones de los niños.

Para los niños, en su alegría,
todo el año es Navidad.

Por eso, olvidando los trucos y los juegos,
por un momento, querida damita,
nos gustaría desearte, si nos lo permites,
muy feliz Navidad y Año Nuevo.

Navidad, 1887

ALICIA A TRAVÉS DEL ESPEJO

ROJO

BLANCO

DRAMATIS PERSONÆ
(Como arreglado antes del inicio del juego)

Blanco		Rojo	
Piezas	Peones	Piezas	Peones
Tweedledee	Margarita	Margarita	Humpty Dumpty
Unicornio	Haigha	Mensajero	Carpintero
Oveja	Ostra	Ostra	Morsa
Reina blanca	"Lily"	Tigre-lirio	Reina roja
Rey blanco	Cervato	Rosa	Rey rojo
Hombre anciano	Ostra	Ostra	Cuervo
Caballero blanco	Hatta	Rana	Caballero rojo
Tweedledum	Margarita	Margarita	León

El peón blanco es Alicia, este juega y gana en once jugadas

Mi niña, de sien tan pura como un cielo sin nubes
y ojos llenos de sueños y alegrías;
aunque el paso del tiempo a los dos nos separe
la mitad de una vida,
recibe como ofrenda esta mágica historia
junto con la mejor de mis sonrisas.

¡Hace tanto tiempo que no miro el brillo de tus ojos
ni escucho tu dulce risa!
Yo sé que en tu tierna vida no quedará la huella
de alguna imagen mía.
Mas no importa; me basta que escuches este cuento
que mi pluma te envía.

Un cuento que iniciamos en los felices días
de aquel tibio verano,
como una simple canción que solamente servía
para llevar la cadencia del remo
y cuyos ecos perduraran por más que los años
nos sugieran el olvido.

Ven pues, y escucha antes que esa voz implacable,
voz terrible y sombría,
te anuncie y te recuerde, muchacha melancólica,
la cama aborrecida.
Pues seremos niños ya viejos, donde el dormir
se nos impone y nos agita.

Afuera solo hay nieve, y escarcha cegadora,
y los fuertes vientos traen locura,
y adentro el dulce nido de la infancia que canta
a la luz y al hogar.
Al influjo de estas mágicas palabras
a la tormenta ya no temerás.

Y aunque sientas que la sombra de un suspiro
lata en la trama de este relato,
añorando los días felices de aquel verano ido
y el recuerdo de su glorioso encanto,
no marchitará con su aliento la mágica delicia
que de esta historia brota.

Prefacio

Los problemas de ajedrez que se describen en la página anterior han desconcertado a muchos de mis lectores, sin embargo debo señalar que el tema está correctamente planteado y también resuelto, por lo menos en lo que a las jugadas se refiere. Es posible que la alternancia entre rojas y blancas no se lleve con el rigor que debiera, y que el *enroque* de las tres reinas sea solamente una manera de dar a entender que ellas entran en el palacio. Pero el "jaque" al rey blanco en la jugada sexta, la captura del caballero rojo en la séptima, y el "jaque mate" al rey rojo responden con toda fidelidad a las reglas del juego, como podrá comprobar cualquier persona que se tome la molestia de hacer el ejercicio práctico de disponer las piezas en un tablero y ejecutar las jugadas siguiendo las instrucciones.

Algunos neologismos que se insertan en el poema *Jabberwocky* (ver pág. 139) han creado grandes inquietudes en lo que se refiere a la pronunciación, por lo que he considerado dar también algunas instrucciones al respecto:

Pronúnciese *flexosos* como si fuesen dos palabras: *flex* y *osos*; en las palabras *giroscopiaban* y *perfilabraban*, la "P" debe pronunciarse con cierta aspereza, y la pronunciación de *verdirranos* deberá hacerse de manera que rime con *soberanos*.

Capítulo 1
La casa del espejo

Si hay una cosa de la que estamos seguros, es de que el gatito blanco no tuvo nada que ver con lo que sucedió; la verdad es que toda la culpa fue del gatito negro. Sucede que durante la última media hora, el gatito blanco había sido tomado por la vieja gata, y sometido a una limpieza de lo más exhaustiva (la que había soportado razonablemente bien), por lo que queda bien claro que a él no le fue posible participar en aquel desastre.

Pero, antes que nada, es necesario describir el procedimiento con el que Dina acicalaba a sus crías: primero se aseguraba de inmovilizar al pobre animalito en el suelo, sujetándolo por una oreja con una de sus patas, para después proceder, con la otra pata, a refregarle toda la cara, comenzando por la nariz. Precisamente en este momento Dina estaba enfrascada en esta labor con el gatito blanco, quien se dejaba atender de una manera sumisa y resignada, e incluso ronroneaba de vez en cuando, pues consideraba que todo eso era por su bien.

En cuanto al gatito negro, hay que decir que Dina había hecho lo mismo, pero había terminado a primera hora de la tarde; así que mientras Alicia se encontraba pensativa y un poco amodorrada descansando en el sillón grande, el gatito había jugueteado todo el tiempo con el ovillo de lana que Alicia había intentado devanar, haciendo rodar la bola por todos lados hasta lograr deshacerla completamente. Así que la lana había quedado extendida en la pequeña alfombra de la chimenea, pero toda enmarañada, y con el gatito en medio, persiguiendo su propia cola entre el estambre.

—¡Qué malo es este minino! —exclamó Alicia, pero en vez de reprenderlo lo tomó en sus brazos y le dio un beso, como si considerase aquello un mero accidente—. ¡La culpa es de Dina, pues ella debería enseñarle mejores modales!... Sí, es a ella a quien corresponde educarlo —siguió diciendo, al tiempo que lanzaba una mirada de reproche y fingiendo indignación en la voz, y después se puso a recoger la lana, ahora desmadejada, tratando de rehacer el ovillo; pero era poco lo que podía avanzar, porque al mismo tiempo seguía hablando, unas veces dirigiéndose al gatito, y otras para sí misma.

Finalmente el gatito se acomodó en su regazo, en actitud de observar detenidamente lo que hacía la muchacha; pero de vez en cuando alargaba una de sus garritas para tocar con delicadeza el ovillo recuperado, como si quisiera ayudar a Alicia en su labor

—¿Sabes tú qué día es mañana, Mino? —dijo Alicia—. Bueno, pues lo sabrías si te hubieras asomado a la ventana conmigo; pero yo sé que no pudiste porque en esos momentos Dina te estaba acicalando. Déjame decirte que estuve viendo cómo los muchachos amontonaban leña para la fogata, porque esa hoguera consume muchísima leña; sin embargo, estaba ne-

vando y hacía tanto frío que tuvieron que dejar ese trabajo. Bueno, eso no importa, Mino, ya iremos mañana a ver esa fogata.

Entonces Alicia tomó un poco del hilo de lana y dio tres vueltas con él al cuello del gatito, simplemente por el placer de apreciar cómo se veía con ese adorno, pero esto hizo que el ovillo se le desprendiera de las manos y rodara por el piso, con lo que muchos metros de hilo quedaron otra vez desenrollados.

Alicia recogió el hilo y se volvió al sillón para seguir con su labor.

—¿Sabes una cosa, Mino? —dijo—; cuando vi esas diabluras que hiciste, al principio tuve ganas de abrir la ventana y echarte de patitas sobre la nieve, pues bien te lo merecías por dia-

blillo; pero ahora no sé qué hacer contigo, a ver, ¿qué excusa me vas a dar? ¡No me interrumpas! —dijo, ante el maullido del gatito, amenazándolo con el dedo—. Ahora te voy a decir todo lo malo que has hecho: en primer lugar, has chillado dos veces esta mañana, mientras Dina te limpiaba la cara; ¿acaso vas a negarlo, Mino?... ¡yo te oí! ¿Qué es lo que dices? (fingía que el gato le hablaba)... ¿Que te metió la pata en el ojo?... Bueno, en todo caso eso sería por tu culpa, por no cerrar bien los ojos; si los hubieras cerrado a tiempo no te hubiera pasado nada. Tu segunda falta es que agarraste a Copito por la cola cuando yo les puse a los dos el plato de leche. Tenías mucha sed, ¿no es cierto?; ¿y tú crees que ella no tenía sed también? Por último: ¡deshiciste toda la madeja de estambre, aprovechando que yo no te veía!...

Alicia continuó hablando, unas veces con el gatito y otras veces consigo misma

—Llevas tres faltas en un solo día, y resulta que hasta ahora no has recibido ningún castigo. Bien sabes que te estoy reservando todos los castigos para el próximo miércoles. ¿Sabes qué pasaría si a mí también me acumularan los castigos para ser pagados a fin de año? ¡Imagina lo que me harían entonces!; ¡por lo menos me llevarían a la cárcel!; o suponiendo que cada castigo fuera una cena menos, entonces me quedaría sin cenar por lo menos durante cincuenta noches del año siguiente. Bueno, la verdad es que eso no me importaría tanto; ¡mucho peor sería que me tuviera que tragar las cincuenta cenas en un mismo día!

Alicia fijó su mirada hacia la ventana y después se dirigió de nuevo al gatito:

—¡Escucha, Mino...! escucha cómo cae la nieve en los cristales de la ventana; ¿no te parece un sonido muy dulce y agradable?; es como si alguien diera besos a la ventana por todas partes. ¿No será que la nieve ama a los árboles, a las plantas y a las casas y por eso los besa con tanta delicadeza? Mira cómo los va cubriendo con un manto blanco; como si los abrigara y les dijera: ¡ya es tiempo de que vayan a dormir, mis pequeños, hasta que vuelva el verano! Entonces, cuando todo despierta; en el verano, mi querido Mino, se visten de un verde muy elegante y bailan al son del viento... ¡Cómo es bonito todo eso! —dijo Alicia, con tanto entusiasmo que se puso a aplaudir, y sin querer volvió a soltar el ovillo de lana—. Cuánto me gustaría que eso fuese cierto; aunque yo estoy segura de que los bosques están como dormidos durante el otoño, cuando las hojas se les ponen amarillas y rojas.

Entonces Alicia hizo una breve pausa, se quedó un poco pensativa y prosiguió su charla con el gatito:

—Oye, Mino: ¿sabes jugar al ajedrez?... ¡Vamos, no te rías, que estoy hablando en serio!; yo sé que a ti te gusta el ajedrez, porque hace rato, mientras jugábamos, yo te estuve observando, y me di cuenta de que algo entiendes de eso, pues cuando yo dije "jaque", tu ronroneaste muy

contento. Bueno, ese fue un jaque muy bien logrado, Mino; y si no fuera porque ese maldito caballo se coló entre mis piezas, de seguro que yo hubiera ganado. Mi precioso Mino, me gustaría tanto que jugáramos a ser...

Aquí me parece conveniente contar algunas de las cosas que decía Alicia, comenzando con su frase favorita: "juguemos a ser...". Apenas el día anterior, Alicia había discutido acaloradamente con su hermana cuando le sugirió: "Juguemos a ser *reyes* y *reinas*...", porque su hermana, que suele ser muy precisa y rigurosa, insistía en que ese juego no era posible, ya que entre ambas solo podían jugar a ser dos. Así que Alicia resolvió el conflicto diciéndole: "Bueno, entonces tú serás *una* de las reinas, y yo seré todo lo demás".

En otra ocasión, Alicia le dio un verdadero susto a su vieja nodriza, pues le había gritado al oído: "¡Juguemos a que yo soy una hiena hambrienta y tú un hueso!".

Sin embargo, todo esto nos desvía de nuestra historia y de la propuesta de juego que Alicia le hacía al gatito. "¡Mino, juguemos a que tú eres la reina roja! Yo creo que si te sientas y cruzas los brazos la apariencia será más o menos la misma. ¡Vamos, trata de hacerlo!".

Entonces Alicia fue a la mesa y trajo la figurilla de la reina roja, y la colocó delante del gatito para que la tomara de modelo; pero después de un rato Alicia comprendió que aquello no iba a ser fácil, pues se negaba a cruzar los brazos del modo adecuado; así que puso al gatito delante de un espejo, para que se diera cuenta de lo mal que estaba su postura.

—¡Procura hacer las cosas bien! —dijo Alicia—, ya que de otra manera te voy a tener que meter en la *casa del espejo*; ¿eso no te gustaría, verdad?... Ahora, Mino, si guardas silencio y me prestas atención, voy a contarte todo lo que yo pienso de la casa del espejo. En primer lugar, ahí se encuentra el cuarto que puedes ver en el espejo, y que es del todo igual a nuestra sala, aunque, si te fijas, las cosas aparecen al revés. Si me subo a la silla, puedo ver toda la habitación, menos una pequeña parte que está detrás de la chimenea. La verdad, me encantaría poder ver ese lugar, y sobre todo saber si en invierno se enciende ahí el fuego; pero de esto no

se sabe nada, a no ser que nuestras brazas suelten mucho humo, pues al subir el humo, también sube el que se produce en ese cuarto... Sin embargo, no estoy segura de que esto sea otra cosa que una mera apariencia, y que solo se trate de dar la impresión de que hay fuego encendido en la chimenea.

"Si te fijas, los libros también son iguales a los nuestros, aunque tienen las letras al revés; eso es algo de lo que estoy bien segura, pues un día puse ante el espejo uno de nuestros libros, y entonces los del otro cuarto me pusieron delante uno de los suyos. ¿Te gustaría vivir en la casa del espejo, Mino?, ¿tú crees que te darían leche ahí? ¿Estás seguro de que la leche de la casa del espejo es buena para beber?... ¡Vamos, mi gatito, pasemos ya al comedor!; pero fíjate bien cómo al dejar abierta de par en par la puerta del salón, se puede ver de soslayo el corredor de la casa del espejo, y también podrás notar que lo que se ve es muy parecido a nuestro corredor, aunque es posible que más allá sea muy diferente.

"¡Oh, Mino; qué bonito sería poder entrar en la casa del espejo!; ¡debe tener un montón de cosas preciosas!... Juguemos a que hay una manera, algún modo de entrar en esa casa. Podemos intentarlo, Mino, podemos jugar a que el cristal se vuelve blando, como si fuera un velo, y que fácilmente podemos traspasarlo. ¡Pero cómo..., ahora mismo parece que se transforma en niebla! ¡Será fácil pasar a través del vidrio!".

Mientras iba diciendo esto, Alicia se subió a la repisa de la chimenea, aunque no se dio cuenta de cómo lo había logrado, pues aquella no era una escalada fácil. Ahí pudo constatar que, en efecto, el espejo se había vuelto nebuloso, como una bruma plateada que se disolvía al contacto de sus manos.

Un momento después, Alicia había atravesado la superficie y se encontraba en el salón del espejo. Lo primero que hizo fue satisfacer su curiosidad y verificar si había fuego en la chimenea, y con gran satisfacción descubrió que el fuego ahí era tan fuerte y vivaz como el que había dejado en el salón. "¡Qué bueno! —pensó Alicia—, pues así estaré igual de calientita que en el otro cuarto. Y seguramente más, pues aquí no habrá nadie que me regañe por acercarme demasiado al fuego... ¡Será muy divertido cuando todos me vean en el espejo y no puedan atraparme!".

Entonces se puso a observar por todos lados, y se dio cuenta de que lo que podía ver del viejo cuarto era muy común y corriente; de poco interés. En cambio había otras cosas muy extrañas y atractivas; por ejemplo, los cuadros que estaban a los lados de la chimenea eran los mismos que del otro lado, solo que aquí estaban mucho más vivos, y el reloj de la repisa (que en el espejo, por supuesto, se veía por detrás), tenía la figura de un viejito que sonreía.

"Este salón está un poco menos ordenado que el otro" —pensó Alicia, al ver que entre las cenizas se encontraban varias piezas de ajedrez; pero algo le pareció extraño, así que se inclinó para mirar de cerca, y se llevó una gran sorpresa al ver que aquellas figurillas del ajedrez ¡se movían entre las cenizas!

—¡Ahí están el rey rojo y la reina roja! —dijo en un susurro, pues temía asustarlos—, y también el rey y la reina blancos, sentados sobre una pala..., y allá van dos torres, tomadas del brazo. Yo no creo que puedan escucharme, y estoy casi segura de que ellos no pueden verme; me siento completamente invisible.

Entonces sucedió algo inquietante, pues se escuchó un chillido detrás de una mesa cercana, Alicia volvió la cabeza y alcanzó a ver que uno de los peones blancos rodaba por el piso.

—¡Es la voz de mi niña! —gritó alarmada la reina blanca, y de inmediato se abalanzó en su auxilio, dando tal empujón al rey, que lo tiró entre la ceniza—. ¡Mi preciosa Lirio!; ¡minina imperial! —exclamó, y comenzó a trepar por la cortina del guardafuego.

—¡Sandeces imperiales! —gritó el rey, frotándose la nariz, que se había lastimado en la caída; parecía estar muy enojado, y no sinrazón, pues además de los golpes se encontraba totalmente cubierto de ceniza.

Alicia sintió un impulso por ayudarlo, sobre todo porque la pobre Lirio seguía llorando con tal desesperación que parecía a punto de sufrir un desmayo; entonces, sin pensarlo, tomó entre sus manos a la reina y la llevó en vilo hasta la mesita, para colocarla junto a su hija.

La reina se sentó un momento, para recuperarse del sofoco que le había causado el súbito viaje por los aires, y durante un par de minutos no acertó a hacer otra cosa que no fuera abrazar a la pobre Lirio, con la evidente intención de consolarla. Cuando ya se había recuperado de la impresión, le gritó al rey blanco, que seguía entre las cenizas:

—¡Cuidado con el volcán!

—¿Cuál volcán? —replicó el rey blanco, sobresaltado y mirando hacia el fuego de la chimenea, seguramente pensando que ese sería el sitio más lógico para el nacimiento de un volcán.

—¡Qué otra cosa puede ser lo que me lanzó por los aires! —gritó la reina, todavía jadeante—; por eso te digo que tengas cuidado al subir, procura que sea de la manera normal y no volando por los aires.

Alicia pudo ver cómo el rey blanco trepaba de barra en barra, pero con mucha lentitud, lo que le resultaba desesperante, por lo que se atrevió a decirle:

—Al paso que vas, tardarás horas en llegar a la mesa; ¿te gustaría que te ayudara un poco?

El rey no hizo el menor caso, pues en realidad no podía ver ni oír a Alicia, quien lo tomó con mucha delicadeza, para que no sufriera un sofoco, como la reina; pero antes de depositarlo en la mesa, pensó que sería correcto quitarle un poco de ceniza, pues era lamentable su estado.

Mucho tiempo después, y recordando esta escena, Alicia contaba lo gracioso que había sido ver la cara del rey cuando se vio suspendido en el aire y sacudido para ser liberado de la cubierta de cenizas, y todo ello por una mano invisible. Era tal su impresión que no podía gritar, pero tenía muy abierta la boca y los ojos desorbitados; Alicia estaba tan divertida, que de tanta risa estuvo a punto de soltarlo, con lo que hubiera caído al piso.

—¡Por favor, no pongas esa cara! —le dijo Alicia con el aliento entrecortado—, ¡me haces reír tanto que casi no te puedo sujetar!; ¡y cierra esa boca, que se te va a llenar de ceniza!... ¡Bueno, creo que ya estás más o menos limpio! —dijo, mientras terminaba de alisarle el pelo y lo depositaba en la mesa, al lado de la reina.

Al tocar terreno firme, el rey se dejó caer de espaldas y se quedó inmóvil, lo que alarmó a Alicia, quien comenzó a buscar un poco de agua para rociarle en la cara; pero lo único que pudo encontrar fue un frasco de tinta, que por supuesto no era lo más adecuado. No obstante, tomó el frasco y regresó a ver al rey, quien ya estaba más recuperado, por lo menos lo suficiente para contarle a la reina su aventura; aunque con una voz tan ahogada que Alicia apenas podía entender lo que decía.

—¡Me debes creer, querida, que me quedé helado hasta la punta de los bigotes!

—¡Pero si tú no tienes bigotes! —dijo la reina.

—¡Qué experiencia espeluznante! —dijo el rey sin hacer caso de la réplica de la reina —¡Esto es algo que nunca olvidaré!

—¡Pues sí que lo olvidarás! —dijo la reina—, por eso es necesario que escribas de inmediato un memorando.

Alicia vio, entre asombrada y divertida, cómo el rey sacaba de su bolsillo una libretita y se ponía a escribir en ella; pero como el extremo del lápiz sobresalía del hombro del rey, a Alicia se le ocurrió hacer la diablura de dirigir su escritura, tomando el extremo del lápiz. El pobre rey, totalmente desconcertado, luchaba por recuperar el control del lápiz, pero la fuerza de Alicia era mucho mayor que la de él, por lo que pareció darse por vencido y entonces le dijo a la reina:

—Querida, es urgente que consigamos un lápiz más fino, pues con este sucede que se escriben cosas que yo no estoy pensando.

—¿Qué clase de cosas? —dijo la reina, mirando intrigada el cuaderno, donde Alicia había escrito: *El caballo blanco se desliza de manera insegura por el atizador; su equilibrio es bastante precario*—. ¡Esto no es precisamente un *memorando* que describa tu experiencia!

Encima de la mesa había un libro que llamó la atención de Alicia, así que, mientras seguía observando las peripecias del rey blanco (manteniendo lista la tinta para arrojársela en caso de que llegara a desmayarse), fue pasando las hojas para ver de qué se trataba; entonces descubrió que estaba escrito en un idioma desconocido para ella.

JABBERWOCKY

Era cenora y los flexoxos touos
que los relances giroscopiaban, perfilabraban.
Misuolos vagaban los vorogovos
y verdirramos extrarrantes gruchisflaban.

Alicia pensaba y pensaba con el fin de descifrar el mensaje, hasta que por fin se le ocurrió cómo hacerlo.

—¡Por supuesto! ¡Es un libro del espejo! Y si lo coloco delante de él, las palabras se pondrán al derecho y podré saber qué dice.

Puso manos a la obra y este es el poema que leyó:

JABBERWOCKY

Era cenora y los flexoxos tovos
que los relances giroscopiaban, perfilabraban.
Mísvolos vagaban los vorogovos
y verdirranos extrarrantes gruchisflaban.

Ocúltate, hijo mío, de Jabberworck brutal,
de sus dientes de presa y de su zarpa altiva;
huye al ave jubjub y por último esquiva
a Bandernatch feroz, humérico animal.

El muchacho empuñó la espada vorpolina,
y buscó con mucho ánimo al monstruoso manxinéso;
cerca de un árbol Tántum, donde se apoya y se reclina
un rato, pensativo, a sus pies.

Así reflexionaba el joven foscolérico,
cuando se acercó el Jabberwock de la dura mirada,
avanzaba resoplando por el mágico bosque
arrojando espumarajos por la boca.

¡Uno y dos! ¡Uno y dos!, de un lado al otro,
la vorpalina espada corta y rasga: tris tras:
lo hirió de muerte, trofeo cercenado
al compás de galofante, que su cabeza exhibía.

¿Lograste, dijo el padre, matar a Jabberwock?
¡Déjame que te abrace, sufulgente hijo mío!
¡Oh día fabuloso!, exclamó: ¡Calú!, ¡caloc!
Y en viejo runquirriaba con un brío placentero.

Era cenora y los flexosos tovos
en los relonces giroscopiaban y perfibraban.
Mísvolos vagaban los borogobos
y los verdirranos extrarrantes gruchisflaban.

—Bueno, pues parece muy bonito —exclamó Alicia al terminar su lectura—; aunque no deja de ser un poco difícil su comprensión (es evidente que no quería aceptar, ni siquiera para ella misma, que no había comprendido absolutamente nada). Se me llena la cabeza de ideas, pues tal parece que *alguien* o *algo* mató a una persona, o cosa... bueno, eso al menos está muy claro.

Pero de pronto Alicia reaccionó con un sobresalto:

—¡Ay, si no me doy prisa, tendré que volver a cruzar el espejo sin haber visto el resto de la casa!... Bueno, creo que lo que ahora me gustaría ver es el jardín.

Salió corriendo del cuarto y se fue escaleras abajo; aunque no es propio decir que *corría*, sino que *se desplazó* por la escalera de un modo que no era el convencional, pero que resultaba más cómodo y rápido: ella apoyaba los dedos en la barandilla y se dejaba deslizar muy suavemente, como si flotara, pues sus pies de hecho no tocaban los peldaños; luego se fue planeado por el aire a lo largo del vestíbulo, y de no haberse asegurado con las manos, apenas en el último instante, a la jamba de la puerta, fácilmente hubiera salido despedida por la puerta del jardín. Ya se estaba mareando de andar flotando por los aires cuando se dio cuenta, con satisfacción, de que ya podía caminar normalmente.

Capítulo 2
El jardín de las flores vivientes

—Estoy segura de que el jardín se vería mejor desde lo alto de aquella colina —se dijo Alicia—, y aquí hay un sendero que lleva hasta allá... ¡pero no! —rectificó después de dar unos pasos—, parece que este camino no lleva directo hasta la cima de la colina, aunque supongo que termina allá, ¡pero da tantas vueltas y vericuetos, que más que un camino parece un sacacorchos!... Bueno, es posible que si tomo esta curva, llegue a la colina... ¡Pero no, tampoco!, esta vuelta me coloca de frente hacia la casa; mejor buscaré en otra dirección.

Entonces Alicia fue probando en todas direcciones, por todas las curvas y hacia arriba y abajo, pero siempre terminaba por enfilarse hacia la casa; inclusive en una ocasión, al doblar una curva con mucha rapidez, se encontró de frente con el muro de la casa y estuvo a punto de golpearse con él.

—¡Creo que no vale la pena insistir —se dijo Alicia, mirando hacia la casa con cierto recelo, como si discutiera con ella—, pero regresar ahora, ¡de eso ni hablar!, pues tendría que cruzar de nuevo el espejo, entonces volvería a la vieja habitación de siempre y ya no tendría la oportunidad de vivir estas aventuras... ¡entonces todo se acabaría!

Así que, con gran decisión, dio la espalda a la casa, y volvió a intentar el avance por el camino tortuoso, decidida a no dejar de caminar hasta alcanzar la cima de la colina.

Durante un rato todo parecía ir bien; "¡esta vez sí lo voy a lograr!" —se decía—, cuando de pronto el camino se desvió bruscamente (así lo describió Alicia más tarde), y un momento después se dio cuenta de que se encontraba a punto de cruzar el umbral.

—¡Qué fastidio! —pensó—; ¡yo nunca había visto una casa que se interpusiera tanto en el camino!

A pesar de todo, la colina estaba siempre ahí, siempre presente, por lo que ella no cejaba en reemprender la marcha. Esta vez subió por el medio de un gran macizo de flores que tenía un gran castaño en el centro y estaba bordeado de margaritas.

—¡Oh, lirio! —dijo Alicia, dirigiéndose a una flor que era mecida por el viento—; ¡si tú pudieras hablar!

—¡Pero claro que puedo! —respondió el lirio—, pero necesito que mi interlocutor sea una persona digna.

Aquella declaración del lirio impresionó tanto a Alicia que se quedó sin habla por unos momentos, mientras la flor seguía meciéndose con el viento y permanecía en silencio. Entonces Alicia le habló otra vez, pero ahora con voz muy baja, casi en un susurro:

—¿Y todas las flores pueden hablar?

—Hablamos tan bien como tú —respondió el lirio—, pero con mejor entonación.

—Nuestras reglas de urbanidad indican que nosotras no debemos ser las primeras en tomar la palabra —dijo la rosa—, por lo que yo estaba ansiosa de que empezaras tú, pues yo pienso que tú pareces una persona sensata, aunque no te ves muy inteligente. De cualquier manera tienes el color que te corresponde y eso es lo más importante.

—¡Pues a mí no me parece que importe mucho el color! —intervino el lirio—. Pero si tuviera los pétalos un poco más extendidos estaría mucho mejor.

Alicia, que ya estaba un poco molesta por esas observaciones, prefirió cambiar de tema, y entonces preguntó:

—¿No les da miedo estar siempre aquí plantadas y sin poderse mover?, me parece que así se encuentran muy desprotegidas.

—Para eso hay un árbol en medio—dijo la rosa—; ¿o para qué crees que está ahí?

—Pero si hubiese algún peligro —dijo Alicia—, ¿qué puede hacer un árbol?

—Pues él da como fruto las castañas —dijo la rosa.

—¡Sí, lanza las castañas con tal fuerza que da gusto! —intervino una margarita—, es por eso que se llama castaño.

—¿Acaso no sabías eso? —exclamó otra margarita, y todas se pusieron a opinar a la vez, tanto que el ambiente se llenó con sus vocecitas chillonas.

—¡Ya basta, a callar! —les gritó el lirio, meciéndose convulsivamente de un lado a otro, lo que expresaba su enojo— ¡Se comportan así porque saben que no puedo atraparlas! —agregó furioso, y se dirigió a Alicia—: ¡de otra manera no se atreverían!

—Bueno, por mí no importa, déjalas —dijo Alicia en tono conciliador, para después dirigirse a las margaritas, que habían reiniciado su barullo—: el lirio no se puede mover, pero yo sí; ¡si no se callan ahora mismo, yo las arrancaré a todas!

Entonces se hizo un gran silencio, y tanto las margaritas como las rosas se pusieron pálidas y temblorosas.

—¡Así me gusta! —dijo el lirio, muy satisfecho—. Las margaritas son las peores, habla una y todas se ponen a vociferar como locas; ¡eso de estarlas oyendo es algo que marchita a cualquiera!

—¿Y cómo es eso de que ustedes pueden hablar tan bien? —preguntó a Alicia, con la intención de poner de mejor ánimo al lirio— Yo he estado en muchos jardines, pero en ninguno había escuchado hablar a las flores.

—Te sugiero que bajes la mano y toques la tierra —dijo el lirio—, eso responderá tu pregunta.

—La tierra es muy dura —dijo Alicia al hacer lo que se le indicó—; y en realidad yo no entiendo la relación entre una cosa y la otra.

—En la mayor parte de los jardines —dijo el lirio en tono doctoral—, la tierra es tan blanda que las flores están siempre adormecidas.

Aquella explicación le pareció totalmente convincente a Alicia.

—¡Nunca lo hubiera imaginado! —dijo.

—Pues es natural, tú nunca imaginas nada —intervino la rosa.

—Sí, yo nunca había visto a una muchacha con un aspecto tan estúpido —dijo una violeta que se encontraba detrás y que no había hablado antes, por lo que Alicia se sobresaltó.

—¡Cierra la boca! —le gritó el lirio muy molesto—. ¡Como si tú vieras con frecuencia a la gente!; tú te pasas la vida roncando, con la cabeza oculta entre las hojas, y sabes menos de lo que pasa en el mundo que un tierno capullo.

—¿Existe alguna otra persona en el jardín aparte de mí? —preguntó abiertamente Alicia, prefiriendo no darse por enterada de los comentarios negativos.

—Bueno, en el jardín hay una flor que puede caminar, como lo haces tú —dijo la rosa—; y yo no dejo de preguntarme cómo hacen ustedes para desplazarse, pero te aseguro que ella es más frondosa que tú.

—¿Y se parece a mí? —preguntó intrigada Alicia, pues apareció en su mente la idea de que pudiera haber otra niña en ese jardín.

—Bueno, por lo menos tiene el mismo tipo desmañado que tú tienes —dijo la rosa—; pero es mucho más colorada que tú, y tiene más cortos sus pétalos.

—Y también los tiene recogidos, como las dalias —agregó el lirio—, y de ninguna manera tan caídos como los tuyos.

—Pero eso no es culpa tuya —dijo la rosa, que de pronto se había puesto amable—, pues es claro que te estás marchitando, y cuando sucede esto, una no puede evitar que se le caigan un poco los pétalos.

Como aquellos comentarios no le hacían ninguna gracia a Alicia, prefirió cambiar de tema y preguntó:

—¿Y viene alguna vez por aquí?

—Es posible que pronto la veas —dijo la rosa—; es una de esas que tienen nueve *pinchos*, ya sabes...

—¿Y dónde los lleva? —preguntó Alicia, intrigada.

—¡Pues donde va a ser! —respondió la rosa—: ¡en torno de la cabeza!... Al verte me preguntaba si tú no tendrías también algunos pinchos, pues yo creía que esa era una especie de regla general.

—¡Atención, ya viene! —gritó una espuela de caballero—; alcanzo a escuchar sus pasos por la grava del sendero.

Alicia observó ansiosamente y descubrió que se trataba de la reina roja; pero ahora su tamaño era mucho mayor. "¡Vaya que ha crecido!", pensó Alicia, sorprendida, pues cuando la conoció entre las cenizas no medía más de unos siete centímetros, y ahora era incluso más alta que ella; la sobrepasaba por media cabeza.

—Es el efecto del aire fresco que aquí sopla —dijo la rosa—, ¡este aire es una maravilla!

—Creo que debo saludarla —dijo Alicia, porque el conversar con las flores era muy interesante, pero lo era aún más hacerlo con una verdadera reina.

—Así no lo lograrás —dijo la rosa—, más bien debieras caminar en dirección contraria.

Aquella observación le pareció tan absurda a Alicia que prefirió no tomarla en cuenta y se encaminó directamente al encuentro con la reina. En un momento, y sin saber cómo, Alicia perdió de vista a la reina y se encontró de nuevo caminando hacia la casa, así que, molesta y desconcertada, volvió sobre sus pasos, buscando por todas partes a la reina. Cuando por fin la pudo divisar a lo lejos, sintió que era conveniente seguir el consejo de la rosa y caminó en sentido contrario.

El resultado fue muy satisfactorio, pues no había pasado ni un minuto, cuando se encontró de frente con la reina, además de que también estaba de frente a la colina a la que antes no se había podido aproximar.

—¿De dónde vienes? —le preguntó la reina roja— ¿Y a dónde vas?... ¡Mantén los modales!; mírame a los ojos y habla con delicadeza, ¡y deja de mover los pulgares todo el tiempo!

Alicia cumplió estrictamente con todas estas indicaciones, y trató de explicar con la mayor delicadeza posible cómo había perdido su camino.

—No sé a lo que te refieres cuando dices "mi camino" —dijo la reina un poco molesta—; tú debes saber que todos estos caminos me pertenecen, pero lo que yo quiero saber es a qué has venido —añadió, ahora en un tono más amable—; así que procura decírmelo y hazme una reverencia mientras piensas lo que vas a decir. Con eso al menos ganarás un poco de tiempo.

Alicia se quedó muy sorprendida al escuchar las palabras de la reina, pero ella le inspiraba demasiado respeto como para cuestionar sus disposiciones respecto a los modales. "Lo intentaré al regresar a casa —pensaba—, la próxima vez que llegue tarde a la cena".

—Bueno, ya es hora de que me contestes —dijo la reina, consultando su reloj—; pero cuando hables, abre un poco más la boca, y dirígete a mí diciendo siempre "Su Majestad".

—Yo... Su Majestad... bueno, la verdad es que solamente quería ver el jardín..., de Su Majestad.

—Está bien —dijo la reina, dando a Alicia unas palmaditas en la cabeza—, algo que a Alicia siempre le había molestado—; aunque, ahora que dices *jardín*, has de saber que yo he visto jardines que superan tanto a este que junto a ellos parecería un desierto.

Alicia siguió con lo suyo, pues no se atrevía a rebatir a la reina:

—Y, bueno..., también estaba tratando de llegar a lo alto de la colina.

—Cuando dices *colina* —volvió a interrumpir la reina—, vienen a mi mente colinas que he visto y a cuyo lado esta parecería un simple valle.

—¡Pues eso no lo creo! —dijo Alicia sin pensar, y ella misma sorprendida de contradecir a la reina—: yo no concibo que una colina pueda parecer un simple valle... ¡Eso es un disparate!

La reina roja negó con la cabeza:

—Bien puedes llamarlo "disparate", si quieres; pero yo he oído disparates tan simples y elementales, que junto a ellos este tiene más sentido que un diccionario.

Alicia prefirió hacer una profunda reverencia, pues el tono de voz de la reina revelaba que ya se encontraba en el camino de la exasperación, con lo que produjo un efecto positivo, y al poco rato ambas caminaban en silencio, hasta que alcanzaron la cima de la colina.

Alicia permaneció callada durante algunos minutos, simplemente admirando los campos desde lo alto; aunque se daba cuenta de que era un campo muy extraño. Un conjunto de arroyuelos lo cruzaba hacia todos sus extremos, y las franjas del terreno estaban divididas en cuadros por setos de arbustos pequeños, que corrían perpendiculares a los arroyos.

—Pareciera que todo está trazado como si fuera un enorme tablero de ajedrez —dijo Alicia, rompiendo el silencio—; hasta me parecería lógico que hubieran figuras que se desplazaran por... ¡Pero si ahí están! —añadió con un grito, sin poder contener su explosiva sorpresa—. ¡Están jugando una enorme partida de ajedrez!... ¡Una partida a escala mundial!..., bueno, si pudiera considerarse que este campo es todo el mundo... ¡Oh, cuánto me gustaría participar yo misma en este juego. No me importaría ser solamente

un peón, con tal de participar; aunque, pensándolo mejor, ¡no estaría mal ser una reina!...
—Al decir esto se dio cuenta de que aquello podría ser tomado como una impertinencia por la reina ahí presente; pero la reacción de ella fue de mucha amabilidad:

—Si realmente quieres participar, yo lo puedo arreglar; bien puedes tomar el lugar del peón de la reina blanca, pues su pequeña Lirio es todavía demasiado pequeña para jugar. Así que por ahora podrás jugar desde la segunda casilla, y cuando llegues a la octava, podrás ser la reina.

Pero entonces, casi sin motivo, ambas se pusieron a correr.

Cuando Alicia recordaba aquel pasaje, no podía explicarse por qué de pronto salieron corriendo; lo único que recordaba es que corrían tomadas de la mano y que la reina iba tan rápido que a ella le resultaba difícil seguirle el paso. La reina la animaba gritando "¡de prisa, vamos, más rápido!", y Alicia seguía corriendo, pues le faltaba el aliento para decirle que ya no podía más.

Lo más extraño era que los árboles, las plantas y todas las cosas permanecían siempre en la misma posición delante de ellas, de manera que por más rápido que corrieran, no adelantaban nada... "¿No será que todas las cosas se mueven lo mismo que nosotras?", se preguntaba la pobre Alicia, y por lo visto la reina pareció adivinar sus pensamientos, pues le dijo en un grito:

—¡Apúrate y no intentes hablar!

Aunque Alicia no tenía la menor intención de hablar, porque le faltaba el aire y porque no

hacía más que escuchar los reclamos de la reina, que la incitaba a seguir corriendo cada vez más rápido, y en momentos incluso la arrastraba consigo.

—¿Ya estamos cerca? —pudo decir Alicia, aunque como un resoplido.

—¿Cerca dices? —respondió la reina con un tono de sorpresa—; ¡pero si hace diez minutos que lo pasamos, niña; ahora hay que correr más rápido!

Y así siguieron corriendo en silencio, cada vez más de prisa; el viento silbaba en los oídos de Alicia, y ella sentía que le arrancaba los cabellos.

—¡Ahora! —gritó la reina— ¡Más rápido! —y aquello era como si volasen por los aires, pues Alicia sentía que ya casi no pisaban el terreno. Cuando Alicia se sintió completamente exhausta, finalmente, y con gran alivio para ella, se detuvieron, y la pobre muchacha se dejó caer al suelo, aturdida y sin aliento.

La reina se paró delante de ella, recargada en el tronco de un árbol, y le dijo:

—¡Vamos, más de prisa!

Alicia no entendía nada y miró a su alrededor, como buscando la explicación de aquella actitud.

—¡Pero si hemos estado bajo este árbol todo el tiempo!; ¡todo se encuentra en el mismo sitio de antes!

—¡Claro que sí! —dijo la reina— ¿Pues qué te creías?

—Bueno, lo que pasa es que en nuestro país —dijo Alicia, interrumpiéndose por el jadeo— si uno corre mucho, y tan rápido como lo hemos hecho, generalmente se termina por llegar a un lugar distinto.

—¡Pues qué país tal lento! —dijo la reina—; aquí, como ves, corremos a toda marcha con el objeto de permanecer en el mismo sitio; pero si quieres llegar a otra parte, por lo menos debes correr el doble de rápido.

—¡No, por favor! —suplicó Alicia—; ¡Yo estoy muy bien aquí!..., aunque es fuerte el calor y tengo mucha sed.

¡Ah, ya sé lo que te servirá para eso! —dijo la reina con mucha amabilidad, sacando de su bolso una cajita— ¡Toma una galleta!

Desde luego, una galleta era lo menos indicado para la sed, pero Alicia pensó que sería una descortesía si la rechazaba; así que la tomó y comenzó a comerla, pero era demasiado seca, y le pareció que aquella era la ocasión en que había estado más cerca de atragantarse con un bocado.

—Mientras te refrescas —dijo la reina—, aprovecharé para tomar algunas medidas —entonces sacó de su bolso una cinta métrica y comenzó a medir el terreno y a colocar señalamientos por medio de pequeñas estacas—. Al llegar a los dos metros —dijo mientras colocaba una estaca para marcar el lugar— te daré las instrucciones necesarias; ¿quieres otra galleta?

—¡No gracias! —dijo Alicia—, ¡con una ya me he refrescado suficiente!

—Se te ha calmado la sed, ¿verdad? —dijo la reina; Alicia no supo qué contestar, pero para su alivio, la reina siguió hablando:

—Cuando llegue a los tres metros, repetiré las instrucciones; eso por si se te hubiesen olvidado; cuando llegue al cuarto metro me despediré de ti, y al llegar al quinto me marcharé.

Aparentemente ya había colocado todas las estacas en el terreno, y Alicia se puso a observar con mucho detenimiento todas las acciones de la reina, sobre todo cómo daba la vuelta al árbol y cómo regresaba caminando a lo largo de la hilera marcada. Al llegar a la estaca que marcaba los dos metros, se volvió hacia Alicia y dijo:

—Cuando es su primer movimiento, un peón avanza dos casillas; así que tú llegarás muy pronto a la tercera casilla…, yo supongo que podrás viajar en tren…, y de pronto te encontrarás con la cuarta casilla, que es la que pertenece a Tweedledum y Tweedledee. La quinta casilla casi solamente contiene agua, y la sexta pertenece a Humpty Dumpty… ¿Tienes alguna pregunta?

—Bueno, yo no sabía que hubiese que hacer preguntas, al menos por ahora —dijo Alicia.

—Lo correcto sería decirme —dijo la reina en un tono muy formal—: "Es usted muy gentil en decirme todo esto"… Pero bueno, demos por supuesto que lo has dicho… La séptima casilla es un bosque; ahí encontrarás a uno de los caballeros que te indicará el camino… Entonces llegarás a la octava casilla, ¡ahí todas seremos reinas y no habrá más que fiestas y alegría!

Entonces Alicia se levantó, hizo una gran reverencia y se volvió a sentar.

Al llegar a la estaca siguiente, la reina se volvió de nuevo hacia Alicia y le dijo:

—Cuando una palabra no te salga bien en español, dila en francés; no se te olvide separar las puntas de los pies al caminar, y sobre todo recuerda siempre quién eres.

Esta vez no esperó a que Alicia le hiciera la reverencia, sino que caminó a toda prisa hasta la estaca siguiente, donde se volvió un momento para decirle un seco "adiós", y se encaminó hasta la última estaca.

Alicia no se daba cuenta de nada, pero en el preciso instante en que la reina llegó a la última estaca, simplemente desapareció, como si se hubiera volatilizado en el aire o se hubiera sumergido en el bosque. "¡A qué velocidad puede correr!", pensó Alicia; eso es algo que no podía adivinar, pero el hecho es que ya se había ido, y Alicia comenzó a reflexionar en lo que sabía respecto de lo que era un peón, pues tenía claro que pronto le tocaría avanzar.

Capítulo 3
Insectos en el espejo

Lo más conveniente era revisar el terreno que debía recorrer; "es como una lección de geografía", pensó Alicia, alzándose sobre las puntas de sus pies con el objeto de abarcar una mayor extensión de terreno... "¿Ríos principales?: ninguno. ¿Montañas principales?; bueno, pues me encuentro en la única que existe, aunque no creo que se le pueda dar el nombre de montaña. ¿Ciudades importantes?... de eso ni hablar... ¿Qué serán esos pequeños bichos que están haciendo miel allá abajo? No es posible que sean abejas; la verdad es que no podría ver una abeja a un kilómetro de distancia".

Así permaneció durante un buen rato, contemplando una de esas criaturas que iba y venía entre las flores e introducía su trompa en ellas... "Como una abeja normal y corriente", pensaba Alicia. Pero en realidad aquel bicho era completamente distinto a una abeja normal; Alicia se negaba a creer lo que veían sus ojos, pero finalmente tuvo que aceptar la realidad, pues se trataba nada menos que de ¡un elefante!

Como lo veía revolotear a lo lejos se le ocurrió que aquellas flores tendrían que ser enormes: "Algo así como grandes salones sostenidos por tallos... ¡qué cantidad de miel han de producir!... creo que voy a bajar... ¡pero no, todavía no!", dijo, deteniéndose en el preciso instante en que se levantaba para correr colina abajo, por lo que se puso a elaborar algunas ideas que pudieran justificar sus miedos: "Sería imprudente bajar así nada más, sin una buena rama para protegerme. Aunque voy a disfrutar mucho cuando me pregunten qué pasó en este paseo y yo les conteste: '¡Fue muy agradable, a pesar del calor infernal, del polvo, y de esos elefantes voladores tan fastidiosos...!'. Creo que mejor voy a bajar por la cara opuesta de la colina, la visita a los elefantes voladores puede dejarse para después..., y la verdad es que tengo muchas ganas de llegar a la tercera casilla".

Esta fue la mejor excusa que encontró para no enfrentarse a los elefantes, así que se puso a correr colina abajo, cruzando de un salto el primero de los riachuelos.

✳ ✳ ✳

—¡Billetes por favor! —dijo el inspector, asomando la cabeza por la ventanilla.

Entonces todos los pasajeros tendieron sus billetes, que eran más o menos del tamaño de la gente, y por lo tanto ocupaban una buena parte del vagón.

—¡Vamos, niña, enséñame el billete! —insistió el inspector, de muy mal talante, y en ese momento muchas voces, en coro, dentro del carro repitieron:

—¡Date prisa, niña, que el tiempo de este viaje cuesta mil libras por minuto!

—¡Lo siento! —dijo Alicia con mucha timidez—, pero no tengo billete; sucede que no había taquilla en la estación donde abordé el tren.

De nuevo se escucharon los coros: "¿Cómo que no había taquilla?, ¡si ahí el terreno cuesta mil libras por centímetro cuadrado!".

—¡No hay excusa que valga! —dijo el inspector—, pues bien podrías haber comprado el billete al mismo conductor.

Y otra vez el coro de voces volvió a cantar: "Ese es el que *conduce* la locomotora... ¡Y el humo cuesta mil libras por voluta!".

Alicia se dio cuenta de que no valía la pena hablar en estas circunstancias, así que las voces no corearon nada, puesto que ella no había dicho nada. Sin embargo, Alicia descubrió con sorpresa que todos se pusieron a *pensar* a coro (ojalá se entienda lo que significa pensar a coro).

—Es mejor no decir nada —pensaron— ¡Cada palabra cuesta mil libras!

"¡Esta noche voy a soñar con las famosas mil libras!", pensó Alicia.

Mientras le hablaba, el inspector había estado observando a Alicia detenidamente, primero auxiliado por un telescopio, después con un microscopio, y finalmente con unos gemelos de teatro. Cuando pareció terminar su auscultación, le dijo:

—Te equivocaste de dirección —y entonces cerró la ventana y se marchó tranquilamente.

—Siendo una niña tan pequeña e inexperta —dijo un señor que se encontraba en el asiento de enfrente y estaba vestido totalmente de papel blanco— por lo menos deberías saber en qué dirección va el tren; aunque seas tan torpe que ignores tu propio nombre.

Junto al hombre de blanco estaba sentado un chivo, que al oír esas palabras cerró los ojos y dijo con aguda voz:

—Y por lo menos debería saber el camino que conduce a la taquilla, ¡aunque fuese tan tonta que no supiera el alfabeto!

Junto al chivo estaba sentado un escarabajo (por lo visto aquel vagón estaba repleto de pasajeros extraños), y como al parecer la regla era la de que todos hablasen por turnos, ahora le tocó a él participar:

—¡Tendrá que volver al tren en calidad de paquete postal!

Alicia no podía ver quién estaba sentado junto al escarabajo, pero escuchó una voz ronca que anunció:

—¡Ahora toca el cambio de máquina!

"Esa voz suena como la de un caballo o un gallo", pensó Alicia; pero entonces escuchó otra voz, ahora muy débil, que le dijo al oído: "Deberías hacer un chiste que rime con esto; algo así como 'al caballo le ha salido un gallo' ".

Luego, una voz dulce que venía de más lejos, dijo: "Pero habrá que ponerle una etiqueta que diga 'Frágil, hay una niña adentro' ".

Otras voces también intervinieron y se escucharon por todos los rincones. "¡Cuánta gente hay en este vagón!", pensó Alicia. "¡Qué vaya por correo! —insistió alguien—, pues con una mirada tan *franca* se ahorraría el *franqueo*"... "¡Mejor que se vaya por telégrafo, como si fuera un mensaje!" —dijo otro—. "¡Que sea ella la que remolque el convoy por un rato!" —dijo uno más, y otros también expresaron lo suyo.

Entonces, el hombre vestido de papel blanco se inclinó hacia ella para decirle en secreto:

—¡No hagas caso de lo que te digan, mi niña; lo que debes hacer es sacar un boleto de ida y vuelta en cada parada, de esa manera siempre tendrás el que corresponda a la dirección correcta.

—¡Yo no haré una cosa así! —respondió Alicia, con exasperación—. Apenas hace un rato me encontraba libre en el bosque, y lo único que ahora desearía es volver allá, pues con esta clase de itinerarios no me llevo nada bien.

—Lo que te serviría mucho es hacer un juego de palabras con todo esto —dijo la vocecita a su lado—: algo así como: "No hay horario que rime con este itinerario".

—¡Ya deja de fastidiarme! —dijo Alicia, con gran enojo y tratando de identificar al dueño de la vocecita aficionada a la poesía—. ¡Si tantas ganas tienes de hacer rimas, mejor hazlas por tu cuenta!

Entonces la vocecita lanzó un profundo suspiro que expresaba una condición tan melancólica, que Alicia pensó en decirle algunas palabras de consuelo. "¡Si ese suspiro hubiera sido

como el de todo el mundo!", pensaba. Pero aquel suspiro había sido tan leve y sutil que no lo hubiera oído nunca si no hubiera estado tan cerca de su oído. Eso le provocó un cosquilleo que hizo que se le olvidara el disgusto que le había causado esa criatura ínfima y miserable.

—Yo siento que tú eres una persona amigable —continuó diciendo la vocecita—, y que no serías capaz de hacerme daño, aunque yo sea un insecto.

—¿Qué clase de insecto eres tú? —preguntó Alicia, muy intrigada. Lo que le preocupaba era si picaba o no, pero no se atrevió a hacerle directamente la pregunta.

—¡Pero cómo! ¿Es que a ti no...? —comenzó a decir la vocecita, pero se interrumpió por el fuerte sonido del silbato del tren, con lo que Alicia y todos los demás pasajeros saltaron de sus asientos.

Entonces el caballo asomó la cabeza por la ventana, y al volverla a meter dijo tranquilamente:

—No es nada especial, lo que pasa es que vamos a saltar un arroyo.

Todo el mundo pareció quedar satisfecho con esta explicación. Aunque Alicia pensó que era una locura el que un tren fuese a saltar sobre un arroyo; reflexionó en ello y le pareció que la cosa podría ser ventajosa para ella. "Un salto así podría colocarme en la cuarta casilla", supuso sin mucho convencimiento, más bien como una forma de tranquilizarse. De pronto sintió que el vagón se elevaba bruscamente por los aires, y en su desesperación se agarró de lo primero que encontró, que fue nada menos que la barba del chivo.

❉ ❉ ❉

De manera sorpresiva, la barba del chivo se desvaneció al momento de ser tocada, y entonces Alicia se encontró sentada cómodamente bajo la fronda de un árbol, mientras que el mosquito (que era el insecto con el que había estado hablando), estaba en una rama por encima de su cabeza y la abanicaba con el movimiento de sus alas.

El mosquito en cuestión no era del tamaño que es usual en ellos; era tan grande que Alicia lo comparaba con una gallina, lo que en principio era aterrador. Sin embargo, después de haber estado hablando con él durante un buen rato le perdió todo el miedo y le tuvo la mejor voluntad.

—¿... así que a ti no te gustan los insectos? —dijo el mosquito, retomando la conversación que se había truncado en el tren.

—Solamente me gustan cuando saben hablar —dijo Alicia—; te aseguro que en el país de donde vengo no hay uno solo que sepa hablar.

—¿Y cuáles son los insectos de tu país que más te gustan?

—Bueno, no es precisamente que me *encanten* los insectos —le dijo Alicia con sinceridad—, lo que pasa es que me dan mucho miedo, sobre todo los que son grandes. Pero puedo decirte los nombres de algunos que no me son del todo desagradables.

—Y cuando tú los llamas, ¿ellos responden por sus nombres? —preguntó el mosquito.

—No, pues en realidad eso nunca sucede.

—Pues entonces, ¿de qué les sirve tener nombres?

—Bueno, a ellos no les sirve de nada, pero yo supongo que sí les sirve a las personas que les ponen esos nombres —respondió Alicia—; si eso no fuese útil, ¿para qué tendrían nombre las cosas?

—Yo no tengo una respuesta para eso —dijo el mosquito—; que yo sepa, allá en el bosque las cosas no tienen nombre. Pero sigue con tu relato de los insectos, que ya nos desviamos del tema.

—Bueno —dijo Alicia—, para empezar, está el *tábano*.

—¡Claro! —dijo el mosquito—; vuelve la mirada hacia la derecha y en una de las ramas de ese arbusto verás uno; nosotros lo llamamos *clavileño*, porque parece que está todo hecho de leños, trae puesta una especie de clavija en el cuello y vuela pesadamente de rama en rama.

—¿Y de qué vive? —preguntó Alicia.

—De la savia de las plantas y aserrín —respondió el mosquito—. Pero, por favor, sigue con tu lista.

Alicia se volvió para mirar con gran interés al tábano clavileño. Se dio cuenta de que su caparazón era muy brillante y parecía pegajoso, por lo que dedujo que debía haber sido pintado recientemente; después siguió con su descripción:

—También me gustan las *libélulas*.

—Pues mira en esa rama encima de tu cabeza; ahí se encuentra una, pero es muy tímida, y se dice que nunca hace travesuras, por lo que aquí se le llama *mosquita muerta,* o también *cabello de ángel,* porque todo su cuerpo está lleno de esa fibra.

—¿De qué vive? —volvió a preguntar Alicia.

—De mazapanes y travesuras; y cuando puede anida en las cajas de turrones.

—Y también tenemos a la *mariposa* —dijo Alicia, después de mirar un rato al insecto flamígero y mientras tanto pensaba: "¿No será porque quieren aparentar que son libélulas, que a los insectos les gusta revolotear en derredor de las flamas de las velas?".

—Si bajas la vista —dijo el mosquito—, podrás ver una mariposa de las que llamamos *panticosa,* pues sus alas son finas rebanadas de pan con mantequilla, y su cabeza es un terrón de azúcar.

—¿Y de qué vive?

—De té clarito, pero con leche.

—Y en caso de no encontrarlo —dijo Alicia— ¿qué hace entonces?

—Pues no pasa nada, simplemente se muere —respondió el mosquito.

—Es probable que esto suceda con frecuencia —dijo Alicia, reflexionando.

—Pasa siempre —respondió categórico el mosquito.

Alicia se quedó callada por unos minutos, reflexionando sobre ese tema tan patético, mientras el mosquito revoloteaba y zumbaba sobre su cabeza. Por fin volvió a posarse en una rama cercana y dijo:

—Supongo que no querrás perder tu nombre.

—¡Pues claro que no! —respondió de inmediato Alicia, sobresaltada.

—Pero debes pensar —dijo el mosquito con toda naturalidad— en que para ti sería muy cómodo volver a casa desprovista de nombre. Imagina lo conveniente que sería para ti cuando la

maestra quisiera llamarte para tomarte la lección; ella no tendría más remedio que decir ¡eh tú, ven aquí!... y si tú no te encuentras cerca no tendrías por qué darte por aludida.

—Estoy segura de que eso no serviría para nada —observó Alicia—; la maestra no me perdonaría la lección solamente por no tener nombre; pues gritaría "¡señorita!", como hace la gente del servicio, y como también se me dice de esa manera, pues yo tendría que acudir a su llamado sin remedio.

—Bueno, pero si te gritara "¡chica!" —dijo el mosquito—, tú podrías hacer como que no entiendes y así eludir la lección. Se trata de jugar un poco con las palabras, eso trae muchas ventajas.

—Bueno, la verdad es que yo soy muy mala para los juegos de palabras —replicó Alicia.

Entonces el mosquito exhaló un profundo suspiro y algunas lágrimas salieron de sus ojos.

—No deberías hacer juegos con las palabras, si terminan poniéndote tan triste.

De pronto se escuchó un melancólico suspiro, pero esta vez era como si el mosquito se hubiera desvanecido en el aire por efecto de ese suspiro, pues cuando Alicia miró hacia arriba, él ya no estaba. Poco después, Alicia sintió que estaba entumecida, pues ya hacía frío; entonces decidió levantarse y ponerse en movimiento.

Pronto llegó a un espacio abierto que remataba en un bosque espeso que parecía ser mucho más oscuro que el anterior, por lo que Alicia se sintió temerosa de entrar ahí. Pero después de meditarlo seriamente, decidió que ella no podía dejar su aventura, y que si ese era el camino que la conduciría a la octava casilla, lo seguiría con valor.

—Si este, como sospecho, es el bosque donde las cosas no tienen nombre, ¿qué pasará con el mío cuando me interne en él? —se dijo a sí misma, con gran preocupación—. La verdad es que por nada del mundo quisiera perder mi nombre, pues con toda seguridad me darían otro, y lo más probable es que sea uno muy feo. Aunque, por otro lado, sería muy divertido buscar al bicho que supiera mi antiguo nombre; así como se pone en los anuncios de los perros perdidos: *Responde al nombre de...* ¡Qué chistoso sería llamar a todo el mundo *Alicia*,

hasta que alguien, por fin, respondiera! Aunque si se tratara de una persona inteligente, seguramente no respondería.

Iba especulando de esta extraña manera cuando llegó al borde del bosque sombrío. "En todo caso, es un alivio, pues he pasado tan espantosos calores, que ahora en este... en este...". Alicia se sintió muy alarmada, pues nunca le había pasado que se le olvidara un nombre de esta manera; y por más esfuerzos que hacía, no podía mencionar el sitio en el que se encontraba. Su desconcierto fue mayor cuando tocó el tronco de un árbol y no supo decir qué era lo que estaba tocando. "Yo creo que esto no tiene nombre, ¡seguro que no tiene nombre!", afirmó.

Se quedó un rato como suspendida en sus reflexiones, hasta que de pronto exclamó: "¡Entonces de verdad ha ocurrido!... Yo no soy capaz de pronunciar mi nombre; aunque yo quiero recordarlo; ¡estoy segura de que si me esfuerzo podré recordar cómo me llamo!".

Pero de poco le servía esta confianza en sí misma, porque después de mucho rebuscar en el fondo de su memoria, lo único que pudo identificar de su nombre fue la letra L, y entonces se dijo: "¡Estoy segura de que mi nombre comienza con la letra L!".

Alicia estaba en medio de estas tribulaciones cuando de pronto se le acercó un cervatillo que la miró con gran ternura y sin asomo de temor.

—¡Ven aquí!, chiquito, ¡Ven aquí! —dijo Alicia, tendiendo la mano con la intención de acariciarlo; pero el cervatillo retrocedía y solamente la miraba, pero alejado.

De pronto, el cervatillo habló con un tono de voz muy dulce:

—¿Cómo te llamas?

—¡Eso quisiera yo saber! —respondió Alicia, con un dejo de tristeza— Pero en estos momentos mi nombre es *nada*.

—¡Eso no se debe decir nunca! —dijo el cervatillo— Mejor piensa hasta que encuentres algo.

Alicia se puso a pensar con ganas realmente de encontrar algo, pero no se le ocurría *nada*.

—Bueno, por lo menos me gustaría que me dijeras cómo te llamas tú —preguntó tímidamente Alicia— Seguramente eso me ayudaría un poco.

—Te lo diré si me acompañas un rato —dijo el cervatillo—, porque en este sitio yo no puedo recordar mi nombre.

Así se fueron caminando juntos por el bosque; Alicia iba cariñosamente abrazada del cuello del cervatillo, hasta que alcanzaron otro espacio abierto. Entonces él dio un saltito de alegría y se desprendió del abrazo de Alicia.

—¡Yo soy un cervatillo! —dijo con gran júbilo— ¿Y tú?... ¡Ah, ya sé!: eres un ser humano —pero al decir esto su semblante cambió y reflejando temor, huyó a la velocidad de una flecha.

Alicia lo vio correr y sintió una gran tristeza, pues había abrigado la esperanza de tener un compañero de viaje. "Por lo menos ahora sé cómo me llamo —se dijo—: ¡Alicia, Alicia!; ya nunca más lo olvidaré... Ahora, veamos, ¿cuál de estos letreros debo seguir?".

Aquella no era una cuestión muy difícil de resolver, pues no había más que un camino que se adentraba en el bosque y ambos señalamientos indicaban la misma dirección. Por lo que Alicia no tuvo que cuestionarse qué rumbo tomar, dejando la decisión para cuando hubiese alguna bifurcación.

Siguió adelante, caminando por un largo rato, y siempre que se presentaba un cruce de caminos aparecían los mismos letreros señalando hacia el mismo lado:

Uno decía:

A CASA DE TWEEDLEDUM
Y el otro:
A CASA DE TWEEDLEDEE

"Tal parece que viven en la misma casa —pensó Alicia—... ¡Claro, ¿por qué no se me había ocurrido antes?!; tengo que darme prisa y llegar allá; llamaré a la puerta y les diré: '¡Hola!, ¿cómo están?...', y entonces les preguntaré si conocen el camino para salir del bosque; ¡ojalá que pueda llegar a la octava casilla antes de que se haga de noche!".

Así pensaba mientras iba caminando, pero sucedió que al salir de una curva se encontró de frente con dos hombrecillos regordetes. El encuentro fue tan sorpresivo que no pudo evitar dar un brinco; aunque también se le iluminó el pensamiento porque de inmediato supo que ellos eran...

Capítulo 4
Tweedledum y Tweedledee

Se encontraban muy juntos, de pie bajo un árbol y cada uno con el brazo rodeando el cuello del otro, entonces Alicia se dio cuenta de que de cualquier manera hubiera sido fácil identificarlos, pues ambos llevaban bordado en el cuello de su camisa una palabra. Una era *DUM*, y la otra *DEE*; Alicia supuso que en la parte de atrás de la camisa tendrían bordada la palabra *TWEEDLE*, aunque eso no era comprobable por el momento.

Se encontraban tan rígidos e inmóviles que no perecían seres vivos, entonces decidió comprobar si realmente tenían en la camisa la palabra que ella imaginaba; se escuchó una vocecita que provenía de *DUM*.

—Si acaso piensas que somos figuras de cera —dijo—, entonces recuerda que debes pagar por vernos, pues las figuras de cera no se pueden ver gratis; ¡eso de ninguna manera!

—Pero si piensas que somos seres vivos —dijo el que estaba marcado con la palabra *DEE*—, entonces debes hablar con nosotros.

—¡Lo siento muchísimo —fue lo único que acertó a responder Alicia, pues en esos momentos se le había metido en la cabeza la letra de una vieja canción, y su influjo era tan poderoso que no pudo menos que ponerse a cantarla de viva voz:

> *Tweedledum y Tweedledee*
> *   pensaron batirse a duelo,*
> *pues uno de ellos creía*
> *   que el otro le perdía*
> *su viejo sonajero.*
>
> *Un horrible cuervo,*
> *   negro como el alquitrán,*
> *vino hacia ellos violento,*
> *   y tal miedo les causó*
> *que se olvidaron del duelo.*

—Yo entiendo lo que estás pensando —dijo Tweedledum—, pero te aseguro que eso no es cierto.

—Y si acaso lo fuera —intervino Tweedledee—, pues sería precisamente así. Pero si no fuera de esa manera, pues entonces no lo sería; pero el caso es que no lo es, simplemente porque no es así; es cuestión de lógica.

—Lo que estaba pensando —dijo Alicia con mucha educación— era en cuál sería el mejor camino para salir del bosque; pues a cada momento se pone más oscuro; ¿podrían indicármelo, por favor?

En vez de responder a la pregunta, los dos regordetes se miraron entre sí con un gesto de ironía. Ellos parecían dos niños, pero torpes y grandulones, por lo que Alicia, casi sin querer, adoptó un aire de maestra, y se dirigió a Tweedledum:

—¡A ver, responde tú!

—¡De ninguna manera! —dijo Tweedledum, y cerró la boca con gran fuerza, como para reforzar su decisión.

—¡Entonces el siguiente! —dijo Alicia, mirando fijamente a Tweedledee, aunque bien presentía que él tampoco se encontraba en la mejor disposición, como era en realidad.

—¡Has tenido un mal comienzo con nosotros! —dijo airado Tweedledum—, pues lo primero que debe decirse cuando uno conoce a alguien es: '¿Cómo está usted?...', y después viene un apretón de manos y esas cosas.

Entonces los dos hermanos pusieron el ejemplo, abrazándose mutuamente, para después tender sus manos hacia Alicia, en señal de saludo.

Alicia no sabía qué hacer, pues pensaba que al estrechar primero la mano de uno podía herir los sentimientos del otro. Así que se le ocurrió tomar ambas manos a la vez con las suyas, con lo que se hizo un triángulo que de inmediato se convirtió en una danza a trío. Esto le pareció a Alicia de lo más natural y así lo recordaba siempre. Ni siquiera le sorprendió que en el momento del baile se escuchara una música que, según dedujo más tarde, provenía de las ramas del árbol bajo el cual se encontraban, las que, al frotarse por efecto del viento, producían acordes como de arcos y violines.

"Pero lo más gracioso de aquello (diría Alicia a su hermana al contarle la historia de sus aventuras), fue que yo me sorprendí cantando esa canción que se llama *El corro de la papa*... No recuerdo en qué momento me puse a cantarla; pero tuve la sensación de que fue muy largo el tiempo que duró mi interpretación". Sin embargo, como los hermanos eran muy gordos, rápidamente se cansaron y dejaron de bailar.

—Un buen baile se compone de cuatro vueltas —dijo Tweedledum, jadeante, y detuvo el movimiento, con lo que también cesó la música. Entonces se soltaron de las manos y durante un rato se quedaron mirando unos a otros... hasta que la pausa se volvió un tanto incómoda para Alicia, pues no encontraba la manera de reiniciar la conversación con unas personas con las que acababa de bailar. "Tal vez sería el momento adecuado para preguntarles ¿qué

tal, cómo les va?", pensó; pero de inmediato se dio cuenta de que eso lo debió haber dicho en un principio, y que ahora ya no procedía.

—Espero que no se hayan cansado demasiado —dijo por fin.

—¡De ninguna manera —dijo Tweedledum—, pero gracias por preguntar.

—¡Sí, es muy amable de tu parte! —reiteró Tweedledee—. Por cierto: ¿te gusta la poesía?

—Sí... bueno, no toda la poesía, pero *alguna* sí —dijo Alicia, sin mucha convicción—. Ahora, ¿podrían ustedes decirme cuál es la mejor manera de salir de este bosque?

—¿Qué poema sería conveniente recitarle? —preguntó Tweedledee, dirigiéndose a su hermano, con los ojos demasiado abiertos y un aire de gran seriedad, sin hacer caso de la pregunta de Alicia.

—Yo creo que *La morsa y el carpintero*, que es la más larga —respondió Tweedledum, muy entusiasmado y dando un abrazo a su hermano.

Así que Tweedledee comenzó a recitar sin mayor preámbulo:

El sol con su gran fulgor...

—Como parece que el poema es muy largo —interrumpió Alicia, de la manera más cortés que pudo—, ¿podrían ser tan amables de decirme primero qué camino...?

Entonces Tweedledee la miró como si no hubiese comprendido su pregunta y siguió con su poema:

El sol con su gran fulgor
hizo que brillara el mar,
y le dio lustre a las olas
hasta que no pudo más...
Lo que fue raro, pues la noche
se estaba cerrando ya.

La luna, de mal humor,
dejó su mente volar:
¿por qué el sol sigue ahí
cuando el día se ha ido ya?

¿De qué sirve ir a una fiesta
si no se ha de aprovechar?".

El mar que te moja,
moja y seca el arenal,
y el cielo está ya sin nubes,
pues no hay nubes que contar,
ni un pájaro que volara,
y que volviera a volar.

La morsa y el carpintero
van mano a mano a la par,
van muy tristes y llorando
de tanto ver el arenal.
"Si lo despejaran un poco
habría gran tranquilidad".

"Si siete criadas pasaran
seis meses barriendo
con siete buenas escobas,
"¿crees tú que lo limpiarían?".

"No", repuso el carpintero,
y una lágrima derramó.

"Ostras", dijo la morsa,
¿es que vienen a pasear?
¡Buenos son charla y paseo
por el reseco arenal!
De cuatro en cuatro es posible
dar la mano a cada cual".

Una ostra vieja miraba
sin decir ni una vocal;
movía el ojo y sacudía
su cabeza con pesar,
para indicar que no quisiera
su ostracismo abandonar.

Cuatro alegres ostras jóvenes
se dejaron invitar,
estaban todas vestidas de blanco
y con zapatos brillantes,
lo que parece muy raro
pues lo que les falta son pies.

Otras cuatro las siguieron,
y luego otras cuatro más;
ahí van todas a una
dando saltos y demás,
por las olas espumosas
muy pronto a la playa van.

La morsa y el carpintero
anduvieron una milla,

y al final en una roca
tuvieron que descansar,
mientras veían en una fila
a las ostras avanzar.

"Ya es hora", dijo la morsa,
"que comencemos a hablar
de zapatos, barcos, lacres,
repollos y el trono real;
de por qué el mar bulle
y los cerdos pueden volar".

Pero las ostras dijeron:
"No es tiempo aún de charlar,
pues estamos muy gorditas,
y cansadas además".
"¡Tranquilas!", dijo la morsa,
y las ostras agradecidas le están.

Dijo la morsa: "¡A comer
rebanaditas de pan!,

con pimienta y con vinagre
son gratas al paladar.
Si las ostras están listas
¡el banquete va a empezar!".

"¡No, no", gritaron las ostras,
que muy pálidas están,
"es innoble hacer las cosas
¡con tanta amabilidad!".
"¡Hermosa noche!", dijo la morsa,
"no ha habido otra igual".

"Muy grata es su visita,
¡y qué sabrosas están!".
Solo dijo el carpintero:
"habrá que cortar más pan;
por ser sorda, dos veces
te lo digo: ¡y basta ya!".

"Vergüenza", dijo la morsa,
"me da ese juego que traes;
estas pobres han viajado mucho,
y con gran velocidad".
Y fue el carpintero quien dijo:
"¡Cuánta manteca de más!".

"¡Qué pena!", dijo la morsa,
"¡cuánta pena me dan!".
Y entre grandes sollozos,
la mayor se fue a zampar,
y tan grande fue su llanto
que el pañuelo fue a mojar.

"Ostras", dijo el carpintero,
"¡qué buen paseo hemos tenido!;
¿les parece si regresamos a casa?".
Mas para eso ya no hubo respuesta,
pues se las habían devorado todas.

—Yo prefiero la morsa —expresó Alicia—, pues al menos ella se sentía algo apenada por las pobres ostras.

—Pues como quiera que sea, ella se comió más ostras que el carpintero —dijo Tweedledee—; ella no lloraba, sino que se tapaba con el pañuelo para que el carpintero no viese la cantidad que ella comía.

—¡Qué miserable! —exclamó Alicia, con gran indignación—; si ese fue el caso, yo prefiero al carpintero..., bueno, si es cierto que comió menos ostras que la morsa.

—Pero de todos modos se zampó las que pudo —dijo Tweedledum.

—Bueno, pues parece que los dos eran unos tipos muy maliciosos —dijo Alicia, con el ánimo de resolver de una buena vez aquel embrollo de opiniones. De pronto tuvo un sobresalto, al escuchar un fuerte ruido que parecía el bufido de una locomotora que pasaba por el bosque cercano, aunque también pensó que se podía tratar del rugido de una bestia salvaje.

—¿Hay tigres o leones por aquí? —preguntó con voz temblorosa.

—No, eso que oyes no es sino el ronquido del rey rojo —le respondió Tweedledee.

—¡Ven, si quieres puedes verlo! —dijeron a coro los hermanos, tomando cada uno a Alicia de la mano y llevándola hacia el lugar donde dormía el rey rojo.

—¿No te parece que es un tipo encantador? —dijo Tweedledum.

Alicia no fue capaz de responder que sí lo era. El rey llevaba un gran gorro rojo de dormir que tenía una borla en la punta; dormía hecho un ovillo y su ronquido era descomunal. "Es como si le fuera a volar la cabeza", observó Tweedledum.

—Acostado sobre la hierba húmeda —dijo Alicia—, es posible que coja un resfriado.

—Él está soñando en este momento —dijo Tweedledee—; ¿en qué crees que sueña?

—¿Cómo podría saberlo? —dijo Alicia.

—Pues deberías saberlo, porque es precisamente contigo que está soñando —dijo Tweedledee, recalcando su aseveración con un alegre palmoteo—; no podría ser de otra manera, pues si dejara de soñar contigo, ¿dónde crees que estarías tú?

—¿Pues dónde habría de estar? —dijo Alicia— ¡Aquí mismo!

—¡Ni lo pienses! —afirmó Tweedledee con cierto desdén— Tú no estarías en ninguna parte, porque tú no eres más que el objeto de su sueño.

—Así es —reiteró Tweedledum—, si el rey se despertara, tú te apagarías como una vela que recibe un soplido.

—¡Eso no es verdad! —replicó Alicia, con miedo y un poco de indignación—. Además, si yo fuera solamente una imagen en su sueño, ¿qué cosa serían ustedes?

—¡Pues lo mismo! —afirmó Tweedledee.

—¡Ídem de ídem —dijo Tweedledum riendo ruidosamente, tanto que Alicia le pidió que bajara el tono, pues podía despertar al rey.

—¡Y cómo dices eso! —dijo Tweedledum—, tú no eres real, eres solamente un objeto de su sueño.

—¡Yo sí soy real! —dijo Alicia muy compungida y echándose a llorar.

—No sirve de nada llorar, no te vas a volver real por eso —observó Tweedledee—; llorar es completamente inútil.

—Si no fuese real —dijo Alicia, tratando de ser irónica a pesar de sus lágrimas—, seguramente no sería capaz de llorar.

—Bueno, ¡no se te ocurrirá pensar que tus lágrimas son auténticas! —dijo Tweedledum con desprecio en la voz.

"Ellos están jugando conmigo, —pensó Alicia—, y es una tontería de mi parte el llorar por eso". Así que se enjugó las lágrimas, y trató de adoptar el tono más festivo que pudo al decir:

—Bueno, lo importante es salir de este bosque lo más pronto posible, pues ya se está poniendo muy oscuro; además de que es posible que llueva, ¿no creen ustedes?

Al escuchar esto, Tweedledum desplegó un gran paraguas para cobijarse él mismo y a su hermano; después se puso a mirar hacia arriba, pero dentro del paraguas.

—No creo que llueva —dijo—; por lo menos es seguro que aquí dentro no lloverá.

—Pero ¿crees que llueva *afuera*? —preguntó Alicia.

—Si quiere llover… ¡pues lloverá!

—Es posible que llueva, si quiere llover —reiteró Tweedledee—; pero nosotros no tenemos ningún inconveniente al respecto; más bien al contrario.

"Son un par de egoístas", pensó Alicia, y estaba a punto de pronunciar un seco *buenas noches* e irse de ahí, cuando Tweedledee dio un salto fuera del paraguas y la tomó de la muñeca.

—¡Fíjate en *eso*! —dijo, con furia en la voz y el rostro descompuesto; tanto que sus ojos se le habían dilatado y estaban amarillos, mientras con el dedo señalaba un pequeño objeto blanco que se encontraba en el pie del árbol.

—¡Pero si es solamente un cascabel! —dijo Alicia después de revisar el objeto—. Pero no se trata de una *serpiente de cascabel* —añadió de inmediato, sospechando que la alarma de Tweedledum iba en ese sentido—; se trata de un simple cascabel, y por cierto muy viejo y deteriorado.

—¡Lo sabía... bien lo sabía! —gritó Tweedledum con violencia, pataleando en el suelo y mesándose los cabellos— ¡Claro que está deteriorado! —dijo, mirando a Tweedledee, quien se sentó en el suelo y trató de esconderse bajo el paraguas.

Entonces Alicia lo tomó del brazo y procuró calmarlo diciendo:

—No te pongas así por un viejo cascabel.

—¿Pero es que no te das cuenta de que *no es viejo*? —gritó, con mayor furia Tweedledum— ¡Es nuevo!... ¡apenas lo compré ayer... ¡Mi precioso cascabel *NUEVO* —y al decir esto, su voz se convirtió en un auténtico alarido.

Durante todo ese tiempo, Tweedledee había estado intentando infructuosamente plegar el paraguas consigo adentro, lo que atrajo la atención de Alicia, distrayéndola por unos momentos de su enfurecido hermano. Pero el intento de enrollarse en el paraguas resultó a medias exitoso, pero finalmente rodó por el suelo con medio cuerpo fuera del paraguas, y así se quedó un rato, abriendo y cerrando alternativamente los ojos y la boca, a la manera de los peces.

—En estas circunstancias, lo que procede es un duelo, ¿estás de acuerdo? —dijo Tweedledum, ya más calmado.

—Claro que sí —dijo el hermano, arrastrándose por el suelo para desembarazarse del paraguas—; pero no olvides que debe ser ella la que nos ayude a vestirnos.

Entonces ellos se tomaron de la mano y se internaron en el bosque, pero volvieron al cabo de un minuto, trayendo un atado con varias cosas, como cojines, mantas, manteles, tapaderas y cubos de carbón.

—Habrá que manejar bien los alfileres y la cinta —dijo Tweedledum—, pues todas las cosas deben estar bien ajustadas.

Recordando aquella operación, Alicia comentaba que nunca se había metido en algo tan complicado y que al mismo tiempo resultaba tan absurdo. Ellos se pusieron encima una gran cantidad de cosas, y le dieron a ella la tarea de ajustar, coser o atar, según fuese conveniente. "Cuando termine van a parecer dos fardos de ropa vieja", pensaba Alicia mientras trabajaba en un cojín para el cuello de Tweedledee... "Esto impedirá que me corten la cabeza —decía él—, pues una de las peores cosas que puede pasarle a un combatiente es que le corten la cabeza".

Ante esta declaración, Alicia soltó una carcajada, pero como no quería lastimar los sentimientos de Tweedledee, procuró disimular su risa, convirtiéndola en una especie de tos y estornudo.

—¿Crees que estoy muy pálido? —le preguntó Tweedledum al acercarse a ella para que le ciñera el yelmo, lo que en realidad era una cacerola, aunque él lo llamaba *yelmo* con mucha seriedad.

—Bueno, sí, en realidad estás un poco pálido —dijo Alicia, con dulzura.

—En términos generales, yo soy muy valiente —dijo él en voz muy baja—, pero hoy tengo un fuerte dolor de cabeza.

—¡Pues yo tengo un gran dolor de muelas —dijo Tweedledee, que había escuchado el comentario de su hermano—; así que estoy mucho más enfermo que tú.

—Creo que en estas condiciones, lo mejor sería que se suspendiera el combate —señaló Alicia, pensando que aquello era un buen pretexto para que hicieran las paces.

—¡No, es necesario que luchemos!, aunque sea un poquito. No es necesario que sea por mucho rato —dijo Tweedledum—... ¿Qué hora es?

El hermano consultó el reloj y respondió:

—Son las cuatro y media.

—Bueno, pues podemos luchar hasta las seis y cenar después —dijo Tweedledum, con toda tranquilidad.

—Muy bien —dijo el otro, con cierta resignación en la voz—, y ella que nos mire todo el tiempo; pero no te acerques mucho, porque ya sabes que cuando se me enciende la sangre cargo contra todo lo que se me pone delante.

—¡Pues yo igual! —replicó Tweedledum—, arremeto contra todo lo que alcanzo, ¡aunque no lo vea!

—¡Entonces supongo que muchas veces ustedes se lanzan contra los árboles! —dijo Alicia en tono humorístico.

Tweedledum miró hacia todos lados con un aire satisfecho.

—¡Apuesto a que no queda un solo árbol sano en muchos metros a la redonda! —expresó, triunfalista.

—¡Y todo por un cascabelito —dijo Alicia, esperando que reconsiderasen lo absurdo de su actitud, entendiendo que el motivo de la lucha era trivial.

—De no haber sido nuevo el cascabel —dijo Tweedledum—, no me hubiera importado tanto.

"¡Qué bueno sería que ahora se presentara el cuervo monstruoso!", pensó Alicia.

—Ya sabes que solamente tenemos una espada —dijo Tweedledum a su hermano—, pero tú puedes usar el paraguas, pues también es puntiagudo, así que da lo mismo. Ahora es conveniente que comencemos la lucha, pues ya se está poniendo muy oscuro.

—¡Bastante negro! —dijo Tweedledee.

Y efectivamente, de pronto se hizo una oscuridad muy densa, tanto que Alicia creyó que les iba a caer encima una gran tormenta.

—¡Ah, qué nube tan espesa! —dijo Alicia—; es muy negra y viene muy rápido hacia nosotros... ¡Pero si tiene alas!

—No es una nube, ¡es el cuervo! —gritó Tweedledum con gran alarma, y los hermanos desaparecieron en el bosque como por encanto.

Alicia corrió también para internarse un poco en el bosque, y procuró esconderse bajo la copa de un gran árbol, pensando que el cuervo era tan voluminoso que le costaría mucho trabajo abrirse paso entre los árboles. El cuervo batía con tal fuerza sus grandes alas que el viento agitado parecía un verdadero huracán; de pronto apareció un mantón volando en el aire... "¡Se le habrá volado a alguien!", pensó Alicia.

Capítulo 5
Lana y agua

ntonces Alicia atrapó el mantón y buscó por todos lados con la mirada, tratando de localizar a la propietaria. Casi de inmediato apareció la reina blanca, corriendo a toda velocidad por el bosque, así que Alicia, suponiendo que era el mantón lo que ella buscaba, acudió a su encuentro para devolvérselo.

—Es para mí un honor el poder serle útil —decía Alicia, mientras ayudaba a la reina a colocarse el mantón.

La reina blanca miraba a Alicia con una expresión de miedo y desconcierto, y en voz muy baja se puso a mascullar algo que sonaba como: "pan-con-qué... pan-con-qué...". Entonces Alicia comprendió que había que hacer algo para que se pudiera dar una verdadera conversación entre ellas; así que se atrevió a preguntarle con timidez y gran respeto:

—¿Tengo el honor de hablar con la reina insig...

—¿Acaso ibas a decir *insignificante*? —dijo la reina, en un tono muy agresivo—; te aseguro que por ese camino no vas a llegar a ninguna parte, aunque a ti te parezca muy *divertido*... y hablando de *vestido*, eso nada tiene que ver con el significado de esa palabra.

Alicia se dio cuenta de que la reina se hacía muchos líos con las palabras, por lo que había que evitar el discutir con ella, así que esbozó una sonrisa y continuó diciendo:

—Si su majestad se dignara a *advertirme* cómo he de hablar...

—¿*Al vestirme*? —gritó la reina— ¡Pero si eso me cuesta tanto trabajo que me paso por lo menos dos horas en ello!

"Entonces sería mejor —pensó Alicia— que alguien la vistiera, pues se ve que si lo hace ella misma, el resultado es desastroso: todo lo lleva mal puesto, y en el pelo lleva muchas horquillas que en realidad no sujetan nada".

—¿Me permite que le ponga bien el mantón? —dijo Alicia, en un tono determinante.

—¡Yo no sé qué diablos le pasa a este mantón! —dijo la reina, con cierta desesperación—. Parece que se encuentra de mal humor, ¡y no sé la manera de contentarlo!

—Pues no podría quedar derecho si está mal abotonado —replicó Alicia con delicadeza —¡Y hay que ver el peinado!

—Es que el cepillo se me perdió al peinarme, y parece que ha quedado dentro de pelo —dijo la reina, con un resignado suspiro—. ¡Además de que ayer perdí mi peine!

Alicia se dio a la tarea de recuperar el cepillo en medio de la maraña de cabello de la reina, y cuando lo encontró se puso a cepillarla, arreglándole el pelo lo mejor que pudo.

—¡Vaya... ahora ya tiene mejor aspecto! —dijo, al terminar de acomodarle las horquillas—, La verdad es que a usted le hace falta una doncella.

—Pues yo te tomaría a mi servicio con mucho gusto —dijo la reina—. Te pagaré diez centavos por semana y te daré mermelada todos los días.

Alicia no pudo evitar el soltar una carcajada.

—Yo no quiero que me contrate Su Majestad; ¡y no me gusta la mermelada!

—¡Pero esta es una mermelada excelente! —dijo la reina.

—Bueno, pues *hoy* no me apetece.

—Aunque te apeteciera, de todas maneras no la tendrías —replicó la reina—, pues la ley dice: "Mermelada ayer y mañana; pero nunca mermelada hoy".

—Alguna vez tocará *mermelada hoy* —objetó Alicia.

—¡Eso es imposible! La mermelada es para los otros días, y es evidente que *hoy* no es otro día... está claro, ¿no?

—Para mí eso es terriblemente complicado de entender —dijo Alicia, un poco molesta.

—Eso es lo que le sucede a la gente que vive al revés —dijo la reina, condescendiente—; claro que al principio da cierto vértigo.

—¡Vivir al revés! —repitió Alicia, muy intrigada— ¡Nunca había escuchado algo así!

—... Eso tiene una gran ventaja, pues se puede ejercer la memoria en ambos sentidos.

—Pues yo estoy segura de que mi memoria funciona solamente en un sentido —dijo Alicia, pensativa—. Yo nunca puedo acordarme de las cosas que aún no han sucedido.

—Pues si tu memoria solamente funciona hacia atrás, eso significa que es muy deficiente —le aseguró la reina.

—¿Y de cuáles cosas se acuerda usted mejor —preguntó Alicia.

—¡Oh, me acuerdo muy bien de lo ocurrido en las próximas semanas! —respondió con toda naturalidad la reina—. Por ejemplo, —dijo, colocándose un trozo de gasa en un dedo— ahí tienes al mensajero del rey. Ahora purga una condena en la cárcel; el juicio comienza la próxima semana, y el crimen lo cometerá después.

—Pero, ¿qué tal si no comete ningún crimen? —objetó Alicia

—¡Tanto mejor! —dijo la reina sujetándose el dedo—, ¿no te parece?

Alicia no tuvo más remedio que aceptar esto, pero agregó:

—Lo que no sería justo es que un inocente fuese castigado.

—Pues en eso estás equivocada —replicó la reina—. ¿Te han castigado alguna vez?

—Sí, pero solamente por pequeñas faltas.

—Yo estoy segura de que el castigo fue provechoso para ti —dijo la reina.

—Pues supongo que sí; pero sucede que yo sí había cometido las faltas —dijo Alicia—; eso hace una gran diferencia.

—Pero aun si no hubieses cometido las faltas, ¡el castigo te hubiera sentado muy bien!; incluso sería mejor... ¡mejor! —dijo la reina con gran énfasis, tanto que la palabra "mejor" le salió casi como un chillido.

Alicia pensaba decirle: "Seguramente hay un error...", cuando la reina comenzó a emitir tales gritos, que su frase se quedó inconclusa.

—¡Ay, ay, ay! —gritaba la reina, y se sacudía la mano, como si quisiera desprendérsela—. ¡Me está sangrando el dedo! ¡Ay, ay...!

Sus alaridos eran tan fuertes como el sonido de una locomotora, por lo que Alicia se tapó ambos oídos con sus manos, para atenuar aquel estrépito.

—¿Pero qué es la que le pasa? —dijo Alicia alarmada— ¿Se ha pinchado el dedo?

—¡No! —dijo la reina con desesperación— ¡Pero me lo voy a pinchar de un momento a otro!... ¡Ay de mí!

—¿Y cuándo calcula usted que eso sucederá? —preguntó Alicia, más divertida que preocupada.

—En el momento en que vuelva a sujetar el mantón —dijo la reina, con lágrimas en los ojos—; es por culpa del broche... este se me va a desprender..., ¡ay, ay!

—Apenas había dicho esto, cuando el broche se desprendió, y la reina lo sujetó con fuerza para que no se le cayera.

—¡Cuidado! —le gritó Alicia— ¡lo ha tomado al revés! —y trató de ayudarla a ponérselo correctamente, pero ya era tarde, pues la aguja había prendido el dedo de la reina.

—Eso explica que sangrara antes, ¿ves? —dijo la reina, ya calmada y sonriente—. Así es como suceden las cosas aquí.

—Pero es ahora cuando usted debiera gritar y lamentarse —dijo Alicia, muy confundida.

—¡Pero si ya me he quejado ampliamente! —dijo la reina—; ¿de qué me serviría volver a hacerlo ahora?

Entonces el cielo se puso claro, y Alicia observó:

—Supongo que el cuervo se ha ido volando, ¡cuánto me alegro!; recuerdo que por un momento llegué a pensar que se había vuelto de noche.

—¡Ojalá yo pudiera estar tan contenta como tú! —dijo la reina—, pero la verdad es que nunca me acuerdo de aplicar la regla. Seguramente tú eres muy feliz aquí, en el bosque, y estando contenta cada vez que te da la gana.

—¡No!, porque aquí me siento muy sola —dijo Alicia, y su voz se tornó melancólica, pues al pensar en su soledad dos grandes lágrimas rodaron por sus mejillas.

—¡Pero no te pongas así —exclamó la reina—, piensa que ya eres una niña grande y que has hecho un camino muy largo; piensa en la hora que es; piensa en cualquier cosa, pero no pienses en llorar.

Al escuchar esos consejos, y a pesar de sus lágrimas, Alicia no pudo menos que sonreír.

—¿Puede uno dejar de llorar si piensa en otras cosas?

—¡Pues claro!, esa es precisamente la manera correcta —dijo la reina, con total convencimiento—. Tú bien sabes que nadie puede hacer dos cosas a la vez. Comencemos por considerar tu edad: ¿Cuántos años tienes?

—Para ser exacta, siete y medio.

—Pues no tienes que jurármelo, yo te creo —dijo la reina—; pero ahora te voy a decir algo que te dejará anonadada: yo tengo ciento y un años, con cinco meses y un día.

—¡Eso es increíble! —dijo Alicia, realmente anonadada.

—¿Así que no lo crees? —dijo la reina en un tono de conmiseración—; prueba otra vez: respira hondo, cierra los ojos y reconsidera lo dicho.

—¡No creo que valga la pena probar eso! —dijo Alicia riendo—, no se puede creer lo que es imposible.

—Bueno, lo que pasa contigo es que te falta el hábito —dijo la reina—. Cuando yo tenía tu edad hacía este ejercicio por lo menos media hora diaria; a veces yo era capaz de creer hasta seis cosas del todo imposibles antes del desayuno... Pero, ¡ah!, ¡de nuevo se me vuela el mantón!

Y así era, pues mientras hablaba se le había desprendido el broche, y una súbita ráfaga de viento había hecho que el mantón cayera del otro lado de un arroyo. Entonces la reina extendió los brazos y literalmente se fue volando en busca de su mantón, con lo que pudo recuperarlo rápidamente.

—¡Ya lo tengo! —dijo con alegría—; ¡ahora yo misma me lo pondré, sin ayuda!

—Bueno, pues ojalá que ya se le haya curado el dedo —dijo Alicia al cruzar el riachuelo en seguimiento de la reina.

❋ ❋ ❋

—¡Mucho mejor! —decía la reina con voz estridente, y su grito iba subiendo de volumen cada vez que repetía: ¡*mucho meejor!... meeejor... me-e-jooor... meeeeejj...* —Hasta que al final

su voz parecía un auténtico balido, como el de una oveja; tanto que Alicia se asustó y se puso a observar con detenimiento a la reina, y percibió que ahora se encontraba toda cubierta de lana.

Aquella visión le pareció una alucinación, por lo que se frotó los ojos para recuperar la sensatez en la mirada, pero todo seguía igual y Alicia no lograba explicarse qué era lo que había pasado. Ahora estaba dentro de un cuarto que tenía todo el aspecto de una tienda, y detrás del mostrador había nada menos que una oveja. Así que finalmente no le quedó más remedio que aceptar lo que estaba ocurriendo, pues por mucho que se restregaba los ojos, nada cambiaba.

Ahí se encontraba la oveja, con los codos apoyados en el mostrador, aunque ella tenía el aspecto de una anciana, estaba muy ocupada haciendo sus labores de punto: sin embargo, de vez en cuando se interrumpía, para mirarla por encima de unos enormes anteojos.

—¿Qué quieres comprar? —dijo finalmente, con cierto enfado en la voz.

—Bueno, todavía no me decido bien —respondió Alicia, en forma muy cortés—. Antes me gustaría echar un vistazo en derredor, si me lo permite.

—Puedes mirar lo que quieras, pero al frente y a los lados —dijo gentilmente la oveja—, pero no entiendo cómo podrías mirar *en derredor*, a no ser que tengas ojos en la nuca.

Alicia tuvo que reconocer que no tenía ojos en la nuca y se conformó con ir revisando los anaqueles de la tienda conforme se iba colocando delante de ellos, y en todo caso volver ligeramente la mirada hacia uno y otro lado.

Aquel almacén estaba abarrotado de los objetos más curiosos, pero lo que le pareció verdaderamente extraño es que al mirar de frente cualquiera de los anaqueles, estos parecían vacíos, mientras que los que se encontraban a los lados estaban completamente llenos.

—¡Aquí las cosas son siempre desquiciantes! —dijo Alicia, en tono de lamentación, pues llevaba un buen rato tratando de observar con claridad un objeto brillante, que lo mismo parecía una muñeca que un costurero, y que siempre, al fijar su mirada, se encontraba en un estante próximo, pero en la parte superior, por lo que ella solo podía mirarlo de soslayo. "Este es el objeto más extraño de todos, —pensó—; pero yo lo voy a seguir hasta el lugar donde se encuentra, ¡a ver si puede atravesar el techo!".

Pero al intentar verlo hacia arriba, resultó que el objeto en cuestión sí traspasó el techo de la tienda y sencillamente desapareció de la vista de Alicia.

—Dime, ¿eres una niña o un trompo? —le cuestionó la oveja mientras cambiaba las agujas de su tejido—; de verte dar tantas vueltas, ya me siento mareada. —Como ella ahora trabajaba

con catorce agujas a la vez, Alicia se quedó mirándola con asombro y pensando: "¿cómo puede tejer con tantas agujas a la vez?".

—¿Sabes remar? —le preguntó la oveja, al tiempo que le pasaba un par de agujas.

—Sí, un poco..., pero no en tierra firme..., ni con las agujas de punto —comenzó a decir Alicia, cuando de pronto las agujas que tenía en las manos se le convirtieron en remos, y se sintió dentro de una barca que navegaba entre dos riberas; así que no le quedó más remedio que ponerse a remar, y tratar de hacerlo lo mejor posible.

—¡Vamos, *plumea*! —le gritó la oveja mientras tomaba otro par de agujas.

Aquella indicación era totalmente incomprensible para Alicia, pero como seguramente tenía que ver con el acto de remar, pues lo siguió haciendo con ahínco. "Algo muy raro debe haber en el agua, pues de vez en vez los remos se le quedaban como atorados en alguna parte fangosa, o como si se movieran en un líquido muy denso.

—¡Plumea, plumea! —volvió a gritar la oveja, mientras tomaba más agujas—; si no lo haces bien, pronto vas a pescar un cangrejo.

"En realidad me gustaría pescar un cangrejito, —pensó Alicia—, ¡son tan chistosos!".

—¡Parece que no escuchas lo que te digo!... ¡plumea! —gritó con enojo la oveja, mientras tomaba varias agujas.

—¡Bien que lo oí! —replicó Alicia con gran indignación—, lo ha dicho usted muchas veces, y en voz muy alta; pero por favor, dígame dónde están los cangrejos.

—¡En el agua, naturalmente!, ¿dónde si no? —respondió airadamente la oveja, colocándose algunas agujas en el pelo, pues ya no le cabían en las manos—. Pero no te distraigas, ¡plumea!

—¿Por qué me dice tanto eso de "plumea"? —preguntó Alicia, ya muy molesta—; ¡yo no soy un pájaro!

—¡Sí que lo eres! —dijo la oveja—; tú eres un *gansito*.

Alicia se sintió algo ofendida por aquellas palabras, y guardó silencio por un rato, mientras la barca seguía deslizándose, y de vez en cuando pasaba sobre bancos de algas, que eran la causa de que los remos se atoraran en el agua. Otras veces navegaban bajo las frondas de grandes árboles, que se alzaban majestuosos en las riberas.

—¡Por favor!... ¡Ahí hay unos juncos muy olorosos! —exclamó Alicia en un arrebato de alegría—. ¡Y son completamente reales!

—Yo no sé por qué me dices "por favor" a propósito de los juncos —dijo la oveja—; yo no los he puesto ahí, ni me los voy a llevar.

—Pues no, claro; lo que yo quería decir es ¿por favor, podemos parar la barca y recoger unos cuantos? —pidió Alicia en un tono suplicante—¿Podría parar la barca solo un ratito?

—¿Y yo qué tengo que ver con el hecho de parar la barca? —dijo la oveja—; si tú dejas de remar, la barca se detendrá sola.

Alicia dejó de remar y la barca se deslizó río abajo, siguiendo el curso de la corriente, hasta que por fin se detuvo indolente entre el seto de juncos movidos por el viento. Entonces Alicia se alzó las mangas del vestido y sumergió los brazos hasta el codo, para asir los juncos lo más abajo posible, antes de arrancarlos. En esos momentos Alicia se había olvidado de todo, de la oveja y de su tejido de punto, mientras se inclinaba por la borda y las puntas de su pelo tocaban el agua; así iba recogiendo con gran avidez pequeños manojos de los deliciosos juncos perfumados.

"Aquellos juncos que se encuentran más allá son los más bonitos —pensaba Alicia—; trataré de arrancar algunos, solo espero que no se vuelque la barca". Y así lo hizo, pero siempre el más anhelado quedaba fuera de su alcance, a pesar de los esfuerzos que hacía.

—Los más hermosos están siempre demasiado distantes —dijo con un tono lastimero, al ver que los juncos que más deseaba parecían obstinarse en crecer lejos de ella; así que renunció en su vano empeño y se reinstaló en su banquillo; entonces, se puso a ordenar en el piso de la

barca los juncos que había reunido. Pero rápidamente se dio cuenta de que los juncos, ahora fuera de su elemento, parecían ajados y habían perdido su aroma y su belleza... Amontonados en el fondo de la barca, se fundían como la nieve al contacto de los rayos del sol. Sin embargo, Alicia no tuvo tiempo de reflexionar acerca de eso, pues había otras cosas que de momento llamaban su atención.

No había avanzado mucho cuando uno de los remos se atascó y ya no quiso liberarse (así lo explicó Alicia, cuando lo contó después). El resultado fue que el puño del remo la golpeó en el mentón; la pobre Alicia se resbaló del banquillo y se vio arrojada al piso de la barca, cayendo encima de los juncos. Afortunadamente no se hizo ningún daño y pudo reincorporarse casi de inmediato. En ese momento se dio cuenta de que la oveja seguía haciendo su trabajo de punto, impasible, como si nada hubiera pasado. Sin embargo, de pronto levantó la vista y dijo:

—Era bonito ese cangrejo que pescaste.

—¿De veras? —dijo Alicia molesta y desconcertada—, pues la verdad es que no me di cuenta. ¡Me hubiera gustado tanto llevarme un cangrejo a casa! —pero la oveja no hizo ningún otro comentario; solamente esbozó una risita desdeñosa y siguió con su trabajo.

—¿Hay muchos cangrejos aquí? —preguntó Alicia.

—Aquí hay muchos cangrejos y toda clase de cosas —respondió la oveja—. Nuestro surtido es tan grande que te será difícil decidirte; a ver, ¿qué es lo que quieres comprar?

—¡Comprar! —repitió Alicia con temor y asombro, pues en ese mismo instante se habían desvanecido la barca, los remos y el río y de nuevo se encontraba en la sórdida tienda de la oveja.

—Bueno, lo que quisiera comprar es un huevo —dijo Alicia tímidamente—, ¿cuánto cuestan?

—Si es uno, cuesta quince centavos; pero por pares cuestan cinco centavos —respondió la oveja.

—¿Sucede entonces que dos cuestan menos que uno? —dijo intrigada Alicia, mientras sacaba su monederito.

—Así es —dijo la oveja—; pero el que compra dos huevos *tiene* que comerse los dos.

—Entonces yo preferiría comprar solo uno —dijo Alicia, colocando el dinero sobre el mostrador, pues tenía desconfianza de la oveja y pensaba que tal vez la oferta de dos huevos tan baratos era porque estaban pasados.

La oveja tomó el dinero y lo metió en la caja registradora, para después decir:

—Yo nunca pongo nada en manos de los clientes; eso sería inapropiado; tú misma tomarás lo que quieres. —Entonces se fue hasta el estante más lejano y colocó un huevo en uno de los entrepaños.

"Por qué juzgará que es inapropiado el entregar la mercancía a los clientes", pensaba Alicia mientras se desplazaba un poco a tientas por esa parte de la tienda que estaba en penumbra. "Pareciera que el huevo se aleja mientras más cerca me encuentro de él. Pero, vamos a ver... ¿qué es esto? —se preguntaba asombrada— parece una silla, pero yo juraría que tiene ramas; aunque no podría ser que crecieran árboles dentro de una tienda... ¡y aquí hay un riachuelo! ¡Sin duda esta es la tienda más extraña que he visto en mi vida!

Alicia siguió así, de sorpresa en sorpresa, pues a medida que avanzaba las cosas de la tienda se convertían en plantas o árboles. Ella estaba segura de que alguna transformación de ese tipo ocurriría también con el huevo.

Capítulo 6
Humpty Dumpty

Lo que pasó con el huevo es que lo único que hacía era crecer y crecer, y mientras se hacía más grande se parecía más a una figura humana. Al llegar cerca de él, Alicia se percató de que tenía ojos, nariz y boca, y rápidamente se dio cuenta de que se trataba de Humpty Dumpty en persona... "¡No puede ser otro, sino él", pensó Alicia, "estoy tan segura como si trajera su nombre grabado en plena cara!".

Y en realidad cualquiera hubiese grabado su nombre muchas veces en su rostro, pues este era extraordinariamente ancho. Estaba sentado en lo alto de un muro, con las piernas cruzadas a la usanza turca —aunque el muro era tan estrecho, que para Alicia era un enigma que pudiera mantener el equilibrio sobre él—, y tenía los ojos fijos en la dirección opuesta a la que se encontraba Alicia; por lo que no daba muestra alguna de prestarle atención y estaba tan inmóvil que Alicia llegó a preguntarse si no se trataría de una figura de cera.

—¡Es exactamente igual que un huevo! —dijo Alicia en voz alta, y alargó la mano para tomarlo, pues era tan precario su equilibrio, que podría caer en cualquier momento.

—¡Es muy molesto eso de que a uno siempre lo consideren un huevo! —dijo Humpty Dumpty en voz alta, pero como para sí mismo, pues no miraba a Alicia—. ¡Realmente es un fastidio!

—Señor, yo en ningún momento he dicho que usted fuese un huevo, sino que era *igual* que un huevo —le dijo Alicia con amabilidad—; aunque existen huevos que son preciosos, ¿verdad? —agregó, como para deshacer cualquier sentimiento de ofensa.

—Hay mucha gente —dijo Humpty Dumpty, como siempre mirando hacia otro lado— que tiene menos inteligencia y sentido común que un recién nacido.

Alicia no supo qué contestar a eso; además de que no se podía pensar que aquello fuese una conversación, pues él no le estaba diciendo nada a ella, y sus comentarios más bien parecían dirigidos a los árboles. Así que quedándose donde estaba, Alicia decidió hacer también su monólogo y se puso a recitar en voz baja:

Humpty Dumpty en su muro se sentó.
Humpty Dumpty de espaldas se cayó.
Y los hombres y caballos del propio rey
sobre el muro no lo pudieron volver a poner.

—No me gusta la última estrofa de este poema; es demasiado larga —observó Alicia en voz alta, sin considerar que Humpty Dumpty bien podría oírla.

—¡A ver si dejas de estar murmurando todo el tiempo! —dijo Humpty Dumpty, volviéndose hacia Alicia, por lo que ella supo que estaba iniciando una conversación— ¡Dime tu nombre y qué haces aquí!

—Yo me llamo Alicia y...

—¡Ese es un nombre muy estúpido! —interrumpió insolente Humpty Dumpty— ¿Acaso significa algo?

—¿Es que un nombre tiene que significar algo? —preguntó Alicia, con sincera ingenuidad.

—¡Por supuesto que sí! —dijo él con una risita burlona—. Mi nombre representa exactamente la forma que tengo, una forma que por cierto es muy hermosa... En cambio tú, con un nombre así, podrías tener cualquier forma.

—¿Y por qué está usted tan solo, sentado arriba de ese muro? —dijo Alicia, más para evitar la discusión que por curiosidad.

—¿Por qué?; ¡pues porque no hay nadie conmigo! —exclamó Humpty Dumpty—. ¿Acaso creías que no iba a saber responder a esa pregunta? Hazme otra, ¡anda!

—Bueno, ¿pues no le parece que aquí abajo en el suelo está más seguro? —le preguntó Alicia, sin intención alguna de plantearle una adivinanza, sino solamente de ayudar a una criatura en precario equilibrio— ¡Ese muro es tan estrecho!

—Esas adivinanzas que me pones son bastante fáciles —dijo Humpty Dumpty, con un gruñido—. ¡Pues claro que creo que aquí es muy estrecho! Fíjate bien, si yo realmente estuviera en peligro de caerme, lo que va más allá de la razón, el rey me ha prometido... ¡Puedes asombrarte!... No te imaginas lo que te voy a contar... El rey me ha prometido...

—¡Enviar a sus caballos y a sus hombres! —lo interrumpió Alicia, de manera imprudente.

—¡Lo que me faltaba por escuchar! —gritó Humpty Dumpty, furioso—. Seguramente has estado espiando detrás de las puertas, escondida tras los arbustos, o tal vez oculta en las chimeneas; ¡de lo contrario no lo sabrías!

—¡Yo no he hecho nada de eso! —objetó Alicia—, lo que pasa es que todo está en un libro.

—Bueno, yo sé que la mayoría de las cosas constan en los libros —dijo Humpty Dumpty, ya sosegado—. Eso es lo que llaman *Historia de Inglaterra*, ¿no es cierto?...; pero mírame bien, yo soy de esos contados seres que han hablado con un rey; es posible que en tu vida no llegues a encontrar a otro que haya gozado de tal privilegio. Y para que veas que no me domina la soberbia, te concederé el honor de que estreches mi mano —y al decir esto se inclinó un poco en el muro, sonrió y le extendió la mano a Alicia, quien la tomó con cierta timidez. "Si llegara a sonreír un poco más —pensaba—se le juntarían por detrás las comisu-

ras de los labios y es posible que llegara a desprendérsele la cabeza, lo que sería en verdad espantoso.

—Sí, todos los caballos y los hombres del rey —dijo él— me recogerían en el acto en caso de que cayera; ¡esa es la promesa!... Pero me parece que esta conversación va demasiado apresurada, así que debemos volver al tema anterior a este.

—Bueno, pero desgraciadamente no me acuerdo muy bien de qué estábamos hablando —dijo Alicia en tono de respeto, para no lastimarlo.

—Pues en ese caso lo más conveniente es partir de cero —propuso Humpty Dumpty—, así que ahora es mi turno de elegir el tema ("siempre plantea las cosas como juego", pensó Alicia); así que haré la primera pregunta: ¿qué edad me dijiste que tenías?...

—Siete años y seis meses —respondió Alicia, no sin antes hacer un pequeño cálculo.

—¡Falso! —exclamó Humpty Dumpty muy satisfecho, como si hubiera ganado un punto—; nunca me dijiste nada semejante!

—Cuando usted me hizo la pregunta, pensé que lo que quería decir era "¿qué edad tienes?" —mencionó Alicia, un poco molesta.

—Si yo hubiera querido decir eso, simplemente lo habría dicho —replicó Humpty Dumpty. Alicia prefirió quedarse callada para evitar una intrincada discusión.

—¡Siete años y seis meses! —repitió Humpty Dumpty, pensativo—¡Vaya edad tan incómoda! Si me hubieses pedido mi consejo a tiempo, yo te habría dicho que te detuvieras en los siete años; pero ahora ya es demasiado tarde.

—Yo nunca he pedido consejos acerca de la manera cómo voy creciendo —dijo Alicia, indignada.

—¡Así que muy orgullosa!, ¿no?

—Quiero decir —añadió Alicia todavía más indignada—, que uno no puede evitar el ir creciendo.

—*Uno* tal vez no lo pueda evitar, pero *dos* sí... Por supuesto con la ayuda adecuada, pero tú podrías haberte detenido en los siete años

—¡Qué bonito cinturón lleva usted! —dijo Alicia de golpe, pues no quería seguir en el tema de la edad, además de que asumía que ahora era su turno de participar—; aunque mejor debiera decir que es una bonita *corbata*, porque en el cuerpo de usted no se puede hablar de cinturón —añadió Alicia, pero ante la mirada hostil de Humpty Dumpty hubiera deseado no haber hecho ese comentario—. "Si por lo menos supiera —pensaba para sí misma—cuál es el cuello y cuál la cintura".

Él estaba evidentemente muy enojado, sin embargo guardó silencio por varios minutos, hasta que al final dijo algo que más bien sonaba como un gruñido:

—Si hay algo que me saca de quicio, es una persona que no sabe distinguir entre una corbata y un cinturón.

—Confieso que eso se debe a mi gran ignorancia —expresó Alicia en un tono de humildad que le bajó los humos a Humpty Dumpty.

—Pues has de saber que esta es una corbata, niña; y es una hermosa corbata, como tú has dicho. Además debo informarte que este es un regalo de la reina blanca y del rey blanco... ¡Para que lo sepas!

—¿De veras? —dijo Alicia, muy complacida, pues se daba cuenta de que había elegido muy buen tema.

—Esto me lo dieron —dijo él con mucho orgullo, cruzando las piernas y apoyando en ellas las manos—, me lo dieron como un regalo de cumpleaños.

—¿Perdón? —dijo Alicia en un tono sarcástico.

—No me ofendes en absoluto —replicó Humpty Dumpty.

—Lo que me intriga es que se trate de un regalo de cumpleaños.

—Sí, pero es un regalo de los que se dan cuando *no* es el cumpleaños, por supuesto.

—Pues yo prefiero los regalos de cumpleaños —dijo Alicia.

—¡Pues no sabes lo que dices! —le gritó Humpty Dumpty—; ¿cuántos días tiene el año?...

—Trescientos sesenta y cinco.

—¿Y cuántos cumpleaños tienes tú al año?

—Uno.

—Y si de trescientos sesenta y cinco restas uno, ¿qué queda?

—Pues trescientos sesenta y cuatro, claro.

—Pues habría que verlo por escrito —dijo Humpty Dumpty, escéptico.

Alicia sacó su cuaderno de notas y sin poder contener una risita hizo la suma y se la mostró:

$$\begin{array}{r} 365 \\ -\ 1 \\ \hline 364 \end{array}$$

Humpty Dumpty tomó el cuaderno y lo examinó con mucha atención, finalmente dijo:

—Creo que la operación es correcta.

—¡Pero si tiene el cuaderno al revés! —le objetó Alicia.

—Pues sí, así es —aceptó Humpty Dumpty con ligereza, mientras Alicia se acercaba y se lo ponía al derecho—. Con razón me parecía raro el aspecto de los números... Bueno, como te decía, la operación me parece correcta; aunque, desde luego, no he tenido tiempo de verificarla a fondo. Sin embargo, es una demostración perfecta de que hay trescientos sesenta y cuatro días durante el año para recibir regalos de *incumpleaños*.

—Eso es cierto —concedió Alicia.

—Y no queda sino un solo día para recibir regalos de cumpleaños... ¡Pues te has cubierto de gloria, niña!

—No sé lo que quiere decir con la palabra "gloria" —dijo Alicia.

—¡Pero claro que no! —respondió Humpty Dumpty con desprecio—, y no podrás entenderlo hasta que yo te lo explique: quiere decir que es una prueba irrefutable.

—Pero el hecho de que sea una prueba irrefutable no tiene nada que ver con la palabra "gloria" —objetó Alicia.

—Cuando yo empleo una palabra —replicó Humpty Dumpty en el mismo tono despectivo—, esa palabra significa exactamente lo que yo quiero que signifique, ni más ni menos.

—¿Pero cómo puede uno hacer que las palabras signifiquen cosas diferentes?

—La cuestión es saber quién hace la norma —dijo categórico Humpty Dumpty—, y entonces cualquier palabra significa lo que dice la norma.

Ante el desconcierto de Alicia, él agregó:

—Todas las palabras tienen cierta personalidad; hay algunas que son muy orgullosas, por ejemplo los verbos... Con los adjetivos uno puede hacer lo que se le dé la gana, pero no así con los verbos... ¡Pero yo soy capaz de meterlos en cintura!... ¡Impenetrabilidad!, ¡eso lo digo yo!

—¿Podría decirme, por favor, qué significa eso? —dijo Alicia, cada vez más intrigada.

—Bueno, ahora ya hablas como una niña sensata —dijo Humpty Dumpty con gran satisfacción—. Por "impenetrabilidad" yo entiendo que ya se ha hablado demasiado sobre este tema y que ya es tiempo de que me digas qué piensas hacer, porque no te puedes quedar aquí toda la vida.

—Eso es mucho significado para una sola palabra —dijo Alicia, reflexiva.

—Sí, yo siempre exijo de las palabras un gran rendimiento —dijo Humpty Dumpty—, para eso les pago bien.

—¡Ah! —dijo Alicia, expresando su total desconcierto.

—Todas acuden a mí el sábado por la noche. ¡Me gustaría que vieras eso! —dijo Humpty Dumpty con orgullo—; por supuesto vienen en busca de su paga. (Alicia no se atrevió a preguntarle en qué forma les pagaba, razón por la que no podremos saberlo).

—Por lo que se ve, usted conoce mucho de palabras —dijo Alicia—; ¿sería usted tan amable de explicarme el significado del poema llamado *Jabberwocky*?

—Si yo escucho el poema —respondió—, con toda seguridad podré explicarlo; yo conozco perfectamente el significado de todos los poemas que se han inventado, y de muchos que no se han inventado todavía.

Con esa declaración de Humpty Dumpty, Alicia se sintió muy entusiasmada y comenzó a recitar la primera estrofa del poema:

> *Era cenora y los flexosos tovos*
> *en los relonces giroscopiaban y perfibraban.*
> *Mísvolos vagaban los borogovos*
> *y los verdirranos extrarrantes gruchisflaban.*

—Eso será suficiente para empezar —interrumpió Humpty Dumpty—; he aquí que tenemos un montón de palabras difíciles..., en primer lugar, la palabra *cenora*, que en este caso significa "las cuatro de la tarde", que es la hora en que se empieza a preparar la cena.

—Muy bien —dijo Alicia, no muy convencida—; ¿y qué me dice de la palabra *flexosos*?

—Bueno, esa palabra quiere decir "flexible", o bien "viscoso"; se trata de una palabra *maletín*, ¿está claro?; o sea que hay dos contenidos de significado en un mismo vocablo.

—¡Ah!, ahora veo —dijo Alicia—; ¿y la palabra *tovos*?

—Los "tovos" son una especie de tejones; aunque también son parecidos a los lagartos y algo tienen de sacacorchos.

—¡Pues vaya que deben ser curiosas esas criaturas! —dijo Alicia.

—¡Sí que lo son! —reiteró Humpty Dumpty—; además hacen sus nidos bajo los relojes de sol y se alimentan de queso.

—¿Y qué significan las palabras *giroscopiar* y *perfibrar*?

—*Giroscopiar* es cuando uno da vueltas y vueltas con un giroscopio; y *perfibrar* es vibrar y perforar, o bien hacer agujeros con un taladro.

—Supongo entonces que la palabra *relonces* se refiere al pasto que rodea a los relojes de sol, ¿no es así? —dijo Alicia, sorprendida por su propio ingenio.

—¡Exactamente!; y cuando se pronuncian lentamente las dos primeras sílabas, la palabra relonces tiene que ver con la longitud del césped, tanto delante como detrás del cuadrante solar.

—Y a los lados también —añadió Alicia muy divertida—; aunque con un mínimo de *once* metros.

—Tienes razón —dijo él—; en cuanto a la palabra *mísvolos*, esa tiene el significado de "miserables" o "frívolos", por lo que también se trata de una palabra maletín. Y un *borogovo* es un pájaro flaco y de vil aspecto, con las alas erizadas y en desorden; algo así como un *mocho* viviente.

—¿Y qué son los *verdirranos extrarrantes*? —dijo Alicia tímidamente— ... Aunque temo que ya estoy abusando de las preguntas.

—Bueno, el "verdirrano" es una especie de marrano verde; "extrarrante" significa "errante", o "fuera de sí"..., la verdad no estoy muy seguro, porque también pudiera referirse a lo "aberrante" del color de la piel del cerdo.

—¿Y cuál es el significado de *gruchisflar*?

—Gruchisflar es un verbo que está entre "gruñir" y "silbar", pero con una especie de estornudo en el centro..., es posible que uno de estos días lo escuches en la espesura del bosque, y entonces te darás cuenta de su verdadero sentido... ¿Pero quién te ha enseñado todos esos versos tan difíciles?

—Los leí en un libro —contestó Alicia—. Pero alguien..., creo que fue Tweedledee, me recitó versos mucho más fáciles que estos.

—En esto de recitar poemas —dijo Humpty Dumpty con fanfarronería—, yo puedo hacerlo mejor que cualquiera..., digo, si viene al caso.

—Bueno, pues aunque *venga*, no es necesario hacer *caso* —dijo Alicia, con la intención de que el otro no se lanzara a declamar.

—El poema que ahora voy a declamar —dijo, sin hacer caso del comentario de Alicia—, fue escrito en especial para tu deleite y entretenimiento.

Ante estas palabras, Alicia entendió que no habría más remedio que escuchar aquello, por lo que se sentó y se dispuso a atender con gran resignación:

Cuando los campos están blancos, en invierno,
te canto esta canción, para tu gozo interno.

—... Bueno, la verdad es que no la *canto* —comentó Humpty Dumpty.

—Sí, ya lo veo —dijo Alicia.

—Si tú realmente *ves* si la canto o no —observó él—, mereces todo mi respeto, pues seguramente tienes una vista mucho más aguda que el resto de los mortales.

Ante esta sarcástica observación, Alicia prefirió guardar silencio y seguir escuchando:

Cuando en el campo renazca la primavera
trataré de explicarte mi intención verdadera.

—¡Estoy muy complacida! —dijo Alicia— ¡Muchísimas gracias!

Y cuando lleguen los días largos del verano
comprenderás mi canto un poco más temprano.

Cuando los tallos estén resecos, en el otoño,
imaginarás que en ellos ya brota algún retoño.

—¡Le aseguro que lo haré! —dijo Alicia—; en caso de que me llegue a acordar.
    —¡No es preciso que sigas haciendo comentarios de este tipo! —dijo Humpty Dumpty muy molesto—; la verdad es que no vienen al caso y me ponen muy nervioso.

Yo envié un mensaje a los peces del mar;
eso es todo lo que puedo desear.

Mas los pececillos viles, al leer la misiva
responden con una escueta expresión negativa.

Y esta fue su respuesta a vuelta de correo:
"Lo haríamos, señor, si fuésemos capaces, pero...".

—No entiendo nada de eso —dijo Alicia.
    —No te preocupes, lo que sigue es más fácil —replicó Humpty Dumpty.

De inmediato les mandé una nueva misiva:
"No me contesten con otra evasiva".

Y los peces contestaron con cierta ironía
"¡Cuida ese genio, y mesura tu ira!".

Los previne una vez, los previne dos veces
¡y a escucharme se negaron los malditos peces!

Tomé en la cocina una olla pesada y contundente
que pareció para este caso de lo más convincente.

Tac, tac, del corazón, mas todo castigo es poco.
Llené aquella gran olla; mi pulso andaba loco.

Y alguien dijo al verme: ¡cuánto llanto derrama
por los peces enfermos que yacen en la cama!

Le dije claramente, le dije con franqueza:
"¡Pues ve y los despiertas con vigor y firmeza!".

Mi voz era tan grave que parecía un rugido;
se lo dije furioso... ¡se lo grité al oído!

Al recitar esta estrofa, Humpty Dumpty alzó tanto la voz que el resultado fue casi como un aullido que le produjo una gran aversión a Alicia; por lo que pensó que por nada del mundo hubiese querido estar en el pellejo de aquel mensajero.

¡Sabe que no soy sordo!, me dijo aquel maldito,
tan tieso como un tronco; ¡basta ya de gritos!

Aquel tipo tan recto y orgulloso, muy pagado de sí,
me dijo: "Yo podría ir a despertarlos si..."

Encontré un tirabuzón en un cercano estante
y por mi propia cuenta los desperté al instante.

Y cuando vi la puerta que tenía gran cerrojo,
la sacudí y golpee con gran enojo.

Pero como estaba bien echado el cierre
la sacudió con rabia, y pronuncié una erre...

Entonces hizo una larga pausa.

—¿Eso es todo? —preguntó Alicia con timidez.

—¡Sí! —respondió Humpty Dumpty—. Y ahora, ¡adiós!

Aquella despedida le pareció muy descortés a Alicia; pero pensó que la actitud de Humpty Dumpty no admitía reclamaciones, así que lo prudente sería marcharse sin más, por lo que se incorporó y alargó la mano hacia él, con el ánimo de despedirse.

—En caso de que nos volviéramos a ver, lo más probable es que no te reconociera —dijo Humpty Dumpty, de oscuro ánimo, y dándole un solo dedo para la despedida—. Al final, tú eres exactamente igual a todo el mundo.

—Bueno, por lo general la gente se diferencia por los rasgos de su rostro —dijo Alicia, reflexiva.

—Ese es precisamente el motivo de mi queja —dijo Humpty Dumpty—, tu rostro es como el de cualquiera, no tiene nada de especial: dos ojos en su lugar —los señaló en el aire con los dedos—, la nariz en el medio y la boca debajo. Todo igual que todos. Ojalá tuvieras los dos ojos del mismo lado de la nariz, o la boca en la frente..., eso me daría alguna pista.

—¡Pero eso sería muy feo! —objetó Alicia, pero Humpty Dumpty ya había cerrado los ojos y la ignoraba, sin embargo concluyó: "Pruébalo en vez de opinar a la ligera".

Alicia esperó unos minutos para ver si él abría los ojos y se decidía a reiniciar la conversación; pero como no hacía ni lo uno ni lo otro; le volvió a dar el adiós sin obtener respuesta alguna y se marchó lentamente.

Ya estando en el camino, Alicia no pudo evitar reflexionar mientras se alejaba: "De todas las personas *contraproducentes* (esta le pareció una palabra bonita, además de que le daba gusto pronunciarla porque era muy larga, así que procuró repetirla para sus adentros); de tantas personas contraproducentes que he conocido...", pero no pudo continuar la frase, porque en ese momento un gran estruendo sacudió todo el bosque.

Capítulo 7
El león y el unicornio

De un momento a otro, y de todas partes del bosque, llegaron corriendo muchos soldados; primero en grupos pequeños, compuestos solamente de dos o tres elementos, luego en pelotones de diez o veinte, y posteriormente en verdaderos regimientos. Al final ya eran tantos que parecía que iban a llenar el bosque, por lo que Alicia, prudentemente, se refugió junto al tronco de un gran árbol, y desde ahí los vio pasar.

Entonces se dedicó a observarlos, pensando que nunca en su vida había visto soldados de piernas tan delicadas, pues ellos tropezaban ante cualquier obstáculo, y si uno daba un traspié, muchos otros le caían encima, de manera que al poco tiempo todo el terreno estaba cubierto por montoncitos de soldados caídos.

Pero más tarde llegaron los caballos, que se las arreglaron mejor que los soldados; sobre todo por la ventaja de tener cuatro patas, aunque de vez en cuando también ellos tropezaban. Sin embargo, tal parecía que la regla era que si tropezaba un caballo, también el jinete caía. La confusión aumentaba constantemente, por lo que Alicia se alegró de encontrarse en campo abierto, en los linderos del bosque. De pronto vio que cerca de ahí estaba el rey blanco, sentado en el suelo, y muy atareado escribiendo en su cuaderno de notas.

—¡Todos estos son enviados míos! —exclamó con gran orgullo el rey cuando vio que se acercaba Alicia—. Escucha, pequeña, ¿de casualidad has viso por el bosque a unos soldados?

—¡Sí que los he visto! —respondió ella—, y según mis cálculos son varios miles.

—Cuatro mil doscientos siete, para ser exactos —dijo el rey, consultando su cuaderno—. Desgraciadamente no pude enviar a todos los caballos porque había dos que estaban ocupados en la partida de ajedrez, y tampoco pude enviar a los dos mensajeros, que se habían ido a la ciudad; pero observa el camino y dime si puedes ver a alguno de los dos.

—No, yo no veo a nadie —dijo Alicia.

—¡Ojalá tuviera yo tan buena vista! —dijo el rey, en un tono de queja—. Mira que ser capaz de *ver a nadie*, ¡y a tanta distancia! Yo lo único que logro ver es una que otra figura real.

Alicia no prestó atención a las palabras del rey, pues seguía observando a la distancia, usando una mano como visera para protegerse del sol.

—¡Ahora sí que veo a alguien! —gritó de pronto—. Pero viene muy despacio y su postura es muy rara (pues sucedía que el mensajero, a medida que avanzaba, se retorcía y brincaba, con las manos extendidas a los lados, a modo de abanicos).

—¿Qué tiene de rara su postura? —dijo el rey—, es solamente que se trata de un mensajero anglosajón, por lo que sus posturas son también anglosajonas. Él las adopta cuando está contento; su nombre es Haigha (lo pronunció como si rimara con "agua").

—*A mi amor amo con H* —dijo Alicia sin poder contenerse—*porque es tan Hacendoso; lo odio con H porque es tan Horroroso... Lo alimento de... de Heno, y Huevo duro... Haigha se llama el hombre, y Habita...*

—En su habitación —agregó el rey, sin que ello supusiera que se unía al juego de Alicia, quien pensaba en el nombre de una ciudad que comenzara con H—. El otro mensajero se llama Hatta. Tú debes comprender que los mensajeros deben ser siempre dos; pues como hay que ir y volver, pues uno va y el otro vuelve.

—Lo siento, Su Majestad, pero esto me deja en blanco...

—Yo también estoy casi *sin blanca*, pero eso no significa que vaya mendigando...

—Lo que yo quise decir es que no entiendo lo que me dice —replicó Alicia—, ¿por qué un mensajero de ida y otro de vuelta?

—¡Pero eso es precisamente lo que te acabo de explicar, niña! —dijo el rey, con impaciencia—. ¡Se necesitan dos para llevar y traer: uno para llevar y el otro para traer!

En esos momentos llegó el mensajero, pero estaba tan agotado que no podía articular palabra; solamente gesticulaba y hacía las más grotescas muecas delante del rey.

—Esta jovencita te ama con H —dijo el rey, con la actitud de presentar a Alicia y desviar la atención que el mensajero Haigha ponía sobre él; pero todo fue en vano, pues las actitudes anglosajonas cada vez fueron más pronunciadas y sus grandes ojos giraban sobre sus órbitas.

—¡Me alarmas! —dijo el rey—. Estoy a punto de desfallecer... ¡necesito un sándwich de huevo duro!

Ante la sorpresa de Alicia, el mensajero abrió su gran bolsa y extrajo un sándwich que le ofreció al rey, quien de inmediato lo devoró.

—¡Otro sándwich! —dijo el monarca.

—Ya no tengo de huevo —dijo el mensajero, apenado—, solo quedan de heno.

—¡Pues que sea entonces de heno! —murmuró decepcionado el rey.

Alicia se alegró mucho al ver que el sándwich de heno reanimaba al rey.

—¡Nada como comer heno cuando está uno al borde del desmayo! —dijo el rey mientras masticaba con satisfacción.

—A mí me han dicho que en tales casos es muy bueno un poco de agua fría —dijo Alicia— o mejor sales aromáticas.

—Yo no dije que no hubiera nada mejor; solo dije que no había *nada como* comer —afirmación que por supuesto Alicia no se atrevió a contradecir.

—¿A quién encontraste por el camino? —preguntó el rey al mensajero, al tiempo que le estiraba la mano para recibir otro sándwich de heno.

—A nadie —respondió el mensajero.

—¡Claro! —dijo el rey—. Esta jovencita también vio a *nadie*; eso prueba que eres el más lento.

—Todo lo contrario —repuso el mensajero con aire de enojo—. ¡Yo viajo solo porque nadie me sigue el paso! De eso estoy seguro.

—No puede ser —dijo el rey—; en todo caso habría llegado antes que tú; pero ahora que ya te has repuesto, cuéntanos lo que pasa en la ciudad.

—Bueno, pero lo contaré en voz muy baja —dijo el mensajero en actitud de misterio, colocándose las manos sobre la boca a modo de sordina y acercándose al oído del rey. Todo esto

le molestó mucho a Alicia, pues ella también quería enterarse de las noticias. Pero el mensajero, en vez del anunciado cuchicheo, gritó con gran fuerza al oído del rey: "¡Ya están armando una trifulca de nuevo!".

—¿Y a eso le llamas hablar en voz muy baja? —exclamó el rey, dando un salto—. ¡Si vuelves a hablarme en ese tono, te embadurnaré con manteca y te pondré en el asador!... ¡Me atravesaste la cabeza como si fuera un terremoto!

"Pues fue un terremoto más bien pequeño" —pensó Alicia.

—¿Y quiénes son los que han armado la trifulca esta vez? —se atrevió a preguntar Alicia.

—¿Quiénes habrían de ser? —respondió el rey— ¡pues el león y el unicornio!

—¿Ellos pretenden el trono?

—¡Por supuesto! —dijo el rey—. Y lo que resulta gracioso es que se trata de *mi trono*... ¡siempre es la misma cosa, vamos corriendo a verlos!

Mientras corrían, Alicia recordó una vieja canción:

> *El león y el unicornio*
> *por un trono combatieron.*
> *El león al unicornio*
> *le dio una paliza muy buena.*
>
> *Para unos el pan blanco*
> *y para otros pan moreno.*
> *En la villa todos claman:*
> *¡qué tarta les ofrecieron!...*
> *y un redoble de tambores*
> *arrojó a todos del pueblo.*

—¿Entonces, el que gana, se lleva la corona? —dijo Alicia con dificultad para articular, pues de tanto correr había perdido el aliento.

—¡Pero claro que no! —dijo el rey—, ¡a quién se le ocurre pensar eso!

—¿Tendría la bondad, Su Majestad, de parar unos instantes —pidió Alicia, jadeante— para descansar un poco y recuperar el aliento?

—*Bondad* sí tengo —dijo el rey—, lo que me falta es *fuerza*; además de que un minuto se va volando, intentar pararlo es como detener un Bandersnatch.

Como Alicia no tenía aliento para seguir hablando, siguieron corriendo en silencio hasta que llegaron frente a una gran multitud que miraba luchar al león y al unicornio. Se colocaron cerca de Hatta, el otro mensajero, que también observaba la lucha, con una taza de té en la mano y una rebanada de pan con mantequilla en la otra.

—Es que acaba de salir de la cárcel y no tuvo tiempo de terminar su té al ser arrestado —susurró Haigha al oído de Alicia—; y como en prisión solamente dan conchas de ostra…, es comprensible que tenga tanta hambre y tanta sed. ¿Cómo se siente mi querido niño? —le dijo Haigha con gran afecto a Hatta, pasando su brazo por el cuello.

Hatta se volvió hacia él e hizo una ligera seña de asentimiento con la cabeza, pero siguió comiendo su pan con mantequilla.

—¿Qué tal la pasaste en la cárcel?— dijo Haigha.

Hatta ve volvió hacia él y una o dos lágrimas corrieron por sus mejillas, pero siguió sin pronunciar ningún sonido.

—¿Acaso has perdido el habla?… ¡di algo! —le gritó Haigha desesperado; pero Hatta seguía nervioso, masticando y bebiendo su té.

—¡Te ordeno que hables! —dijo el rey—. ¿Cómo va la pelea?

Hatta engulló el resto del pan con mantequilla, y casi atragantado respondió:

—Están muy parejos; cada uno ha caído ochenta y siete veces.

—Entonces no tardarán mucho en traer el pan blanco y el integral…, supongo —observó Alicia, con timidez.

—El pan ya lo trajeron —dijo Hatta—, yo estoy comiendo un trozo.

En esos momentos se interrumpió la pelea; el león y el unicornio se sentaron a descansar, rendidos y jadeantes, mientras el rey anunciaba con fuerte voz:

—¡Se dan diez segundos de tregua para tomar un refrigerio!

Haigha y Hatta pasaron una charola que contenía trozos de pan blanco y moreno; Alicia tomó un pedacito para probarlo, pero le pareció muy seco.

—Yo no creo que sigan con la lucha el día de hoy —dijo el rey, dirigiéndose a Hatta—. Ve y diles que yo ordeno que comiencen los tambores —entonces Hatta se fue dando largos saltos como un saltamontes.

Durante uno o dos minutos, Alicia se quedó mirando en silencio la escena; hasta que de pronto se le iluminó el rostro y se puso a señalar con el dedo, muy excitada:

—¡Allá, por el campo, va corriendo la reina blanca!… acaba de salir del bosque y va como volando… ¡Es increíble la velocidad a la que corren estas reinas!

—¡Sin duda está siendo perseguida por alguno de los enemigos! —dijo el rey, sin volverse para verla—. En este bosque hay muchos enemigos.

—¿No va a correr en su ayuda? —dijo Alicia, sorprendida de que lo tomara con tanta calma.

—¡No!, ¿para qué? —dijo el rey—. Ella corre muy rápido… ¡sería como querer atrapar a un Bandersnatch! Pero si quieres le escribiré un memorando sobre el asunto. ¡Es una criatura entrañable! —dijo, mientras abría el cuaderno—. ¿*Criatura*, se escribe con *e* o con *i*?

En esos instantes se aproximó a ellos el unicornio, quien venía caminando despacio y con las manos en los bolsillos.

—Creo que esta vez me le he impuesto en la pelea —dijo al pasar, mirando fijamente al rey.

—Un poco, solo un poco —comentó el rey, con cierto nerviosismo—; pero tú sabes que no debiste traspasarlo con el cuerno.

—De cualquier manera no le hice daño —dijo el unicornio sin darle mucha importancia al asunto. Iba a continuar hablando cuando su vista se topo con Alicia; entonces se le quedó mirando un rato con un gesto de profundo disgusto.

—¿Qué es esto? —dijo.

—¡Es una niña! —respondió Haigha con alegría, colocándose ante Alicia para hacer la presentación, y extendiendo hacia ella ambas manos con sus modales anglosajones—. La hemos conocido el día de hoy... ¡Es de tamaño natural y dos veces más real!

—¡Yo pensé que se trataba de un monstruo! —dijo el unicornio—. ¿En verdad está viva?

—¡Sabe hablar! —dijo Haigha con solemnidad.

Entonces el unicornio se puso a observar detenidamente a Alicia.

—¡Habla, niña! —le dijo, autoritario.

Alicia no pudo evitar una sonrisa mientras decía:

—¿Sabe usted? Yo también creía que los unicornios eran monstruos fabulosos... ¡Nunca había visto uno vivo!

—Bueno, pues ahora ya nos hemos visto mutuamente —dijo el unicornio—; por lo tanto, si tú crees en mí, yo creeré en ti; ¿de acuerdo?

—¡Sí, me parece muy bien!

—¡Vamos, viejo, saca ya la tarta de frutas! —dijo irreverente el unicornio, dirigiéndose al rey—. ¡Y no quiero ni oír hablar de pan blanco o integral!

—¡Cierto... cierto! —balbuceó el rey, e hizo una seña a Haigha para murmurarle: "¡Vamos, abre la bolsa, rápido!... ¡No, esa no; esa está llena de heno!".

Entonces Haigha sacó una gran tarta de frutas y se la pasó a Alicia para que la sostuviera, mientras sacaba también una charola y un cuchillo. Alicia no podía comprender cómo de ese costal podían salir tantas cosas... "Parece cosa de magia", pensaba.

Entonces llegó el león, que se veía muy cansado, y tan soñoliento que se le cerraban los ojos sin querer.

—¿Qué cosa es esto? —dijo al mirar a Alicia, aunque su voz sonaba sepulcral por la pereza que lo abrumaba.

—A ver, piensa un poco —dijo burlón el unicornio—. Seguro que no vas a adivinarlo, ¡yo tampoco pude!

Entonces el león se puso a examinar a Alicia a pesar de su modorra.

—¿Tú eres animal..., vegetal..., mineral? —le preguntó, con un bostezo entre cada palabra.

—¡Es un monstruo fabuloso! —exclamó el unicornio, sin darle tiempo a Alicia de contestar.

—Bueno, monstruo, entonces pásanos la tarta —dijo el león, echándose pesadamente al suelo y apoyando su mentón sobre las patas delanteras —; y ustedes dos (el rey y el unicornio), siéntense a compartir la tarta, ¡pero que quede claro que serán partes iguales!

Al parecer, el rey se sentía muy incómodo de tener que sentarse entre dos criaturas bestiales, pero no le quedaba más remedio, pues no había otro lugar.

—¡Ahora es precisamente el momento de entablar la gran lucha por el trono! —dijo el unicornio, mirando furtivamente la corona que temblaba en la cabeza del pobre rey, pues él estaba muy nervioso.

—Yo la ganaría sin mayores dificultades —dijo el león, con un dejo de aburrimiento.

—Pues no tienes por qué estar tan seguro —replicó el unicornio.

—¡Pero si te di una tremenda paliza por toda la ciudad! —replicó el león, furioso y en actitud de levantarse.

En aquel momento intervino el rey para evitar que se reiniciase le lucha de inmediato, pero estaba muy nervioso y le temblaba la voz

—¿Por toda la ciudad?, eso me parece que es mucha distancia; ¿acaso pasaron ustedes por el puente viejo y la plaza del mercado?... Les aseguro que la mejor vista es la del puente viejo.

—Yo no estoy seguro de eso —dijo el león echándose otra vez al suelo—. Cuando pasamos por ahí había demasiado polvo y no se podía ver nada... ¡Pero cuánto tarda este monstruo en dividir la tarta!

Alicia se había sentado en la orilla del arroyo y se esforzaba en partir la tarta en partes iguales.

—¡Es desesperante! —dijo Alicia, dirigiéndose al león (no le importaba que la llamaran "monstruo")—. ¡Cada vez que la parto en trozos, se me vuelven a juntar!

—Se ve que tú no tienes ninguna práctica con las tartas del espejo —dijo el unicornio—. Aquí se deben repartir primero los trozos, y después cortarlos.

Aquel método le pareció completamente absurdo, pero Alicia se levantó y les presentó la charola con la tarta, que de inmediato se dividió en tres porciones equivalentes.

—Ahora deberás cortarla —dijo el león cuando Alicia regresó a su lugar con la charola vacía.

—¡A mí me parece que esto no es justo! —gritó el unicornio mientras Alicia, con el cuchillo en el aire miraba desconcertada hacia la charola vacía—. ¡Ese monstruo le ha dado al león el doble que a mí!

—Como quiera que sea, ella se ha quedado sin nada —observó el león—. Monstruo: ¿te gusta la tarta de frutas?

Pero antes de que Alicia pudiese contestar, comenzaron a resonar los tambores por todos lados.

Alicia no podía reconocer la procedencia de aquellos redobles, era como si el aire estuviese saturado de aquellos golpeteos que al resonar en su cabeza la

dejaban completamente sorda. Entonces se levantó de un brinco y sin pensarlo saltó al otro lado del arroyo, justo a tiempo para ver como...

El león y el unicornio se levantaban furiosos (aunque su furia era porque la fiesta se suspendía) mientras Alicia luchaba por liberarse del molesto estruendo, tapándose los oídos con ambas manos... "Si no los arroja de la ciudad ese horrible ruido —pensaba—, nada podría lograrlo".

Capítulo 8
De mi propia invención

El ruido fue decreciendo gradualmente, hasta que, al extinguirse se hizo un silencio de muerte. Entonces Alicia alzó la cabeza un poco alarmada. En todo el derredor no se veía un alma, y aquella desolación le hizo pensar que tal vez el león, el unicornio y los extraños mensajeros anglosajones no habían sido otra cosa que el producto de su imaginación. Pero se dio cuenta de que a sus pies estaba la gran charola que había contenido la tarta de frutas... "Así que en verdad no he estado soñando —se dijo a sí misma—..., a menos de que, bueno, a menos de que todo esto sea parte de un sueño que me incluye a mí misma... En ese caso, que al menos sea mi propio sueño y no el del rey rojo... No me gustaría ser parte del sueño de otra persona —se dijo, con cierto pesar—; me dan ganas de despertar al rey y ver qué pasa".

En aquel momento se escucharon unas voces que decían: "¡Eh... Ah: Jaque!", lo que interrumpió sus reflexiones, además de que vio con sorpresa que un caballero, ataviado con una armadura púrpura, venía al galope hacia ella, blandiendo una maza enorme. En el preciso instante en que llegó donde ella estaba, el caballo se detuvo en seco.

—¡Eres mi prisionera! —dijo el caballero, pero en vez de apearse del caballo, se desplomó de él.

Alicia, desde luego, estaba muy asustada, pero en esos momentos estaba más preocupada por el caballero caído que por ella misma, así que lo estuvo observando con mucha atención mientras se incorporaba y buscaba la manera de volver a instalarse en su cabalgadura. Cuando finalmente logró montar de nuevo, el caballero intentó declarar de nuevo: "¡Eres mi...!", cuando las voces sonaron más cercanas: "¡Eh... Jaque!", y Alicia, muy sorprendida se volvió hacia lo que parecía la presencia de un nuevo enemigo.

Y así era, pero ahora se trataba del caballero blanco, quien paró su caballo delante de Alicia y, de igual manera que su predecesor, se desplomó en el suelo; también volvió a montar y entonces los dos caballeros, desde lo alto de sus monturas, se miraron por largo rato en silencio. Alicia, desconcertada, miraba alternativamente a uno y otro.

—¡No olvides que la prisionera es mía! —dijo finalmente el caballero rojo.

—¡Era tuya! Pero luego llegué yo, ¡y la rescaté! —replicó el caballero blanco.

—Pues en estas circunstancias, lo que procede es un duelo —dijo el caballero rojo, tomando un raro yelmo que tenía la forma de la cabeza de un caballo.

—Doy por supuesto que entre caballeros se guardarán las reglas del combate —observó el caballero blanco, colocándose también su yelmo.

—Por supuesto, como siempre —dijo el caballero rojo, y al momento comenzaron a golpearse con tal fuerza, que Alicia, muerta de miedo, se refugió detrás de un árbol.

—¿Cuáles serán esas reglas del combate? —se preguntaba Alicia, lanzando tímidas miradas desde su refugio—. Yo creo que una de las reglas es que si un caballero le da al otro y lo derriba del caballo... y si falla y el que cae es él... bueno, tal vez. Puede ser que otra de las reglas sea que deben sostener la maza con ambas manos, como si fuese un teatro de títeres... ¡Vaya escándalo que hacen al caer!..., es como si cayeran sobre el guardafuegos todos los atizadores de la chimenea... ¡Pero qué quietos están los caballos!; se dejan montar y caen de ellos como si fuesen de madera".

Otra regla de duelo que Alicia no había considerado era que siempre cayeran de cabeza, y la lucha terminó cuando ambos se desplomaron al mismo tiempo, uno al lado del otro. La seña de que se había cumplido el duelo fue que al levantarse se dieron la mano efusivamente, y de inmediato el caballero rojo montó en su corcel y se alejó a galope tendido.

—¡Fue una victoria gloriosa! —dijo el caballero blanco mientras se aproximaba a Alicia, todavía jadeante.

—¡Yo no lo sé! —dijo ella, balbuciente, pues no podía discernir por qué había ganado uno o el otro, además de que en esos momentos lo único que quería era aclarar su situación—. Yo no quiero ser prisionera de nadie, ¡lo que yo quiero es ser reina!

—Lo serás cuando hayas cruzado el siguiente arroyo —le dijo el caballero blanco—. Yo te llevaré al lindero del bosque y te dejaré a salvo. Después tendré que regresar a mi sitio, pues como sabrás, aquí termina mi movimiento.

—¡Muchísimas gracias! —dijo Alicia— ¿quiere que le ayude a quitarse el yelmo? —le preguntó, pues le parecía claro que él no podría hacerlo solo. Después de un rato de fuertes sacudidas, por fin cedió el yelmo.

—¡Ah, por fin puedo respirar! —dijo el caballero, alisándose el pelo hacia atrás con ambas manos, y volviendo hacia Alicia un rostro que ella percibió de gran bondad, y una mirada llena de ternura. Alicia pensó que en toda su vida no había encontrado nunca un soldado que tuviera tal aspecto.

Aquel personaje estaba enfundado en una armadura de hojalata que le sentaba muy mal; además de que llevaba una cajita de madera sujeta a la espalda que parecía colocada al revés, pues se encontraba abierta y le colgaba la tapa. Alicia se sintió muy intrigada por esa caja y se puso a mirarla con detenimiento.

—Bien me doy cuenta de que mi cajita te llama la atención —dijo el caballero, en un tono amistoso—. Este es un artefacto de mi propia invención; sirve para guardar ropa y bocadillos. Como podrás darte cuenta, la llevo hacia abajo, pues no me gusta que las cosas se mojen con la lluvia.

—Pero así fácilmente pueden caerse las cosas —dijo Alicia, con amabilidad—; habrá usted notado que lleva la tapa abierta.

—¡Vaya, no lo había notado! —dijo el caballero, con un gesto de contrariedad—. ¡Entonces lo más probable es que ya se me haya caído todo!; una caja vacía no tiene ninguna utilidad —y comenzó a quitársela. Cuando estaba a punto de arrojarla entre unos matorrales, se le ocurrió una súbita idea que le hizo cambiar de planes, y entonces colgó la cajita en la rama de un árbol.

—¿Adivinas por qué hago esto? —le preguntó a Alicia, quien negó con la cabeza.

—Es con la idea de que las abejas hagan su panal dentro de la caja, de esta manera podré tener algo de miel.

—Pero si ya tiene una colmena, o algo que se parece a eso... yo la veo sujeta a la silla de su caballo —le dijo Alicia.

—¡Ah, sí, es una colmena magnífica! —dijo el orgulloso caballero—. Es una colmena de la mejor calidad, pero lo malo es que ninguna abeja se quiere acercar a ella; será tal vez porque al lado de ella traigo una ratonera, y es posible que los ratones alejen a las abejas... o las abejas a los ratones; ¡quién sabe!

—Pues sí; yo no sabía para qué estaba ahí la ratonera —dijo Alicia—; es poco probable encontrar un ratón encima de un caballo.

—Bueno, sí es poco probable, pero no imposible —objetó el caballero—, y si ocurriera no me gustaría tener ratones que me corretearan por encima todo el tiempo. A mí me gusta ser previsor, es por eso que mi caballo lleva tantos brazaletes en las patas.

—¿Para qué son? —preguntó Alicia, que estaba muy intrigada.

—Para protegerlo de las mordeduras de los tiburones —explicó amablemente el caballero—. Es un aditamento de mi propia invención... Pero ahora es conveniente que me ayudes a montar, pues, como ya te dije, iré contigo hasta el lindero del bosque... ¿para qué es esa charola?

—Para una tarta —respondió Alicia.

—Bueno, pues será mejor llevárnosla —dijo el caballero—, nos será muy útil si encontramos una tarta por el camino. Por favor ayúdame a meterla en el saco.

La operación de guardar la charola llevó mucho tiempo, pues aunque Alicia mantenía el costal bien abierto, el caballero se veía torpe a la hora de meter la charola, incluso en dos de los intentos, fue él quien cayó dentro del saco.

—Es que este saco está un poco abarrotado —dijo el caballero, una vez que pudieron meter la charola en él—; dentro hay muchos candelabros —dijo, mientras lo colgaba en la silla, que también estaba cargada con manojos de zanahorias, hierros de chimenea y una infinidad de cosas.

—Espero que tengas el cabello bien sujeto —dijo el caballero cuando iniciaron la marcha.

—Está como siempre —dijo Alicia, sonriendo.

—Pues eso es insuficiente —dijo el caballero con un dejo de ansiedad en la voz—. Aquí los vientos son tan fuertes que levantan muchas cosas, mismas que andan volando por todos lados.

—¿No tienen ustedes un sistema para evitar que el viento se lleve el pelo? —preguntó Alicia.

—No, todavía no, pero sí tenemos un sistema para evitar que no se caiga el cabello —dijo el caballero.

—¡Ah!, pues me gustaría mucho conocer ese sistema —dijo Alicia.

—Pues bien, primero tomas una estaca bien recta —explicó el caballero—, luego haces que el pelo trepe por ella, como un frutal por una estaca; como es lógico, la razón por la que se cae el pelo es porque se encuentra hacia abajo, o sea que cuelga. Es evidente que las cosas nunca caen hacia arriba; así que estando el pelo en esta posición, nunca podría caerse. Puedes probarlo, si quieres.

"¡Ese sistema no parece muy cómodo!", pensaba Alicia al caminar en silencio, dándole vueltas a la misma idea y pensando en cuál sería la manera de echarle una mano a ese caballero, que evidentemente no era muy buen jinete, pues siempre que se detenía el caballo (lo que ocurría muy seguido), el pobre se caía por delante; y siempre que el caballo arrancaba (lo que casi siempre hacía con brusquedad) él se caía por detrás. Todo el resto del tiempo se mantenía en un equilibrio aceptable, aunque de vez en cuando también se caía por los lados, y como generalmente esto ocurría por el lado en que caminaba Alicia, ella tuvo la precaución de no caminar muy pegada al caballo.

—Me temo que no tiene usted mucha práctica en el arte de montar a caballo —se atrevió a decir Alicia, mientras lo ayudaba a montar después de la quinta caída.

Ante estas palabras, el caballero se mostró en principio extrañado, pero también ofendido.

—¿Y eso, a qué viene? —le preguntó con brusquedad, mientras se volvía a subir, tomando con una mano el pelo de Alicia, para no perder el balance y caer por el otro lado.

—Pues, se dice, que la gente que tiene práctica en el montar no se cae tan seguido del caballo.

—¡Yo tengo la suficiente práctica! —dijo con mucho orgullo el caballero—; ¡más que suficiente!

Alicia no pudo encontrar un comentario mejor que un incrédulo "¿de veras?"; aunque lo dijo de la manera menos ofensiva que pudo. Ellos prosiguieron su camino en silencio, hasta que el caballero, con los ojos semicerrados, murmuró como para sus adentros algunas cosas

incomprensibles, con lo que Alicia se alistó para la inminente caída, observando la distracción del caballero. Sin embargo, esto no ocurrió, y en vez de eso el caballero dijo en voz alta y en tono doctoral:

—El verdadero arte de la equitación, consiste en mantener... —La frase quedó trunca, pues al pasar un pequeño vado, el caballero cayó de cabeza justo en mitad del camino, por el lado donde caminaba Alicia. Esta vez ella se asustó mucho, y le dijo angustiada mientras lo ayudaba a levantarse.

—Espero que no se haya roto ningún hueso.

—Ninguno que valga la pena mencionar —dijo el caballero, como si no le importara la ruptura de dos o tres pequeños huesecillos—... Como te decía, el gran arte de la equitación consiste en mantener el equilibrio; así que, ¡fíjate bien!

Entonces soltó las riendas y extendió ambos brazos, para mostrarle a Alicia lo que había dicho..., y esta vez cayó de espaldas, justo bajo las patas del caballo

—¡Tengo experiencia más que suficiente! —seguía repitiendo mientras Alicia lo ayudaba a ponerse en pie...—. ¡Más que suficiente!

—¡Esto se pasa de ridículo! —exclamó Alicia, habiendo perdido toda la paciencia—. ¡Lo que usted necesita es un caballo de madera con ruedas!

—Pero dime: ¿ese tipo de caballo, realmente marcha sobre ruedas? —preguntó el caballero, mostrando un gran interés, mientras se prendía con fuerza del cuello del caballo, para evitar una nueva caída.

—Es mucho más que un verdadero caballo —dijo Alicia, sin poder contener la risa.

—Pues me conseguiré uno de esos —dijo, como hablando para sí mismo el caballero—¡uno, dos... o varios! —y después de un breve silencio, prosiguió—: poseo un gran talento para inventar cosas. Cuando me ayudaste a levantarme la última vez, habrás notado que estaba algo pensativo, ¿no?

—Sí, lo note un poco distraído.

—Pues estaba pensando en un nuevo método para pasar la cerca... ¿te gustaría saber en qué consiste?

—¡Claro que me gustaría! —dijo Alicia.

—Bueno, pues voy a decirte cómo se me ocurrió esta idea —dijo el caballero—. Verás, me dije a mí mismo: "Tal parece que la única dificultad estriba en los pies, pues por lo que toca a la cabeza, esta se encuentra bastante alta"; así que pensé que si pongo la cabeza encima de la cerca, pues sucederá que la cabeza se encuentra bastante alta; pero si me pongo cabeza aba-

jo, con las piernas al aire, los pies tendrán suficiente altura, por lo que no
hay razón para no pasar la cerca con
facilidad.

—Pues sí; haciendo todo esto seguramente podría pasar la cerca —dijo
Alicia—, ¿pero no le parece que esta
es una operación muy difícil?

—Pues no he probado este método
—dijo el caballero—, así que no puedo decirte si es fácil o difícil; pero tengo que admitir que sería un poco complicado.

Ante esta dificultad, el caballero parecía tan contrariado que Alicia cambió rápidamente
de tema.

—¡Qué interesante es el yelmo que lleva usted! —dijo con entusiasmo—. ¿Es también un
objeto de su propia invención?

Él posó su mirada con orgullo sobre el yelmo que llevaba colgado en la silla.

—Sí —dijo—, pero he inventado otro todavía mejor, que tiene la forma de un pan de azúcar. Recuerdo que cuando lo usaba, si me caía del caballo, el yelmo tocaba el suelo en primer
lugar, y como era muy grande, yo caía de muy corta distancia. El único peligro era caer dentro
del propio yelmo; recuerdo que eso me ocurrió una vez, y lo peor de todo es que no me dio
tiempo de salir de él y vino el otro caballero blanco, quien se lo puso, creyendo que se trataba
de su propio yelmo.

Al contar estas cosas, el caballero adoptaba un aire de tal solemnidad, que Alicia tuvo que
hacer un gran esfuerzo para no soltar la risa.

—Yo creo que le hizo algún daño —dijo Alicia con voz temblorosa por la risa contenida—,
¡si usted estaba encima de su cabeza!

—No tuve más remedio que darle algunas patadas, por supuesto —dijo muy serio el caballero—; y él entonces se quitó el yelmo y…, necesitó varias horas para sacarme, pues estaba
tan metido ahí adentro que yo creía haber echado raíces.

—Pero no sería el mismo tipo de raíces que echan los árboles —le objetó Alicia.

—¡Toda clase de raíces, te lo aseguro! —dijo el caballero, levantando las manos con tal vehemencia que por supuesto rodó en la silla y cayó de cabeza en una profunda zanja.

Alicia se fue corriendo al bordo de la zanja para auxiliarlo; esta caída le parecía más grave que las demás, pues ya llevaba un buen rato sobre el caballo, además de que la profundidad de la zanja aumentaba el riesgo. Prácticamente todo su cuerpo se encontraba hundido, Alicia solo podía ver las plantas de sus pies, pero se sintió muy aliviada al oírle decir con tono habitual:

—¡Toda clase de raíces! —repetía—; pero el descuido de él fue imperdonable: ¡ponerse un yelmo con una persona adentro!

—¿Cómo puede hablar tan tranquilo cabeza abajo? —le preguntó Alicia, mientras lo arrastraba de los pies y lo dejaba como un fardo al borde de la zanja.

El caballero se mostró muy sorprendido de la pregunta

—¿Qué puede importar la transitoria posición de mi cuerpo? —dijo—, no importa dónde se encuentra mi cabeza si sigue funcionando igual... De hecho, cuanto más tiempo me encuentro cabeza abajo, tanto más crece mi capacidad para inventar cosas nuevas... Y ahora recuerdo que la cosa más notable que he inventado en toda mi vida ha sido un nuevo budín, mientras estábamos en el plato de carne.

—¿O sea que se disponía a tiempo para que lo sirvieran inmediatamente después de la carne? —preguntó Alicia—. ¡Pues eso sí que era un trabajo rápido!

—Bueno, no tanto —dijo en tono pensativo y parsimonioso el caballero—; no era muy rápido para el plato siguiente.

—Bueno, pero hubiera podido ser para el día siguiente..., desde luego que no podrían haber dos budines en una misma cena.

—Bueno, pues de hecho no era para el día siguiente, ni para el otro —replicó el caballero, con sordina en la voz y la cabeza baja—; yo no creo que ese budín se preparase nunca. Estoy seguro de que jamás se preparó, y sin embargo con ese budín di muestras de mi gran capacidad inventiva.

—¿Y de qué iba a estar hecho ese budín? —preguntó Alicia, solamente por animar un poco al deprimido caballero.

—Para empezar, de papel secante —dijo el caballero, a punto de soltar el llanto.

—Me temo que no tendría un sabor muy bueno —objetó Alicia.

—Solo no —dijo el caballero, con impaciencia—, pero era muy diferente si lo mezclabas con otras cosas, por ejemplo pólvora y lacre..., pero ya no podemos seguir hablando, pues hemos llegado a nuestro destino —efectivamente, habían llegado al linde del bosque.

Alicia seguía muy pensativa y asombrada con el asunto del budín.

—Estás triste —dijo el caballero, que la sentía pensativa—, pues para alegrarte voy a cantarte una canción.

—¿Es muy larga? —le preguntó Alicia, harta ya de escuchar poesías.

—Bueno, sí es un poco larga —le contestó el caballero—, pero como es muy hermosa, a todos los que me la escuchan cantar se les escapan las lágrimas, o si no...

—O si no, ¿qué? —dijo Alicia, pues el caballero se había cortado de golpe.

—... pues no se les escapan las lágrimas. El nombre que le dan es *Ojos de besugo*.

—¡Ah!, es un raro nombre para una canción —dijo Alicia.

—¡No entiendes bien! —dijo enojado el caballero—, ese es el nombre que *le dan*, pero su verdadero nombre es *El hombre viejo*.

—Entonces yo debería haber dicho: "Así es como se llama la canción" —dijo Alicia como una autocorrección.

—¡No, eso es otra cosa!, la canción se llama *Vías y medios*, pero eso es *cómo se llama la canción*, no *la canción en sí misma*... ¿lo ves?

—Pues ahora ya no entiendo nada... ¿Cuál es entonces la canción? —dijo Alicia ya en el colmo de la exasperación.

—A eso iba yo —dijo el caballero—, la canción es propiamente *Sentado en una cerca*, y la tonada es de mi propia invención.

Y al decir esto, detuvo el caballo y dejó sueltas las riendas sobre el cuello del animal, para después marcar el ritmo con una mano y sonreír de una manera cándida, como si entrara en una especie de éxtasis solo de pensar en el ritmo de su canción, y entonces se puso a cantar.

De todas las cosas extrañas que vio Alicia en su viaje a través del espejo, esta es la que después recordará con mayor viveza; incluso años más tarde, ella podía rememorar aquella escena como si la hubiese vivido apenas ayer, pues se le imponían las imágenes de los grandes ojos azules del caballero, su limpia sonrisa y los rayos del sol poniente que brillaban entre sus cabellos y hacían destellar su armadura de una manera que deslumbraba... También recordaría con mucha claridad el jugueteo del caballo, que pacía libre en el prado, y detrás, la sombra oscura del bosque.

Ella retuvo todo esto en su mente como si fuese un cuadro. Recostada contra el tronco de un árbol y protegiéndose del sol con una mano a manera de visera; lo contemplaba todo, a la vez que escuchaba como en sueños la melancólica tonada de la canción.

"Esa tonada no es de la invención de él —pensó Alicia—; esa es la tonada de *Todo te lo di, y más no puedo*". Entonces se dispuso a escuchar con mucha atención, pero sin que asomaran lágrimas a sus ojos.

Voy a extenderme todo lo que pueda,
aunque no hay mucho que decir.
Sentado en una cerca un hombre viejo,
un hombre muy viejo, un día vi.
¿Quién eres tú?, le pregunté,
¿qué haces para vivir?
Por mi cabeza atravesó su respuesta,
como el agua por un tamiz.

"Yo cazo las mariposas
que duermen en los trigales,
las preparo en empanadas
que vendo por las calles;
y las vendo a los marinos
que atraviesan por los mares.
Así es que me gano el pan;
ahora dame una moneda".

Yo tenía un plan
para teñir mi bigote de verde,

y usaba un gran abanico
para ocultarlo siempre.
Así que a lo que el viejo dijo
me pareció respuesta idónea
el decir "¿de qué vives?"
y darle con la mano en la boca.

Con suave acento retomó su historia:
"Siguiendo mi vereda,
cuando encuentro un arroyo de montaña,
sin más lo echo a mi hoguera,
de donde extraigo el aceite que llaman
Macassar de Rowland;
pero solo tres reales
por mi labor me pagan".

Yo pretendía alimentarme
solamente con manteca,
para que así se me pusiera
la panza más repleta.
Fuerte lo sacudí por todas partes
hasta que azul quedó su cara.
"¿Al fin vas a decirme de qué vives
y qué es lo que tú haces?".

"Cazo ojos de besugo
entre los claros brezos,
y los convierto en botones de chaleco
por las noches..., en silencio.
Ni por todas las monedas del mundo,
de oro o de plata, yo los vendo;
más por una de cobre daría nueve
sin ningún regateo".

Entonces sí lo oí,
pues yo tenía el proyecto
de salvar al puente Menai del óxido,
hirviéndolo en vino seco.
Por eso le agradecí que me contara
cómo amasó dinero,
y también que a Mi Alteza,
mostrara buenos deseos.

Desde hoy, si por descuido pongo
en la cola los dedos.
Si en el zapato izquierdo,
alocado el pie derecho meto,
o si dejo caer sobre los dedos
de mis pies un gran peso,
me pongo a llorar,
porque recuerdo y veo
al hombre viejo, viejo.

De voz muy lenta y de mirada suave,
de cabello más blanco que la nieve,
de cara a la de un cuervo parecida,
de ojos brillantes como la carbonilla,
que parecía demente
por algún accidente
y balanceaba el cuerpo
con terco movimiento.

Mascullando en voz baja y entre dientes,
como quien la boca tiene llena de pasteles,
echando como el búfalo, bufidos...
por la tarde..., hace mucho..., era el estío
sentado en una cerca.

Cuando terminó de cantar la balada, el caballero simplemente retomó la rienda, y orientó la cabeza del caballo en dirección hacia el bosque de donde habían venido.

—Solo te quedan unos metros más —dijo—, deberás bajar la colina y cruzar aquel arroyuelo... Entonces serás reina..., pero antes, ¿tendrás la amabilidad de esperar un poco para verme partir? —dijo con humildad, mientras Alicia miraba con impaciencia en la dirección que él le había señalado—. No te haré esperar mucho, solo aguarda a que haya llegado a esa curva, y cuando esté a punto de perderme de tu vista, agita el pañuelo, ¿entiendes?... creo que eso me animará.

—Claro que esperaré —dijo Alicia—; pero también quiero darte las gracias por haberme acompañado hasta aquí; y por la canción, que tanto me gustó.

—Ojalá así haya sido —dijo el caballero con un dejo de escepticismo—; yo había calculado que llorarías un poco más.

Entonces se dieron la mano y después el caballero se fue internando en el bosque... "Dentro de poco ya no se le verá sobre su montura —pensó Alicia mientras lo seguía con la vista—; ahí va, ¡directo de cabeza, como siempre!..., esta vez, al menos, se reincorpora con cierta facilidad... Eso le pasa por colgar tantas cosas de la silla"... y seguía su monólogo de esa manera, contemplando el paso lento del caballo, y de vez en cuando las caídas del caballero; tras la cuarta o quinta, él alcanzó la curva, y Alicia entonces alzó el pañuelo y esperó a que el caballero desapareciese.

—Espero que esto realmente le devuelva el ánimo, —se dijo Alicia al descender corriendo la colina— y ahora, ¡a cruzar el arroyo y a ser reina!

Unos cuantos pasos la llevaron a la ribera del arroyo; pero precisamente en el momento en que iba a cruzarlo, escuchó un profundo suspiro que aparentemente venía del bosque. Aquello parecía el lamento de alguien que se sentía muy desdichado, y Alicia se volvió con gran curiosidad, para ver de quién se trataba. Entonces pudo ver la figura de alguien que parecía un anciano, pero que tenía un rostro como el de una avispa. Se encontraba sentado en el suelo, acurrucado contra el tronco de un árbol y temblando como si tuviera mucho frío.

"No creo que pueda hacer gran cosa por él, —pensaba Alicia al disponerse a cruzar el arroyo—, pero de cualquier manera voy a preguntarle qué es lo que le pasa, aunque le hablaré desde este lado del arroyo, porque una vez dado el salto, todo cambiará y tal vez ya no sea capaz de ayudarlo".

Y así, un poco a regañadientes, se volvió hacia donde se encontraba la avispa.

—¡Ay, pobres de mis huesos! —exclamó él al ver que se acercaba Alicia.

"Para mí que no es otra cosa que reumatismo lo que tiene", se decía ella un instante antes de inclinarse delante de él y decirle con ternura:

—Espero que no le duela tanto como parece.

La avispa se encogió de hombros y volvió la cabeza hacia otro lado, diciendo:

—¡Pobre y mísero de mí!

—¿Hay algo que pueda hacer por usted? —dijo Alicia—. ¿Tiene mucho frío?

—¡Ya es mucha insistencia —dijo la avispa en un tono muy áspero—. ¡Una y otra vez! ¿Cuándo se ha visto una niña tan pesada?

Alicia se sintió ofendida por la respuesta de la avispa y estuvo a punto de darse la media vuelta y dejarla, pero reflexionando pensó que tal vez fuese el dolor lo que le agriaba el humor de esa manera; entonces hizo una nueva tentativa de acercamiento:

—Tal vez si la ayudara a pasar del otro lado del tronco estaría más protegida del viento.

La avispa le dio el brazo y permitió que Alicia la ayudara a dar la vuelta al árbol, pero una vez reinstalada, retomó la actitud de antes:

—¡Una tras otra! ¿No puedes dejar en paz a las personas?

—¿Le gustaría que le leyera algo de esto? —dijo Alicia, sin darse por aludida en el último comentario de la avispa y tomando un trozo de periódico que estaba tirado a los pies de ella.

—Lee si eso te complace —dijo la avispa malhumorada—. Yo no sé de nadie que te lo impida.

Entonces Alicia abrió el periódico, lo colocó en sus rodillas y comenzó a leer:

ÚLTIMAS NOTICIAS: El grupo expedicionario realizó otra de sus investigaciones, esta vez por la despensa, y ahí encontró cinco nuevos terrones de azúcar blanca, grandes y en perfecto estado. Al regreso…

—¿Y el azúcar morena? —interrumpió la avispa.

Alicia revisó la nota con rapidez y dijo:

—No dice nada del azúcar morena.

—¡Pues valiente expedición! —refunfuñó la avispa—, ¡tanto para no descubrir el azúcar morena!

Al regreso —siguió leyendo Alicia— *encontraron un lago de melaza cuyas riberas eran azules y blancas, como la porcelana. Mientras probaban la melaza se produjo un lamentable accidente, en el que dos miembros de la expedición quedaron inmergidos.*

—¿Quedaron qué? —preguntó la avispa.

—In-mer-gi-dos —leyó Alicia la palabra, silabeándola.

—¡Esa palabra no existe en nuestra lengua! —dijo muy enojada la avispa.

—Pues, tal vez; pero así está escrita en el periódico —dijo Alicia tímidamente.

—¡Ya no sigas leyendo! —dijo la avispa, volviéndole la cabeza.

Alicia dejó el periódico en el suelo y le dijo dulcemente:

—Creo que no se encuentra usted muy bien… ¿Hay algo que yo pudiera hacer?

—¡Todo es por culpa de la peluca! —dijo la avispa en un tono menos duro.

—¿Por culpa de la peluca? —preguntó Alicia, contenta de que ya se pudiera conversar un poco.

—¡Tú también te enojarías si tuvieras una peluca como la mía! —dijo la avispa, muy excitada—. ¡Todo el mundo se burla de mí y me fastidian constantemente!… Entonces, claro, yo me irrito, y por lo tanto me enfrío, y por supuesto me acurruco debajo de un árbol y me coloco mi pañuelo amarillo y me vendo la cara, justo como ahora.

Alicia lo miró con mucha lástima.

—Vendarse la cara es lo mejor para el dolor de muelas.

—Y también es muy bueno para el engreimiento —añadió la avispa.

Alicia no entendió muy bien la palabra "engreimiento" y preguntó:

—¿Es una especie de dolor de muelas?

—No exactamente —dijo la avispa, después de meditarlo un poco—. Es cuando tienes demasiado erguida la cabeza y no doblas el cuello.

—¡Ah!, entonces se refiere usted a la *tortícolis* —replicó Alicia.

—Ese es el nombre que le dan ahora; en mis tiempos se llamaba engreimiento.

—Pero eso no es una enfermedad —observó ella.

—¡Claro que lo es! —dijo la avispa—. ¡Espera a tenerlo y verás! Si lo pescas, lo que debes hacer es envolverte la cara con un pañuelo amarillo; ¡ya verás cómo de inmediato te vas a curar!

Mientras hablaba, y al mencionar el pañuelo, se lo desató y Alicia tuvo oportunidad de ver la peluca: era de un amarillo brillante, más o menos del mismo tono del pañuelo, y estaba toda enmarañada y revuelta como un manojo de algas marinas.

—Si usted tuviera un peine, yo haría que su peluca quedara *de mieles*; como el pelo de una…

—¿Pero acaso tú eres una… una abeja? —dijo la avispa, asombrada y mirando con mucho detenimiento a Alicia—. ¡Pero claro, ya veo! Tu pelo es un panal… ¿Mucha miel?

—¡No, no es eso! —dijo Alicia—. Lo que yo quería decir es que si se peinara su peluca, esta le quedaría mucho mejor… porque la verdad es que la tiene muy enredada.

—Pues te contaré por qué tuve que usar esta peluca —dijo la avispa—. Has de saber que, de joven, mis bellos rizos…

Alicia tuvo entonces una curiosa idea, que le vino como el reflejo de lo que le había pasado aquel día, pues casi todos los personajes que había conocido le habían recitado poemas, y por eso pensó que sería interesante que la avispa hiciera lo mismo; así que le preguntó con toda ingenuidad:

—¿Le importaría si en vez de contármelo en prosa, lo hiciera en verso?

—Bueno, no es algo a lo que esté muy habituada —repuso la avispa, un poco sorprendida por aquella petición—; pero me gusta la idea, por lo que lo intentaré si me esperas un poco para tomar la idea.

Después de unos minutos, la avispa comenzó a recitar:

De joven los rizos bellos
que ondeaban por mi cabeza
me corté, y ahora en vez de ellos,
llevo una amarilla peluca.

Quien tan mal me aconsejó,
al ver este resultado,
me dijo que era peor
de lo que hubiese pensado.

Me dijo que no me iba,
que mi aspecto era vulgar.
Ya no tengo alternativa;
¿qué rizos voy a mostrar?

Y cuando voló mi pelo,
de mi peluca se burla:
"¡No sé cómo puedes, viejo,
salir con esa basura!".

Y ahora siempre que me ve
me llama "cerdo", y me silba,
y todos saben por qué:
¡por mi peluca amarilla!

—¡Lo siento mucho! —dijo Alicia con sinceridad—; pero creo que si la cuidara un poco más, no se burlarían tanto de usted.

—¡Pues la tuya te va muy bien! —dijo la avispa con admiración—; se amolda perfectamente a tu cabeza. En cambio tus mandíbulas están mal formadas..., seguramente no puedes morder bien.

Alicia estuvo a punto de soltar una carcajada, pero la ocultó con una fingida tos, hasta que pudo decir:

—Yo puedo morder todo lo que se me antoja.

—Pues me parece muy raro —dijo la avispa—, ¡con una boca tan pequeña! ¿Qué pasaría si tuvieras que pelearte?... ¿Serías capaz de atrapar por la nuca a otra persona con esa boquita?

—¡Claro que no!

—Pues eso se debe a que tus mandíbulas son demasiado pequeñas —siguió diciendo la avispa—; pero tu coronilla es bonita y muy redonda —dijo, y tendió una pata hacia Alicia, como tratando de tocarle la cabeza, pero Alicia prefirió mantenerse a prudente distancia, así que la avispa siguió con sus observaciones:

—¡Y esos ojos!, los dos de enfrente... ¡Para qué tener dos ojos si están juntos!

Alicia ya se estaba cansando de tanta crítica, y como veía que ya la avispa se había recuperado de su estado depresivo, pensó que podía dejarla sola, así que dijo escuetamente:

—Creo que ya es hora de irme, adiós.

—¡Adiós y gracias! —dijo la avispa, y Alicia volvió a correr colina abajo, satisfecha de haber dedicado un tiempo a conversar con aquella avispa anciana que tanto requería de un poco de atención.

La orilla del arroyuelo estaba a unos cuantos pasos.

—¡Ahora, la octava casilla! —exclamó, cruzando de un salto el arroyo y después se dejó caer sobre el prado, pues la hierba era delicada y suave, además de que por todos lados brotaban bellas florecillas.

—¡Qué contenta estoy de haber llegado hasta aquí!... pero siento muy rara la cabeza; ¿qué es esto que tengo? —se dijo, llevándose las manos a la cabeza y tocando algo muy pesado que le ceñía estrechamente la frente—. ¿Cómo es posible que me hubieran puesto esta cosa sin que me diera cuenta? —se dijo mientras luchaba por sacársela, hasta que finalmente la puso sobre sus rodillas para poder observarla:

Era nada menos que una corona de oro.

Capítulo 9
La reina Alicia

—¡Esto es extraordinario! —se dijo Alicia—. Yo nunca pensé que llegaría a ser reina en tan poco tiempo... Pero *os* voy a decir algo, *majestad* —se dijo con gran severidad (ella tendía a ser un poco estricta consigo misma)—: Es impropio el estar así, echada sobre la hierba como cualquier aldeano, ¡las reinas deben comportarse con dignidad!

Así que se levantó y se puso a caminar; al principio un poco rígida, pues no se acostumbraba al peso de la corona y temía que se le cayera, pero luego anduvo con mayor naturalidad, pensando que, de cualquier manera, nadie la veía.

"Y como soy realmente una reina —se dijo mientras se volvía a sentar—, con el tiempo iré aprendiendo a comportarme".

Todo lo que le había pasado era tan extraño que no le produjo mayor asombro el ver que a cada lado estaban, sentadas en el suelo, la reina roja y la reina blanca. Entonces sintió muchas ganas de preguntarles cómo habían llegado hasta ahí, sin embargo tuvo miedo de no encontrar los términos correctos para dirigirse a ellas; aunque también pensó que sería muy propio simplemente decirles si ya había terminado la partida.

—¿Podría decirme, por favor, si la...? —comenzó a decir con cierta timidez, dirigiéndose a la reina roja.

—¡No hables si no te preguntan! —dijo ella, interrumpiéndola con brusquedad.

—Bueno, pero si todo el mundo siguiera esa regla —objetó Alicia, un poco molesta y con ganas de discutir—; es decir, si nadie hablase hasta que alguien le preguntara algo, nadie diría nada, pues no se daría nunca la pregunta.

—¡Eso es ridículo! —gritó la reina—. ¿Es que no te das cuenta, niña, de que...? —y entonces se interrumpió, frunciendo el ceño, y se dispuso a cambiar el tema de la conversación—. ¿Con qué derecho te atribuyes el título de reina?... ¡Entérate que para ser reina se requiere aprobar el correspondiente examen!; así que más vale poner manos a la obra, pues el tiempo apremia.

—¡Yo solamente dije que...! —se excusó Alicia, con gran humildad.

Las dos reinas se miraron de una manera significativa para ellas, y la reina roja, con un cierto estremecimiento, observó:

—Ella pretende haber dicho que *si fuese reina...*

—Pero ella ha querido decir mucho más que eso —dijo la reina blanca, frotándose las manos con entusiasmo o nerviosismo—, ¡mucho más que eso!

—Pues sí, así es, y tú lo sabes perfectamente —dijo la reina roja a Alicia en un tono de reproche—; las reglas son: Primera: decir siempre la verdad... Segunda: siempre pensar antes de hablar... Tercera: escribir con buena letra.

—¡Pues yo estoy segura de que nunca quise decir...! —comenzó a argumentar Alicia, a modo de defensa, pero la reina roja le cortó la palabra.

—¡Eso es precisamente lo que se te reprocha!: que nunca quisiste decir nada... A ver, dime, ¿para qué sirve una niña que no quiere decir nada?... Hasta un chiste tiene que *decir algo...*, y una niña, supongo, es más importante que un chiste; eso no podrías negarlo, aunque lo jurases con ambas manos.

—¡Yo no juro con las manos! —dijo Alicia, molesta.

—Yo no he dicho que lo hagas —dijo la reina roja—, lo que yo dije es que *no podrías aunque quisieras.*

—La actitud de esta niña —observó la reina blanca, es la típica de la persona que quiere *negar algo...* ¡pero no sabe qué negar!

—¡Y vaya que tiene mal carácter! —agregó la reina roja, y después se hizo un incómodo silencio que duró varios minutos.

Por fin la reina roja rompió el silencio al dirigirse a la reina blanca:

—Te invito a la cena que da Alicia esta noche.

Entonces la reina blanca esbozó una sonrisa cómplice y dijo a su vez:

—Y yo te invito a ti.

—Bueno, ¡pues ahora me entero de que daré una cena! —dijo Alicia entre sorprendida y molesta—; pero si soy yo la que va a dar la cena, creo que debería ser también yo la que hiciera las invitaciones, ¿no creen?

—Estamos siendo muy condescendientes contigo, pero creo que te hacen mucha falta lecciones de buenos modales —observó la reina roja.

—Los buenos modales no se aprenden con lecciones —objetó Alicia—; las lecciones son para aprender a hacer cuentas, y cosas por el estilo.

—¿Y tú sabes sumar? —preguntó sarcástica la reina blanca—; a ver: ¿cuánto es uno más uno, más uno, más uno, más uno, más uno, más uno, más uno, más uno?

—Pues no lo sé —dijo Alicia, desconcertada—; ya perdí la cuenta.

—¡No es capaz de hacer una simple adición! —dijo la reina roja—... ¿Y qué tal la sustracción?: resta nueve de ocho.

—¿Nueve de ocho?, ¡imposible! —contestó Alicia muy segura.

—¡Tampoco sabe restar! —dijo la reina blanca—; ¿sabrás entonces hacer una división?..., a ver, divide un pan entre un cuchillo... ¿cuál es la respuesta?

—Bueno..., supongo... —comenzó a decir Alicia, pero fue interrumpida por la reina roja—. Se obtienen tostadas de pan con mantequilla, por supuesto... a ver, probemos con otra resta: si a un perro le quitas un hueso, ¿qué queda?

Alicia reflexionó un rato.

—Desde luego no queda el hueso, ya que lo hemos tomado del perro... Y es de suponerse que el perro tampoco va a quedarse tan tranquilo, puesto que le hemos quitado un hueso, por lo que intentará morderme... ¡Así que al final yo tampoco me quedaría!

—¿Sucede entonces que no queda nada?

—Sí, creo que esa es la respuesta —dijo Alicia.

—¡Pues como siempre, te equivocas! —le gritó la reina roja—. El perro perdería la paciencia, ¿no crees?

—Pues..., sí, creo que sí —respondió Alicia, con cautela.

—Entonces, si el perro se aleja, lo que queda es solamente la paciencia —dijo la reina, en un tono triunfal.

Reflexionando, Alicia dijo con la mayor serenidad que pudo:

—¿Y si fueron por caminos distintos? —lo dijo sin dejar de pensar en la cantidad de tonterías que se estaban diciendo.

—¡La verdad es que no tienes la menor idea de las operaciones matemáticas! —dijeron a coro las reinas.

—¿Y usted sí? —le dijo con severidad Alicia a la reina blanca, pues ya estaba cansada de tanta crítica.

Entonces la reina abrió grandemente la boca y los ojos.

—Yo sé perfectamente hacer una adición, si me das tiempo; pero yo jamás haré una sustracción... ¡Eso por ningún motivo!

—Doy por supuesto —dijo la reina roja, volviendo a dirigirse a Alicia—, que por lo menos conoces el ABC.

—¡Naturalmente que lo sé! —dijo Alicia.

—Y yo también —murmuró la reina blanca—; creo que de vez en cuando deberíamos de repasarlo juntas. Y ahora te diré un secreto, pequeña: yo sé leer palabras de una sola letra... ¡No es extraordinario eso!..., pero no te desanimes, tú también lo lograrás con el tiempo.

Entonces la insidiosa reina roja reanudó el examen:

—Hagamos ahora algunas preguntas de índole práctica; como por ejemplo, ¿cómo se hace el pan?

—¡Eso lo sé muy bien! —dijo Alicia con gran satisfacción—. Primero se pone la harina y...

—¿*Arena*, dijiste? —increpó la reina blanca—. ¿Y dónde pones la arena, en el jardín o en la playa?

—Yo no dije *arena*, sino *harina* —dijo Alicia—; y para decirlo con propiedad, primero se muele el grano, y...

—¡Moler el grano! —dijo la reina con asco—; ¿el grano de la cara?..., ¡qué método tan tosco!... Deberías explicarte mejor y no dejar tantos cabos sueltos.

—¡Es conveniente abanicarla! —intervino la reina roja—. ¡Le va a subir la fiebre de tanto pensar! —y entonces ambas se pusieron a trabajar, tomando un manojo de hojas y abanicán-

dola con ellas, pero con tanta vehemencia que Alicia les tuvo que suplicar que la dejaran en paz, pues incluso le estaban descomponiendo el peinado.

—Bueno, parece que ya se repuso —dijo la reina roja—; a ver, niña, ¿sabes idiomas?..., ¿cómo se dice *tururú* en francés?

—Esa palabra no es francesa —dijo muy seria Alicia.

—¿Y quién dijo que lo fuera?

Alicia pensó que en este tema sí podría sacarles ventaja, así que comenzó a decir:

—Si alguna de ustedes me dice a qué idioma corresponde la palabra *tururú*, les juro que encontraré su equivalente en francés —dijo Alicia, muy satisfecha con su trampa.

Pero la reina roja adoptó una posición muy erguida y le dijo con solemnidad:

—Las reinas no hacemos esa clase de tratos.

"Ojalá no hicieran tampoco preguntas", pensó Alicia.

—Pero ya es tiempo de que dejemos de discutir —dijo nerviosa la reina blanca—: ¿Cuál es la causa del relámpago? —volvió a preguntar.

—La causa del relámpago —dijo Alicia con mucha seguridad, pues creía dominar el tema—, es el trueno..., ¡no! —rectificó—; es al revés, quise decir...

—Ya es muy tarde para rectificar —sentenció la reina roja—: ¡Una vez dicha una cosa, dicha está!, uno tiene que atenerse a las consecuencias.

—Todo esto me recuerda —dijo la reina blanca, bajando la mirada, y meneando los brazos a causa de los nervios—, ¡me recuerda la horrible tormenta que tuvimos el martes...! Bueno, quiero decir uno de los últimos grupos de martes, se entiende.

Alicia quedó muy intrigada con esta observación, y reaccionó diciendo:

—En mi país, no hay más que un día a la vez.

—¡Pues vaya tacañería la de ustedes! —dijo la reina roja—; aquí, en cambio, la mayoría de los días y las noches van en grupos de dos o de tres; y sucede, sobre todo en invierno, que van hasta de cinco en cinco..., por supuesto, de esta manera estamos más calientitos.

—¿Y qué tal si son cinco noches juntas? —observó Alicia—; ¿eso hace que el calor sea mayor que en una sola?

—Cinco veces más, por supuesto.

—Pero, por la misma razón, cinco veces menos...

—¡Exactamente! —dijo la reina roja—. ¡Cinco veces más cálidas, y cinco veces más frías...! De igual modo que yo soy cinco veces más rica que tú, y cinco veces más inteligente.

"Esto es como un acertijo sin solución", se dijo Alicia, dándose por vencida.

—Humpty Dumpty también lo vio —siguió diciendo la reina roja, pero en voz muy baja, como si hablara para sí misma—. Él se acercó a la puerta con un sacacorchos en la mano...

—¿Para qué?, —dijo la reina blanca.

—Pues él decía que era necesario que entrara —respondió la reina roja—, pues andaba buscando un hipopótamo en la casa.

—¿Hay hipopótamos por aquí?—preguntó Alicia, asombrada.

—Bueno, solamente los jueves —respondió la reina.

—Lo del hipopótamo no es verdad —aseguró Alicia—, yo sé para qué fue a la casa: él quería castigar a los peces, porque...

Sin hacerle el menor caso, la reina reanudó su historia:

—Aquella fue una tormenta terrible...

—¡Esta niña, desde luego, nunca lo podría imaginar! —interrumpió la reina roja.

—... y se desplomó parte del techo; entraron muchos truenos, rodando con gran estruendo por todo el cuarto..., y se volcaban los muebles y todo... ¡Yo me asusté tanto que ni mi propio nombre podía recordar!

"Lo que a mí menos se me ocurriría —pensó Alicia— sería tratar de recordar mi nombre en medio de tal catástrofe"; pero no dijo nada de eso en voz alta para no ofender a la reina.

—Su Majestad debe procurar excusarla —dijo la reina roja a Alicia, mientras tomaba una de las manos de la reina blanca entre las suyas con mucha ternura y la acariciaba—; su intención es buena, pero es propio de su carácter el decir muchas tonterías.

Entonces, la reina blanca miró con mucha humildad a Alicia, y ella se sintió obligada a decirle algunas palabras amables, pero en esos momentos no se le ocurría nada.

—Hay que comprender que ella no recibió una educación muy esmerada que digamos —siguió diciendo la reina roja—; pero es asombrosa la buena disposición de su temperamento..., si quieres, dale unas palmaditas en la cabeza y verás cuánto le gusta.

Alicia no se atrevió a hacer lo que la reina le sugería.

—Con un poco de cariño y uno que otro mimo, uno hace lo que quiere de ella.

La reina blanca dio un hondo suspiro y reclinó la cabeza sobre el regazo de Alicia.

—¡Tengo *tanto* sueño! —dijo en un gemido.

—¡Mira cuán cansada se encuentra la pobrecita! —observó la reina roja—. Alísale el pelo, ponle un gorro de dormir y cántale una bonita canción de cuna.

—Yo no tengo uno de esos gorros por aquí —dijo Alicia—; y no conozco canciones de cuna.

—Entonces se la cantaré yo —dijo la reina roja—, y comenzó:

Ronca la reina sobre la niña
que la cena en la campiña
no se prepara aún, pero iremos
al baile todas, y un coro haremos.

—Y ahora que ya sabes la letra —añadió, mientras reclinaba su cabeza sobre el hombro de Alicia—, cántamela a mí, pues también me está entrando el sueño.

Al poco tiempo, ambas reinas dormían profundamente, roncando cada una en diferente tono.

—¿Qué haré yo? —exclamó Alicia al ver que ahora las dos reposaban sobre su regazo—; no creo que nadie, hasta este día, haya tenido la experiencia de tener que cuidar a dos reinas dormidas. Seguramente eso nunca ha pasado en toda la historia de Inglaterra... ¡Imposible!, claro, porque nunca hubo más de una reina sentada en el trono. ¡Vamos, despierten, dormilonas! —dijo en voz alta y en un tono impaciente, sin recibir otra respuesta que un recrudecimiento de los sonoros ronquidos; pero estos, poco a poco, fueron modificándose, hasta que llegaron a transformarse en algo que tenía la armonía y el gusto de una canción... Alicia podía escuchar, como un susurro, la letra de esa canción, y puso tanta atención en ello que cuando las dos reales cabezas por fin se desvanecieron de sobre su regazo, prácticamente no se dio cuenta.

De pronto se encontró de pie ante el arco de una puerta, que en el dosel tenía inscrito en grandes caracteres: *REINA ALICIA*. En los dos extremos del arco habían dos manijas con sendos letreros: *Campanilla de visitantes*, decía una, y *Campanilla de servicio*, la otra.

"Creo que debo esperar a que termine la canción —pensó Alicia—, y entonces trataré de... ¿Pero cuál de las dos debo tocar?..., de hecho, yo no soy un visitante, ni pertenezco al servicio; lo correcto sería que hubiese una tercera campanilla que dijera: *Reina*".

En esas cavilaciones estaba, cuando de pronto se abrió la puerta y apareció la cabeza de un ser con un largo pico que dijo:

—¡Está prohibida la entrada, hasta la semana después de la que sigue! —y sin más cerró la puerta de golpe.

Por un buen rato, Alicia golpeó la puerta e hizo sonar ambas campanillas, pero todo parecía en vano; finalmente, una rana muy vieja que estaba descansando bajo un árbol, se levan-

tó y se le acercó renqueando; ella avanzaba muy lentamente, su vestido era de un amarillo brillante y calzaba unas enormes botas.

—¿Qué es lo que pasa? —murmuró la rana, con ronca voz.

Alicia, como estaba muy enojada y con ganas de pelear comenzó a decirle:

—¿Dónde está el encargado de abrir la puerta?

—¿Cuál puerta? —dijo la rana, quien hablaba arrastrando tanto las palabras que Alicia se sintió doblemente molesta.

—¡*Esta* puerta!, ¿cuál si no?

La rana se puso a contemplar la puerta durante un rato con sus grandes ojos inexpresivos, hasta que finalmente se acercó para tocarla con el pulgar, como si estuviese comprobando que no se estaba desprendiendo la pintura; finalmente se volvió para mirar a Alicia:

—¿Contestar a la puerta?..., ¿acaso te ha preguntado? —dijo la rana con voz tan ronca que Alicia casi no pudo entenderlo.

—¿A qué se refiere? —preguntó Alicia.

—¿No estoy hablando en tu propio idioma? ¿O es que eres sorda?..., ¿qué es lo que te ha preguntado la puerta?

—¡Nada! —respondió Alicia, impaciente—. La puerta no me ha preguntado nada..., solamente la he estado aporreando y no hay respuesta.

—¡Muy mal hecho! —masculló la rana—; los golpes le molestan mucho —entonces se acercó a la puerta y le dio un gran puntapié—... ¡Ya te dije que dejes esa puerta en paz! —sentenció, mientras regresaba a su refugio en el árbol, jadeante y renqueando—, y verás cómo ella también te deja en paz a ti. Pero en ese momento se abrió la puerta de par en par y desde dentro se escuchó una voz chillona que cantaba:

Al Mundo del Espejo le dijo Alicia:
"Tengo un cetro, corona y fama popular.
Venga sin excepción la gente pobre o rica,
conmigo y las dos reinas a cenar".

Entonces muchas voces hicieron el coro:

Sin perder un instante, los vasos bien colmados,
cubriendo toda la mesa de borones y salvado:

> *que en el café haya gatos, y ratones en el té.*
> *¡Salud, oh reina Alicia, trescientas veces tres!*

Después se escuchó un conjunto de aclamaciones, y Alicia pensó: "Trescientas veces tres da novecientos... ¿Habrá alguien que lleve la cuenta?". En menos de un minuto se hizo otra vez el silencio, para dar lugar a la misma voz chillona de antes, que entonó la siguiente estrofa:

> *¡Vengan seres del Espejo!, ordena Alicia:*
> *"El verme es un honor, y el oírme un placer"*
> *¡Un alto privilegio tener cena y beber*
> *conmigo y las dos reinas, es una gran delicia".*

Y el coro siguió:

> *Llenen todos los vasos con melaza y con tinta*
> *o cualquier otra cosa que al paladar sea buena.*
> *Mezclen lana con vino, mezclen sidra y arena.*
> *Seiscientas veces seis, ¡salud oh reina Alicia!*

—¡Seiscientas veces seis! —repitió Alicia, con desesperación—, si siguen así no acabarán nunca..., ¡mejor será entrar de una buena vez...! —al entrar se produjo un enorme silencio.

Alicia se encontró en una gran sala, y mientras avanzaba por ella, sumamente nerviosa, miró hacia ambos lados de la mesa y advirtió que ahí estaban no menos de cincuenta comensales que cubrían todas las especies posibles: unos eran animales, otros pájaros, e incluso se encontraban ahí algunas flores.

"Me alegro de que hayan venido sin que yo tuviera que invitarlos —pensó—; ¡yo no me hubiera imaginado siquiera a quiénes habría que invitar!".

En la cabecera de la gran mesa había tres sillas, de las cuales, dos estaban ocupadas por las reinas roja y blanca, en tanto que la del centro permanecía vacía. Alicia comprendió que esa era la silla que le correspondía y ahí se sentó, impresionada por el silencio general, deseando que alguien tomara la palabra para romper aquella situación tan incómoda.

Fue la reina roja la primera que habló:

—¡Te has perdido la sopa y el pescado! —dijo en tono de regaño— ¡Qué traigan el asado! —Y a esa orden los camareros pusieron delante de Alicia una gran pierna de cordero, lo que la inquietó un poco, pues se dio cuenta de que a ella correspondía el honor de trincharlo.

—Pareces un poco cohibida delante de esa pierna de cordero —dijo la reina roja—; permíteme que te la presente: pierna de cordero, te presento a Alicia; Alicia, ella es la pierna de cordero —entonces la pierna se incorporó del plato e hizo una leve reverencia a Alicia, quien le devolvió el saludo de la misma manera; aunque en esos momentos no sabía si aquello le daba miedo o risa.

—¿Me permiten que les sirva una tajada? —dijo al empuñar el cuchillo y el tenedor, mirando a las dos reinas.

—¡De ninguna manera! —respondió muy decidida la reina roja—. Trinchar a alguien que nos acaban de presentar sería una grave falta de etiqueta... ¡Retiren el asado! —entonces los camareros se lo llevaron, para sustituirlo por un budín de ciruelas.

—Les suplico que no me presenten al budín, o nos quedaremos sin cenar. ¿Les sirvo un poco?

La reina roja no se dignó responderle, en vez de eso la miró airada y dijo:

—Budín: Alicia, Alicia: budín... ¡Retiren el budín! —los camareros se lo llevaron de inmediato, sin dar tiempo a que Alicia le devolviese el saludo

Pero entonces recordó que ella también era una reina, y no tenía por qué ser siempre la reina roja la que diera las órdenes. Así que, por probar, se atrevió a ordenar:

—¡Camarero, traiga de nuevo el budín! —y de inmediato reapareció el budín, como si fuera cosa de magia; este era muy grande y Alicia no pudo evitar el sentirse un poco cohibida, igual que le había pasado delante del cordero; pero pronto se pudo sobreponer y cortó un pedazo, que le ofreció a la reina roja en primer lugar.

—¡Que impertinencia! —dijo el budín—; ¿te gustaría ser tú la que fuese cortada en pedazos?

La voz del budín era pastosa y como enmielada, y Alicia no supo qué decir ante su reclamo, solamente se lo quedó mirando, muy compungida.

—A ver, di algo —exclamó la reina roja—, es de mala educación dejar que sea el budín quien lleve todo el peso de la conversación.

—¿Sabes una cosa?, hoy me han recitado una gran cantidad de poemas —comenzó a decir Alicia, muy impresionada, pues al pronunciar las primeras palabras todos se quedaron callados, y en la sala no se escuchaba otra cosa que su voz—; y es muy curioso —siguió diciendo—, porque me he dado cuenta de que todos los poemas hablaban de peces; tal parece que aquí a todo mundo le gustan los peces.

En realidad estas palabras iban dirigidas a la reina roja; ella se dio por aludida y contestó con otras palabras no menos elusivas del tema que procedía.

—A propósito de peces —dijo con voz muy lenta y pausada, acercando su boca al oído de Alicia—: Su blanca Majestad sabe una adivinanza muy interesante, y esta trata precisamente de peces, ¿quiere que se la recite?

—Su roja Majestad es muy amable al mencionarlo —murmuró la reina blanca al oído de Alicia; su voz había adquirido la textura del arrullo de una paloma—, y sería para mí un gran placer el cumplir tu deseo… ¿Me permites?

—¡No faltaría más! —dijo Alicia con mucha cortesía.

La reina blanca se puso muy contenta, tanto que acarició a Alicia en la mejilla, y después comenzó a recitar:

Hay que pescar al pez antes que nada;
eso es tan fácil que un niño podría hacerlo.
Hay que comprar el pez, una vez hecho esto,
con un penique yo creo que basta y sobra.
Más tarde habrá que cocinar el pescado,
en cosa de un minuto va marchando;
en una fuente se arreglará bien;
en la fuente estará en un santiamén.
Sírvelo ya, es hora de la cena.
La fuente está en la mesa, no hay problema.

Quita la tapa a la fuente y al pez.
¡Eso si yo no sé si podré!
Si el pez está o no está en el mar arisco,
y sobrevive en perpetuo ostracismo,
descubre de una vez, casi es lo mismo,
este incógnito pez y el acertijo.

—Piénsalo un minuto, y después trata de adivinarlo —dijo la reina roja—. Mientras tanto brindemos a tu salud: ¡A la salud de la reina Alicia! —dijo con mucha vehemencia, y todos los invitados comenzaron a beber de muy diversas y extrañas maneras: unos se ponían las copas al revés sobre la cabeza, y bebían el líquido que les iba chorreando por la cara..., otros volcaban las jarras sobre la mesa y bebían el vino que corría por la mesa..., y tres de ellos se metieron en la fuente del asado y lamieron la salsa. "Parecen cerdos en una pocilga", pensó Alicia.

—Ahora es tu turno —le dijo la reina roja, frunciendo el ceño—; te toca pronunciar un bello discurso para dar las gracias.

—Tú sabes que nuestra misión es apoyarte —le dijo en secreto la reina blanca, mientras Alicia, temblorosa, se levantaba de su asiento.

—Le agradezco su apoyo —dijo Alicia—, pero puedo prescindir de él.

—¡Eso sí que no! —dijo tajantemente la reina roja; así que Alicia tuvo que acceder a la propuesta (y vaya manera de apretujarme —le contaría Alicia a su hermana al narrarle aquella escena de la fiesta... ¡cualquiera pensaría que querían exprimirme como un limón!).

Mientras Alicia pronunciaba su discurso, apenas podía sostenerse en su sitio, pues las dos reinas, de uno y otro lado, la "apoyaban" tan fuertemente que casi la tenían en vilo.

—¡Me levanto para dar las gracias! —comenzó diciendo Alicia, y así era en efecto, pues con el apoyo de las reinas sus pies se encontraban a varios centímetros del piso, pero empujándose con las manos en el borde de la mesa, logró recuperar el piso.

—¡Ten cuidado! —le gritó la reina blanca, asiéndola del pelo—. ¡Está a punto de ocurrir algo!

Al narrar aquella parte de su aventura, Alicia recordaba todas las cosas extrañas que entonces ocurrieron: de pronto las velas comenzaron a crecer hasta el techo y tomaron el aspecto de macizos de juncos coronados de fuego; las botellas se acoplaron a los platos y con ellos se hicieron un par de alas, después tomaron los tenedores y se los ajustaron a manera de

patas; ya habilitadas, las botellas se pusieron a revolotear por todas partes "como si fueran pájaros", pensaba Alicia, en medio de aquella confusión.

En otro momento, Alicia oyó la voz cascada de la reina blanca, que se encontraba a su lado, y se volvió para ver qué le pasaba; pero en vez de la reina, estaba la pierna de cordero... ¡Aquí estoy!, gritaba una voz desde la sopera; al volver la mirada hacia allá, Alicia pudo ver el rostro regordete y bonachón de la reina, quien sonreía, pero solo un instante, pues de inmediato se hundió en la sopa y desapareció.

No había ni un momento que perder, muchos de los invitados se habían tendido en las fuentes y el cucharón avanzaba amenazante hacia Alicia, conminándola a que dejara libre el paso.

—¡Esto es demasiado! —gritó Alicia—. ¡Ya no aguanto más! —y dando un gran salto, tomó con ambas manos el mantel y tiró de él con todas sus fuerzas…, platos, invitados, velas y todo lo que se encontraba en la mesa cayó al suelo con gran estrépito.

—¡Y ahora voy contigo! —dijo furiosa, dirigiéndose a la reina roja, a quien consideraba culpable de todo aquel desorden. Pero la reina ya no se encontraba en su lugar, y Alicia vio con asombro cómo se había convertido en una muñequita que correteaba alegremente por la mesa, tratando de atrapar su propio mantón, que arrastraba a sus espaldas.

Todas estas cosas hubiesen causado en Alicia una fuerte conmoción, pero en aquellos momentos su excitación era tal, que nada le parecía demasiado sorprendente o fuera de lugar.

—¡Y ya verás tú! —gritó, asiendo con sus manos a la criatura que en esos momentos saltaba sobre una botella que había caído sobre la mesa—; ¡te voy a modelar con mis manos hasta que te vuelvas igual que un gatito!…, ¡ya verás!

Capítulo 10
Sacudida

Con un rápido movimiento, la retiró de la mesa y comenzó a sacudirla con fuerza por todos lados. La reina roja no ofreció la menor resistencia, pero a medida que la estrujaba, su cara se le volvía cada vez más diminuta, y sus ojos parecían más grandes y más verdes. Alicia seguía estrujándola, y ella iba disminuyendo de tamaño y se volvía más gorda, más suave, más redonda, y...

Capítulo 11
El despertar

...y al final, ¡era realmente un gatito!

Capítulo 12
¿Quién lo soñó?

—Su *roja Majestad* no debería ronronear tan fuerte —dijo Alicia, frotándose los ojos y hablándole al gatito, con todo cariño, pero con un poquito de severidad—. ¡Me has despertado!... ¡Qué sueño tan bonito!..., tú, Mino, estabas conmigo todo el tiempo, de uno a otro extremo del mundo del espejo... ¿Te diste cuenta de algo?, ¡mi chiquito!

Los gatitos (una vez lo había dicho Alicia) tienen la mala costumbre de ronronear siempre, no importa lo que les digas.

—Si ronronearan solamente para decir *sí,* y maullaran para decir *no,* o cualquiera otra regla de ese tipo —decía Alicia—, sería posible entablar una conversación muy interesante; pero, ¿cómo hablar con alguien que siempre dice lo mismo?

Igual que todos los días, en esta ocasión Mino ronroneaba de continuo, por lo que era imposible saber si afirmaba o negaba las cosas.

Entonces Alicia se puso a rebuscar entre las piezas de ajedrez que se encontraban en la mesa, hasta que halló a la reina roja, la llevó hasta la chimenea y se arrodilló delante de ella y de Mino, haciendo que ambos se miraran de frente.

—¡Bien, Mino! —exclamó aplaudiendo triunfalmente—¡Confiesa que fuiste tú quien se transformó en reina!

(Mino no quería mirar a la reina, le contó Alicia a su hermana; simplemente volteaba la cabeza y pretendía que no la veía; pero sí parecía que estaba un poco avergonzado, por lo que Alicia dedujo que él sí se había transformado en la reina roja).

—¡Mantente un poco más derecho! —le dijo Alicia, riendo—. Y recuerda que debes hacer una reverencia mientras piensas lo que vas a..., ronronear. Eso siempre es útil, pues se gana tiempo.

Entonces lo tomó en sus brazos y le dio un tierno beso, "para felicitarlo por su actuación de reina roja".

—¡Ah, Copito, mi tesoro! —dijo, mirando hacia el gatito blanco que seguía sometiéndose a la molesta operación de limpieza—. ¿Cuándo terminará Dina de limpiar a su *blanca Majestad*?..., ¿sería por eso que tú estabas tan mimoso en el sueño?... ¡Dina, ten en cuenta que estás restregando a toda una reina!..., ¿sabías eso?... ¡Un poco de respeto!

—Y la propia Dina, ¿en qué se transformó? —siguió diciendo Alicia, mientras se estiraba a sus anchas en el piso, con un codo apoyado sobre la alfombra y la barbilla en la mano, mirando de reojo a los gatitos—. Dime, Dina, ¿acaso tú eras Humpty Dumpty?... Yo creo que sí, aunque será mejor que guardemos eso en secreto y que por ahora no lo digas a tus amigos, pues la verdad es que no estoy muy segura.

—Y por cierto, Mino, si en verdad has estado conmigo en el sueño, supongo que por lo menos una cosa te ha gustado mucho, y es esa gran cantidad de poemas que se han recitado y que siempre trataban de los peces. Mañana, por la mañana, tendrás una gran fiesta, pues mientras tomes tu desayuno yo te recitaré *La morsa y el carpintero*... ¡y entonces podrás imaginar que tu comida está compuesta por puras ostras!... ¿Te imaginas eso?

"Pero ahora, Mino, debemos ponernos a pensar en quién fue el que realmente soñó todo esto. Ese es un tema muy serio e importante, querido, por lo que no es correcto que sigas así, lamiéndote la pata... ¡como si Dina no te hubiese limpiado lo suficiente esta mañana! Mira, Mino: o fui yo o fue el rey rojo. Es claro que él aparecía en mi sueño, pero yo también figuraba en el suyo... ¿Existió realmente el rey rojo?; recuerda que tú eras su esposa, por lo que deberías saberlo... ¡Por favor, ayúdame a aclarar esto!; tu patita bien puede esperar un poco".

Entonces el gatito, con toda desfachatez, comenzó la lamerse la otra patita, haciendo como si no hubiese escuchado la pregunta.

ALICIA A TRAVÉS DEL ESPEJO

Y ustedes... ¿Quién creen que pudo haber sido?

Arde el cielo del estío, y se desliza
la barca en calma por el agua lisa.
Íntima cae la tarde con delicia.

Cual aves en su nido están tres niñas,
el ojo alerta y el oído atento,
porque escuchar el cuento las cautiva.

Los años aquel cielo han alterado.
Ecos tan solo quedan, recuerdos vanos;
ante el rocío otoñal cede el verano.

Sin embargo me ronda, vago espectro,
Alicia, de un extremo al otro del cielo:
niña a la que no ven ojos despiertos.

Como entonces, quieren escuchar el cuento,
el ojo alerta y el oído atento,
las tres niñas, como aves en silencio.

Invaden un país de maravillas;
dormir, soñar, mientras pasan los días,
dormir, en tanto que el verano expira.

Es como ir por un caudal corriendo,
ligero y fugaz como un destello.
La vida, dime, ¿es algo más que un sueño?

Este poema reproduce en acróstico el nombre completo de Alicia: *Alice Pleasance Liddell.*

Acerca del autor e ilustrador

Charles Lutwidge Dodgson (1832-1898), conocido en todo el mundo bajo el pseudónimo de Lewis Carroll, fue el tercero de once hijos del matrimonio entre el reverendo Charles Dodgson y su mujer, Francis Jane Lutwidge. Un dotado estudiante en muchas materias, el joven Chales fue educado en Rugby, la famosa escuela pública inmortalizada en la novela Tom Brown's Schooldays, y en Christ Church, Oxford, donde se convirtió en profesor de Matemáticas y pasó el resto de sus días. Fue ahí, en 1855, cuando tomando fotografías en el jardín de Henry George Liddell —decano de Christ Church—, conoció a su niña de 4 años Alicia, quien se convirtió en su amiga y transformaría la literatura infantil para siempre. Alicia Liddell fue cautivada por las historias llenas de imaginación, y pronto fue la inspiración para el personaje principal de estas dos obras maestras del sinsentido y absurdo llamadas Alicia en el país de las maravillas y Alicia a través del espejo.

Sir John Tenniel (1820-1914) era ya un famoso caricaturista para Punch, la revista de sátira más importante de Inglaterra, cuando, en 1864, fue invitado por Lewis Carroll para ilustrar Alicia en el país de las maravillas. A pesar de que la colaboración entre ambos no fue fácil —Tenniel más tarde se quejaría de que Dodgson, "ese engreído Don", era increíblemente demandante—, las ilustraciones finales para Alicia... y su secuela mostraron tal entendimiento que se volvieron inseparables. Ninguna edición de Alicia puede sentirse completa sin ellas.